NOVA 36 MAGAZIN FÜR SPEKULATIVE LITERATUR

NOVA 36
Magazin für spekulative Literatur

[redacted]

Bibliografische Information der Deutschen Nationalbibliothek
Die Deutsche Nationalbibliothek verzeichnet diese Publikation in der Deutschen Nationalbibliografie; detaillierte bibliografische Daten sind im Internet über http://dnb.d-nb.de abrufbar.



Titelbild: Rainer Schorm
Illustrationen: Gabriele Behrend (8), Frank G. Gerigk (26, 106), Christian Günther (84), Gaby Hylla (42, 68), Detlef Klewer (76), Jaana Redflower (14, 24, 116), Chris Schlicht (104)
Layout & Umschlaggestaltung: global:epropaganda
Redaktion NOVAstorys: Marianne Labisch
Redaktion NOVAsekundär: Dominik Irtenkauf
Redaktion Grafik: Christian Steinbacher
Korrektorat: Michael Haitel
Herstellung: Bookwire GmbH, Frankfurt (Main)

Verlag: *p.*machinery Michael Haitel
Norderweg 31, 25887 Winnert
www.*p*machinery.de
www.nova-sf.de
www.facebook.com/novamagazin

ISSN: 1864 2829
ISBN: 978 3 95765 456 4

NOVA 36 MAGAZIN FÜR SPEKULATIVE LITERATUR



**NOVAstorys**



**NOVAsekundär**



**Nachrufe**

Dominik Irtenkauf

# Editorial

In der Science-Fiction-Literatur geht es – klassischerweise – häufig um Zukunft. In heutigen Zeiten wird die Voraussicht jedoch ständig unsteter – will heißen: Wir können kaum noch fünf Jahre vorausblicken, ohne Gefahr zu laufen, eine bislang unentdeckte Bewegung übersehen zu haben. In meinem Buchregal steht ein Buch zur Komplexität, auch mit literarischen Beispielen. Science-Fiction-Literatur empfinde ich zunehmend als Antwort auf die Komplexität unserer Gegenwart. Sicher ist eine solche Feststellung weder neu noch besonders überraschend. Zumal es nicht besonders elegant scheint, Literatur in den Dienst einer Sache zu stellen. Nach den Zerstörungen in der Welt, der andauernden Selbstbespiegelung der Menschen in den industrialisierten Nationen, den Verstrickungen in Fundamentalismen und weiteren Tunnelwelten, rückt das Licht der Aufklärung in weite Ferne. Sicher, das ist schon ein paar Hundert Jahre her, aber unser Zusammenleben basiert nach wie vor auf einen Austausch von Ideen. Mit diesen Ideen können wir bereits jetzt Alternativwelten entwerfen. Viele dieser Ideen tauchen auch in den Storys dieser Ausgabe auf. In NOVAsekundär stellen Sachautoren und -autorinnen die Grundlagen mancher Welten der Science-Fiction vor. Aber müssen wir so haarscharf trennen? Allein aus organisatorischen Gründen erleichtert dies natürlich die Redaktionsabläufe, aber meine Frage zielt vielmehr auf literarisch und theoretisch schreibende Menschen ab. Die Trennung ergibt Sinn, aber stets genau trennen, das müssen wir nicht. Nicht selten gibt es Überlappungen. Es gibt Geschichtliches, das auch anders gelesen werden könnte und dann zu anderen Schlussfolgerungen kommen. Ja, Schlussfolgerungen sind ein guter Begriff, um sowohl literarische wie auch theoretische Science-Fiction-Texte fassen zu können.

Schlussfolgerung heißt: Argumente prüfen, den Aufbau von Gedanken – nicht laut schreien, bevor der Kopf eingeschaltet wurde. Oder vielleicht gar nicht laut schreien? Subtil sprechen, aber das ist nur eine Möglichkeit. Schlussfolgern heißt auch: Konsequenzen aus neuen Erkenntnissen ziehen, seine Meinung ändern, den Weltenbau überprüfen, den man in mühevoller Kleinarbeit aufgebaut hat. Vielleicht ist es an der Zeit, diesen (kontrolliert) einstürzen zu lassen, um eine neue Sicht zu erhalten. Zuvor wurde sie vielleicht von Kopfbeton versperrt?

Science-Fiction-Literatur reagiert auf diese zunehmende Komplexität mit ihrer ganzen stilistischen Weite und Raffinesse. Die Klagen über den Zustand deutschsprachiger SF reißen nicht ab, doch die Hoffnung stirbt bekanntlich zuletzt. Aber die hier abgedruckten Storys zeigen ganz deutlich, welche Qualität angesichts ungewisser Zeiten immer noch entsteht. Bluesmusik entsteht häufig auch bei Kummer. Aber ich wollte gar nicht in diese pessimistische oder sollen wir eher sagen: dystopische Richtung schreiben. Die Politologin Dr. Isabella Hermann hat sich dem Thema verschrieben und den Begriff »Anti-Dystopie« ausgegraben. Nicht naiv optimistisch, aber auch nicht verstimmt-pessimistisch. Hermann ist im Metier und wird in den kommenden NOVA-Ausgaben pflichtschuldigst interviewt.

Für diese Ausgabe konnten wir den Nobelpreisträger Dr. Frank interviewen. Er lebt bereits seit Jahrzehnten in den Vereinigten Staaten. Mit Sorge schauen wir auf die aktuellen politischen Prozesse dort. Interessant ist hierbei auch, wie ein Naturwissenschaftler, der keine enge Verbindung zur Science-Fiction besitzt, sich ihr in mancher Kurzgeschichte doch annähert.

Ähnlich verhält es sich bei dem Raketenpionier Hermann Oberth, der laut eigener Aussage zwar Jules Verne gelesen, aber zur Science-Fiction ein schwieriges Verhältnis hatte. Vielleicht dachte er an die überzogenen Maschinen und Raketen, die wenig realistisch verankert waren. Vielleicht hätte Oberth noch einige Jahrzehnte leben sollen, um die Hard-Science-Fiction kennenzulernen, von der er selbst möglicherweise mehr angetan gewesen wäre als von »*der* Science-Fiction«. Wir freuen uns, dass Dieter von Reeken nicht nur mit dem Publizieren wichtiger SF-Klassiker beschäftigt ist, sondern auch Zeit findet, diese interessanten autobiografischen Erlebnisse zu schildern. Dabei verschweigt er auch problematische Seiten von Oberth nicht.

Leider haben wir auch einen herben Verlust zu verkraften, und zwar ist Rainer Schorm verstorben. Unsere Redakteurin Marianne Labisch schildert ihre kurzen, aber einprägsamen Eindrücke von ihm. Zudem konnten wir von Szene-Urgestein Jörg Weigand einen Nachruf auf Rainer erhalten.

Der Ausblick auf die kommende Nummer verleiht uns schon jetzt zusätzliche Energie. Besonders auch NOVAsekundär wird ziemlich dick werden. Das Thema »Andere Arten von Intelligenz (neben KI)« scheint ins Schwarze getroffen zu haben. Wir sind gespannt, wie sich die Ausgabe entwickeln wird, und freuen uns natürlich, wenn ihr – unsere Leser und Leserinnen – uns die Treue halten werdet. Danke für euren Zuspruch!

Im Mai 2025,
Dominik Irtenkauf
Redakteur NOVAsekundär

NOVA STORYS
36

Gabriele Behrend

# Energie atmen

Ich atme. Ein, aus, ein, aus. Mit der Zeit wird es leichter, jedes Mal ein bisschen mehr. Der Atem fließt ruhig und gleichmäßig. Ich weiß, dass ich jetzt die Augen öffnen sollte. Um mich zu orientieren. Um festzustellen, wer ich bin und wo ich bin. Dabei bin ich gar nicht scharf auf all diese Fakten. Ich will lieber weiteratmen, um meine Mitte kreisen und vor der Wahrscheinlichkeit fliehen, ihr gleich wieder gegenüberzustehen. Sie, das ist Maria. Ein inzwischen zweiundvierzigjähriges Konstrukt, das mich seit den letzten Dekaden durch die Ozeane der Momente verfolgt. Denn hier existieren wir, in Momentaufnahmen gefangen, in Zeitintervallen, eingepasst in die verschiedensten Situationen und Lebensalter, Geschlechter, alles ist variabel. Sie aber ist ein Unikum in diesem Zustand fortwährender Veränderung. Sie ist linear, während alle anderen kreuz und quer und völlig verdreht durcheinander und umeinander springen. Tollen, existieren. Nur sie ist konsequent erst ein Baby, dann ein Kind, ein Teenager, ein Twen und nun eine Mittvierziger MILF, selbstbewusst, leidlich schön. Sie nimmt, sie fordert. Sie ist immer da. Früher oder später schiebt sie sich mir in den Weg und ich weiß nicht, was sie ausgerechnet an mir findet. Ich weiß nicht, wie alt ich bin, mal bin ich drei, dann wieder achtundneunzig, mal zweiunddreißig, mal fünfundvierzig. Aber ich bin immer eine Frau, eine Vierundvierziger-Größe in erwachsenem Zustand, mit stoppelkurzen schwarzen Haaren. Viel Bauch, wenig Busen. Noch nicht mal leidlich schön also. Maria, was willst du von mir?

Nach all diesen Überlegungen zwinge ich mich, die Lider aufzuschlagen. Ich starre in diesem Moment an eine Hotelzimmerdecke, auf der von rechts ein riesiger Wasserfleck mit braunen ausgefransten Rändern in mein Blickfeld hereinragt.

Ich breite meine Arme unter dem überraschend voluminösen Federbett aus, taste links und rechts von mir und bemerke eine warme, klebrige Flüssigkeit unter meiner linken Hand.

»Was zum Teufel?« Ich schrecke hoch, rapple mich auf und komme mit einem leichten Schwindel in die Senkrechte. Dann wende ich meinen Blick nach links, widerstrebend, denn der Hauch einer Ahnung zielt mit seinem Geistesfinger direkt auf mein Herz. Doch dann ist es das, genau das, was ich vermutet habe. Maria. Die heilige Maria mit den gebrochenen Augen und den vollen Lippen. Ich schreie. Und vergehe in dieser Aufwallung von purer Energie.

Ich atme, ein, aus, ein, aus, ein, aus. Aber da beruhigt sich nichts. Es wird nichts gleichmäßig wohl, es wird nichts ausbalanciert. Es wird nichts leicht.

Stattdessen trommelt mein Herz den Rhythmus einer ausgewachsenen Panikattacke. Aber Stopp! Sollte ich nicht irgendwo anders in den Moment stolpern als in diesem Bett, unter diesem einen Wasserfleck? Ich setze mich auf. Vielleicht irre ich mich ja. Vielleicht bin ich gar nicht da, wo ich mich wähne. Ich ziehe die Hände unter der Bettdecke hervor und vermeide, den Blick an die Decke zu richten. Die Hände. Sie sind blutbesudelt. Ich drehe den Kopf nach links. Und ja, es ist tatsächlich Maria, die da zusammengekrümmt liegt, als hätte sie so die klaffenden Male an ihrem Körper zusammenhalten können. Als hätte sie so ihr Blut überzeugen wollen, in ihrem Körper zu bleiben.

Maria trägt noch ihren BH und ihr Höschen. Ein Negligé ziert blutbefleckt ihren reifen Körper. So eine Verschwendung! Ich schluchze trocken. Trotzdem gelingt es mir, die Hand nach ihr auszustrecken, um ihre starrenden, staunenden, begriffsstutzigen Augen zu schließen. Dann wird es dunkel.

Ich atme. Ein. Aus. Ein. Kaum noch aus. Da setze ich mich auf, schlage die Lider auf und betrachte abwesend meine Hände. Sie sind dunkelrot befleckt. Aber sie fühlen sich anders an als in den vorigen Momenten. Ich drehe meinen Kopf nach links, schon will ich sie fragen, ob dieser Moment denn nie vergehen will. Ob sie mich noch in ihrem Tod nicht loslassen will. Da schrecke ich zurück. Denn es ist nicht Maria, die da liegt. Maria trug ein nachtblaues Negligé. Sie hatte mittelbraune Locken. Sie war eine Größe vierzig. Die Frau, die jetzt dort liegt, ist definitiv eine achtundvierzig oder fünfzig. Speckige Arme kreuzen sich schützend vor dem Rumpf, doch das hat nichts gebracht. Gar nichts. Ihr Blut ist in die Bettwäsche eingesickert, hat sich in das Laken gekrallt, bildet eine lauwarme Lache.

Mir fehlt die Kraft, erstaunt zu sein. Ein fragender Laut entringt sich meinen Lippen. Ich scheide schlaff aus diesem Moment.

Ich atme, ein, aus, ein, aus. Immer wieder schlage ich die Augen auf, immer liegt eine Frau neben mir, in ihrem Blut, das an meinen Händen klebt.

Ich will nicht mehr aufwachen. Ich sehne mich in die Zwischenwelt, in die ewige Warteschleife, von der aus wir in die Momente geschleudert werden. Nur, dass ich genau das nicht mehr will. Oder anders: Ich will wieder Kind sein, ein Baby. Einfach nur trinken, Windeln füllen, voller Unschuld. Ich will keinen Tod mehr um mich herum, keine Schuld, keine Sühne. Ich will, ich will, aber ich bekomme ihn nicht, meinen Willen. Und so stumpfe ich ab, während ich feststellen muss, dass ich dem Tod wenigstens einmal ins Auge blicken muss, damit der Moment endet. Es bringt also rein gar nichts, sich auf die rechte Seite zu drehen und das Geschehen zu ignorieren.

»Wir werden nicht mehr viel aus ihr herauspressen können. Die Gewöhnung tritt schneller ein, als du errechnet hast.«

»Vielleicht war die Auswahl des Energielieferanten falsch. Erinnre dich, ich fand die Idee, ausgerechnet die Insassin einer Justizvollzugsanstalt zu entführen, für ziemlich abwegig. Das sind doch laut Definition hartgesottene Figuren, die schon viel gesehen haben und die vor Mord und Totschlag nicht zurückschrecken. Weswegen übrigens einige von denen einsitzen.«

»Papperlapapp, Mensch ist Mensch ist Mensch. Wie kämen denn ausgerechnet wir dazu, Nutztieren Individualität zuzugestehen?«

»Aber wie wollen wir mit diesen mageren Ergebnissen unsere Tanks mit Energie befüllen? Irgendwann müssen wir Terra verlassen und wieder nach Hause fliegen. Meine Sippschaft wartet sicher schon sehnsüchtig auf mich. Und bei dir wird es nicht anders sein, oder?«

Da überlegte der eine. Lange. Hin, her, her, hin. Da riss der andere einige seiner Extremitäten euphorisch in die Höhe und tanzte auf den restlichen durch die Kontrollzentrale.

»Versuchen wir es doch mit der umgekehrten Energie. So nach dem Motto: Nicht länger Minus mal Minus ist Plus, sondern Plus mal Plus ist Doppelplus. Leidenschaft, ja, aber nicht länger destruktiv! Lassen wir das Weib am Leben, die erste, die auf unser Experiment so gut reagiert hat. Lass es uns wenigstens einmal versuchen!«

Ich atme. Ein. Aus. Ein, aus. Ich taste wie üblich nach links, aber diesmal ist alles warm und weich und trocken. Ich spüre die Struktur des Lakens unter meinen Fingerspitzen. Ich bleibe überrascht liegen. Sehe erst zum Wasserfleck hin, dem alten Bekannten. Dann drehe ich den Kopf nach links und sehe Maria. Sie lächelt mir zu und nie war ich erfreuter, sie zu sehen. Lebendig. Sprühend vor Energie. Sie streckt ihre Hand nach mir aus, fährt mit dem Daumen über meine Lippen. Ich kann nicht widerstehen und sauge an ihrer Fingerkuppe. Spielerisch zieht sie ihre Hand zurück. »Na«, murmelt sie. »Bereit für mehr?«

Ich nicke und der Moment dehnt sich zu einer kurzen Ewigkeit, gekrönt vom petit mort. Die Energie fließt in Schüben aus meinem Körper. Und in der Ferne höre ich ein zweifaches Jubeln.

Ich atme ein, ich atme aus. Ich schlage die Lider auf und begrüße den Wasserfleck. Das Bett neben mir ist leer. Maria ist fort. Etwas anderes ist auch weg. Ich spüre, dass eine Präsenz fehlt, ein Takt, der mein Leben für so lange Zeit bestimmt hat, dass ich gar nicht sagen kann, ob er nicht vielleicht immer schon da gewesen ist. In mir ist jetzt eine Leere. Und eine Stille. Ich zucke mit den Achseln und denke nicht länger darüber nach.

Als ich mich angezogen habe und das Zimmer verlasse, steht Detective Wilson vor der Tür und schmunzelt.

»Na, Debby? Haben wir dich also endlich gefunden. Schönes Versteck hast du dir hier ausgesucht. Aber nun ab nach Hause. Du bist die Letzte, die uns noch fehlt. Deine Zelle vermisst dich bereits. Und bei Gelegenheit steckst du mir mal, wie du deinen Ausbruch eingefädelt hast. Und sag jetzt bloß nicht, ›Ich war auf einmal hier.‹ Das habe ich von deinen Knastschwestern zu oft gehört. Na, gut, jetzt. Komm mit.«

Ich lasse mich ohne Widerspruch einbuchten. Ein zweites Mal. Detective Wilson hatte es vor dreizehn Jahren schon einmal getan, nachdem ich meine Mitbewohnerin ins Jenseits befördert hatte, mit einer scharfen Damaszenerklinge. Meiner liebsten. Warum ich mich nicht wehre? Das hier ist nur ein Moment. Wenn ich morgen die Augen öffne, bin ich bestimmt wo ganz anders. Hoff' ich wenigstens.

Ich sollte mich irren.

# Achim Stößer

# Skrik

Die langen, tiefen, kalten, dunklen norwegischen Winter zehren an den Knochen, auch wenn sie hier am Oslofjord vergleichsweise mild sind. Die schneebedeckten Wälder reichen bis an den Stadtrand und umschließen Oslo wie eine Gefängnismauer. Es wundert mich nicht, dass das zu depressiver Stimmung führt, Melancholie, wie sie es nennen. 1914, in sechs Jahren von heute an, beginnt der Weltkrieg, doch ich muss gestehen, ich erinnere mich nicht, ob Norwegen daran beteiligt sein wird.

Geboren wurde ich ein halbes Jahrhundert später, fast auf den Tag genau einhundert Jahre nach Edvard, in Alferde bei Hannover, also nahe der norwegischen Grenze. Daher beherrsche ich einigermaßen Riksmål, die auf dem Dänischen basierende norwegische »Reichssprache«, und ein wenig Nynorsk. Und so machte ich mich im Sommer 1988 auf, einen Teil meiner Semesterferien in Åsgårdstrand, einem Badeort an der Westküste des Oslofjords mit ein paar Hundert Einwohnern, zu verbringen, um mich dort ungestört auf meine anstehenden Prüfungen vorzubereiten, gelegentlich bei Strandspaziergängen oder mit einem erfrischenden Bad oder einer Bootstour im Fjord zu entspannen und das eine oder andere Museum zu besuchen. Ich hatte für die Zeit meines Aufenthalts eine kleine Ferienwohnung gemietet, die vom Bergrücken aus einen herrlichen Blick aufs Wasser versprach. Åsgårdstrand selbst, *»Oslofjordens perle«*, war eine Künstlerkolonie, in der Abrahamsson, Ekenæs, Krohg, Munch und Heyerdahl gearbeitet hatten, und Abrahamssons Sommerhaus war ein kleines Museum, eine Außenstelle des *Vestfoldmuseene*, vor allem aber war Oslo nur gut eine Fahrstunde entfernt.

Frühmorgens warf ich meine Bücher und Vorlesungsmitschriften, meinen Kulturbeutel, eine Sporttasche mit Kleidung und eine Kühltasche mit Wegzehrung auf den Rücksitz und in den Kofferraum meines alten Ford und brach auf. Da ich ein, vorsichtig formuliert, eher unordentlicher Mensch bin, war das Auto vollgestopft mit allerlei Zeug, neben Nützlichem wie einem Getränkekasten voller Mineralwasser- und Saftflaschen auch eine Thermoscheibenabdeckplane, Eiskratzer, Enteiserspray und Frostschutzmittel, die ich nun im Sommer, abgesehen von der Plane als Sonnenschutz, sicher nicht brauchen würde, doch ich war nicht mehr dazu gekommen, das Auto vor meiner Abfahrt auszuräumen.

Was ich an Geburtstagen am meisten verabscheue, sind die abstrusen Geschenke. Einige meiner Kommilitonen hatten sich ein halbes Jahr zuvor den eher geschmacklosen Spaß erlaubt, mich mit einer Sexpuppe zu über-

raschen. Ein scheußliches Ding mit aufgedruckten Haaren, fußlosen Beinstümpfen, schwarzen Cartoonwimpern wie Sonnenstrahlen auf einer Kinderzeichnung, absurd weit aufgerissenem Mund, die Arme erhoben, sodass die gleichsam in Fäustlingen steckenden Hände wie bei einem Zeichentrickcowboy, der von Banditen mit dem Colt bedroht wird, neben den Ohren in die Luft ragten. *¡Arriba las manos!* Ob es tatsächlich Leute gab, die mit so etwas kopulierten? Das stinkende Plastikding war schon äußerlich einem lebenden Menschen so unähnlich wie ein Entenschwimmring einem echten Wasservogel. Meine Kommilitonen fanden das wohl wesentlich lustiger als ich. Nichtsdestotrotz lag auch dieses Teil nun irgendwo in dem Sammelsurium in meinem Kofferraum verborgen. Alles in allem nicht sehr sinnvoll, gerade für eine längere Fahrt, aber ich sah geflissentlich über die Unordnung hinweg, indem ich sie mir schönzureden versuchte – Ordnung ist das halbe Leben, aber wer will nur halb leben?; wer Ordnung hält, ist nur zu faul zum Suchen; Ordnung braucht nur der Dumme, das Genie beherrscht das Chaos; wer bin ich, dass ich mich der Entropie entgegenstelle? Und so weiter.

Den größten Teil der dreieinhalbstündigen Skagerrak-Überfahrt auf der Fähre hatte ich geschlafen, sodass ich nun ausgeruht war und mich entschloss, bis Åsgårdstrand durchzufahren. Es war früher Abend und würde noch lang nicht dunkel werden.

Ich verließ die Europastraße, um, auch wenn es so länger dauern würde, den Blick von den kleineren Küstenstraßen auf den Meerarm und die eine oder andere Insel zu erhaschen. Mein altes Auto, das ich gebraucht gekauft hatte, war weiß lackiert, ein ausgemustertes Völkerbundfahrzeug mit nur stümperhaft überlackiertem Logo, dem weißen fünfzackigen Stern im blauen umschriebenen Fünfeck, das noch immer gut zu erkennen auf dem Dach und den Türen prangte. Es war nur ein optischer, aber beileibe nicht der einzige Makel des Fahrzeugs. Ich weiß nicht, ob es an einer defekten Ladeanzeige oder den Akkus selbst lag, aber diese waren ohne Vorwarnung leer, das Summen des Motors verstummte und ich musste den Ford ausrollen lassen, bis er am Rand einer verlassenen Landstraße stehen blieb. Natürlich gab es weit und breit keine Telefonzelle, von einer Ladestation gar nicht zu reden.

Fluchend schlug ich auf den Steuerknüppel. Der Anblick des tiefblauen, weiß glitzernden Wassers an der mäandernden Küste hatte mich in seinen Bann gezogen, sodass ich kaum auf den Weg geachtet und daher nicht die leiseste Ahnung hatte, wie weit es noch war bis Åsgårdstrand oder wenigstens, wo etwa ich mich befand. Dank der toten Batterie waren auch die Armaturen grau, nicht einmal den Kilometerstand oder auch nur die Uhrzeit zeigten sie mehr an. Resigniert nahm ich meinen Rucksack vom Beifahrersitz, stieg aus und öffnete den Kofferraum, um eine Flasche Wasser zu holen und mich zu Fuß auf ins nächste Dorf zu machen und dort einen Abschleppwagen zu rufen.

In diesem Augenblick gab es einen Knall wie von einem entfernt platzenden Luftballon, doch ich schien mitten im Zentrum des Knalls zu stehen, es wurde düster, vor mir kippte das Auto nach vorn, vielmehr das Heck – mehr war nicht davon übrig. Der Rest schien sich in Luft aufgelöst zu haben, explodiert, wie ich im ersten Augenblick annahm. Das Wrackteil und auch ich selbst waren mit einem bräunlichen Rußfilm bedeckt.

Doch dann erkannte ich, dass weit mehr geschehen war. Hatte ich im Augenblick zuvor noch die abendliche Sommerwärme gespürt, ließ mich jetzt Kälte am ganzen Leib zittern, dunkle Wolken hingen am Himmel, doch hinter den Wolken schien die Sonne plötzlich im Osten zu stehen. Das Meer hatte eine bedrückende, bleigraue Farbe angenommen, weiße Flecken Schnee sprenkelten die Landschaft und die Äste der zuvor grünen, nun entlaubten Bäume. Ich war fast ringsum umgeben von dichten Büschen, die den Blick zur Straße versperrten. Zahlreiche ihrer Zweige waren messerscharf abgetrennt, als hätte ein Riese mit einem Apfelentkerner ein Loch herausgestanzt, und mitten darin stand ich neben meinem ebenfalls ausgestanzten Autoheck.

Vielleicht hätte mich das ängstigen müssen, doch ich fühlte mich wie betäubt. Das Ganze befand sich jenseits jeglicher Realität. Wie in Trance zerrte ich eine Trainings- und eine Cordhose, zwei Hemden und einen Pullover sowie zwei Paar Socken aus der Kleidertasche, um alles in Schichten übereinander anzuziehen. Das rußige T-Shirt und die kurze Hose warf ich in den Kofferraum. Die Abdeckplane im Fußraum der Beifahrerseite hätte ich jetzt gut zum Schutz gegen die Kälte gebrauchen können, aber sie war mit diesem Teil des Wagens verschwunden. Ich rieb den Ruß von einer Wasserflasche, steckte sie in den Rucksack, schlüpfte in die Träger und kämpfte mich durchs Gestrüpp. Die asphaltierte Küstenstraße hatte sich in einen schmutzigen Feldweg verwandelt, in dessen Schlaglöchern gefrorene Pfützen schimmerten. Ich marschierte los, in Fahrtrichtung, da ich mich nicht erinnern konnte, auf dem Weg hinter mir in letzter Zeit ein Dorf oder auch nur einen Bauernhof oder ein anderes Anzeichen von etwas, das als Zivilisation durchgehen konnte, bemerkt zu haben.

Ich lief auf der Grasnarbe zwischen den Radspuren mit all den Eispfützen, doch die Kälte des Bodens kroch bald trotz der Socken durch die Turnschuhe in meine Füße. Unterschiedliche Bäume säumten den Weg, durch deren nacktes Geäst ich den Hang hinunter auf das trübselige Meer sehen konnte. Dann entdeckte ich am Strand vier Spaziergänger. Auf die Entfernung wirkte es, als trügen die beiden Männer dunkle Anzüge und Zylinderhüte, die Frauen bodenlange Kleider, als kämen sie von einem Kostümfest oder wären Schauspieler in einem Historienfilm. Ich rief hinunter und fragte nach dem nächsten Dorf, und zu meiner Erleichterung wiesen sie in die Richtung, in die ich gegangen war.

Vielleicht eine Viertelstunde später kamen tatsächlich ein paar Häuschen in Sicht. Meine Füße fühlten sich mit jedem Schritt an, als würden sie mit angespitzten Schraubenziehern durchbohrt, und meine Finger und meine Ohren machten den Eindruck, als müssten sie jeden Augenblick abbrechen wie ein Eiszapfen von der Dachrinne. Wie hatte es mitten im Sommer auf einen Schlag so eiskalt werden können? Ein Vulkanausbruch? Ein Kometeneinschlag? Ein Atomkrieg?

An den Stegen am Strand lag nur eine Handvoll kleiner Boote, die wenigen Häuser wirkten wie aus dem letzten Jahrhundert, und als ich einige Menschen entdeckte, wähnte ich mich in einem Museumsdorf. Ein paar Spaziergänger waren wie die am Strand in Anzüge mit steifem Kragen und Zylindern gekleidet, doch auch die anderen trugen antiquierte Kostüme. Ich ging zu zwei Männern, die dabei waren, mit einer enormen Säge von Hand einen aufgebockten Baumstamm zu zerlegen, und fragte sie nach einem Abschleppwagen. Sie verstanden offenbar kein Wort von dem, was ich sagte. Für so schlecht hatte ich mein Norwegisch bislang nicht gehalten. Ich versuchte, mit Händen und Füßen, Riksmål und Nynorsk klarzumachen, was ich wollte, doch sie wiesen nur verständnislos auf einen vorbeiholpernden Karren, vor den zwei Kühe gespannt waren.

Ich fragte, wie das Dorf heiße. Åsgårdstrand, antworteten beide. Nun hatte ich keine Großstadt erwartet, aber ein bisschen größer hatte ich es mir schon vorgestellt. Und moderner. »Åsgårdstrand?«, wiederholte ich zweifelnd, und sie nickten.

In diesem Augenblick brach etwas vor meinem inneren Auge wie die Eisflächen auf den Schlaglochpfützen, und ich fragte sie, welches Jahr wir hätten. »*Åttini*«, sagte einer der beiden mit misstrauischem Blick. »Neunundachtzig?«, fragte ich, »*åttini?*«, und der andere zog die Augenbrauen zusammen und bestätigte: »*Ja vel, atten hundre og åttini.*« Die Welt tauchte in ein Tintenfass.

Als ich wieder zu mir kam, lag ich unter einer schweren, kratzigen Decke auf einer Holzbank neben einem grob gezimmerten Tisch. Der Raum war dunkel und überheizt, der Geruch von brennendem Holz lag in der Luft. Vorsichtig, um nicht wieder von Schwindel erfasst zu werden, richtete ich mich auf.

Ich befand mich in einer Art Essküche. Am altertümlichen Herd rührte eine untersetzte Frau in wadenlangem Kleid und Schürze in einem großen Topf, der auf der Deckplatte des Herds stand. Sie hob die Schürze, um mit mehreren Lagen Stoff die heißen Griffe anzufassen und den Topf beiseitezustellen, strich die Schürze wieder zurecht und wandte sich zu mir um.

Sie wirkte überrascht, dass ich aufrecht saß, dann lächelte sie mich an. Sie mochte fünfzig sein oder Mitte sechzig, es war unmöglich zu sagen. Ich sei ohnmächtig gewesen und nun wieder aufgewacht, stellte sie überflüssigerweise fest. Ich müsse erst einmal essen, um wieder zu Kräften zu kommen. Mit einer Kelle gab sie etwas aus dem Topf in eine Schüssel, die sie vor mich auf den Tisch stellte. Dann drückte sie mir einen Löffel in die Hand. »*Tusen takk!*«, sagte ich. Tatsächlich war ich hungrig und begann, den Eintopf zu löffeln. Dann stellte sie noch ein Schnapsglas neben meine Schüssel, mit einer Flüssigkeit, die Übelkeit erregend nach Kümmel roch, Aquavit, wie mir heute klar ist, und zum Glück entschied ich mich, nicht davon zu trinken.

Wenn ich nicht den Verstand verloren hatte, war ich also im Jahr 1889 gelandet. So wie die Talgletscher von den kesselförmigen Eintiefungen an Berghängen durch ihr eigenes Gewicht in Flusstälern seewärts gewandert waren und dadurch Fjorde geschaffen hatten, war ich, zusammen mit dem Heck meines Ford, entlang dem Fluss der Zeit in die Vergangenheit geschlittert. Was auch immer die Frostsprengung ausgelöst haben mochte, die mich in der Zeit zurückversetzt hatte, welcher der Asen sich da mit mir einen schrecklichen Scherz erlaubt hatte (nicht, dass ich das wirklich glaubte, aber ich konnte mir beim besten Willen nicht vorstellen, was für ein physikalischer Effekt dem zugrunde lag, zumal ich offenbar exakt in dessen Zentrum geraten war, und so umschrieb ich es bei mir mit dieser Metapher), ich sah keine Möglichkeit, aus eigener Kraft wieder in meine Zeit zu gelangen, außer abzuwarten. Lange, viel zu lange abzuwarten.

In meinem Rucksack – erschrocken sah ich mich um, doch da hing er an einem Haken an der Wand – in meinem Rucksack also befand sich nur die Wasserflasche, ein Kugelstift, ein Notizblock und meine Geldbörse. Aber mit modernen Kronen- und Neumarkscheinen würde ich hier wohl eher wegen Falschgeldbesitzes im Zuchthaus landen. Oder in der Irrenanstalt, weil das Geld völlig unbekannte Personen zeigte – Haakon VII. war noch nicht zum König gewählt und Olav V. noch nicht einmal geboren. Gerade kommt mir, während ich das schreibe, der absurde Gedanke, dass eines Tages in ferner Zukunft ja vielleicht Edvards Porträt einen der Kronenscheine schmücken wird, wer weiß. Das Münzmetall würde, so überlegte ich weiter, abgesehen von den Pfennigen und den Øremünzen, wohl kaum auch nur den Nennwert einbringen.

»*Takk for maten!*«, bedankte ich mich für die Speise, als ich die Schüssel geleert hatte. In Gedanken vertieft hatte ich kaum bemerkt, wie widerlich einige der Brocken in dem Eintopf geschmeckt hatten, nun lag mir der

Nachgeschmack im Mund, aber ich widerstand dem Drang, ihn mit dem Aquavit wegzuspülen.

Was also konnte ich tun, um hier zu leben – zu überleben? Als ich die Frau fragte, wie ich nach Oslo käme, sah sie mich zunächst verständnislos an. Dann begriff sie und erläuterte, Oslo hieße seit Jahrhunderten Kristiania. Dunkel erinnerte ich mich, dass Oslo tatsächlich erst nach der Unabhängigkeit Norwegens – also einige Jahrzehnte in der Zukunft – wieder den alten Namen erhalten hatte. Sie erklärte mir, ich müsse nach Horten, dort den Fjord überqueren und von Moss aus immer weiter nach Norden.

Das Gebüsch würde das Autowrack, so hoffte ich, ausreichend verbergen. Zurücklaufen wollte ich in meinem gegenwärtigen Zustand nicht allein und jemanden mitnehmen oder vielmehr mich mitnehmen lassen konnte ich nicht. Also entschied ich mich, es zunächst dort zu belassen und vorerst in Kristiania mein Glück zu versuchen.

Ein Bauer nahm mich auf seinem Holztransporter mit nach Horten, ich überquerte den Meerarm in einem Boot und begleitete einige Händler, bis ich schließlich die Hauptstadt erreichte.

Das zeitgenössische Geld, das ich für die unkenntlich geklopften Münzen und vor allem für den wundersamen Kugelstift – der ja noch nicht erfunden war – bekommen hatte, würde, auch nachdem ich mich mit angemessener Kleidung versorgt hatte, eine ganze Weile, aber nicht ewig reichen.

Hollerith arbeitete in Amerika gerade mal mit Lochkartenmaschinen, für mich als Computerwissenschaftler würde es also nicht allzu viel zu tun geben, selbst wenn es mir gelänge, die Technik mit den zur Verfügung stehenden Mitteln ein wenig voranzutreiben. Doch ich beschloss, darauf zu verzichten, da ich keine Ahnung hatte, was passieren würde, wenn ich die Vergangenheit allzu sehr veränderte. Ich musste so unauffällig wie möglich bleiben. Eine passende Ausbildung oder gar Referenzen für eine erträgliche Arbeit hatte ich nicht vorzuweisen. Ein paar Tage arbeitete ich also beim Bau des zweiten Abschnitts des Telemarkkanals zwischen Norsjø und Bandak mit. Einen Fußbreit nach dem anderen trotzten wir in der Kälte mit Spitzhacken dem Fels den Kanal ab. Hacken, schlafen, hacken, schlafen. Tagein, tagaus von morgens bis abends, solang das Tageslicht hielt. Bald merkte ich, blutende Blasen und Schwielen an den Händen und geschundenem Leib, der sich anfühlte wie mit Dreschflegeln malträtiert, dass die körperliche Arbeit nichts für mich war, so erhebend das Gefühl, an der Errichtung des achten Weltwunders beteiligt zu sein, auch hätte sein sollen, und so entschloss ich mich, zurück nach Christiania (so die ursprüngliche Schreibweise, die die Osloer Stadtverwaltung beibehalten hatte) zu gehen. Ich machte einen Umweg über Åsgårdstrand, um alles, was mir noch brauchbar schien, aus dem Wrack zu bergen, vom Gepäck bis zu den Kupferdrähten.

Bald darauf erhielt ich in Kristiania dank meiner Sprachkenntnisse eine Arbeit in der norwegischen Niederlassung der Allgemeinen Elektricitäts-Gesellschaft, die kurz zuvor aus der Deutschen Edison Gesellschaft für angewandte Elektricität hervorgegangen war, was mir vorerst ein einigermaßen annehmbares Auskommen verschaffte, wenn auch nur als Bürosklave. So abgesichert blieb mir auch ein wenig Freizeit. Anders als in meiner Gegenwart gab es hier kein halbes Dutzend Fernsehsender, von denen einige rund um die Uhr ein Programm ausstrahlten, ja nicht einmal Filmtheater, die mehr als nur Kuriositäten zu bieten hatten, sodass ich Zeit fand, zu lesen oder Kunstausstellungen zu besuchen. Dadurch geriet ich auch in Edvards große Einzelausstellung in Kristiania und mit ihm ins Gespräch. Viel mehr ergab sich zunächst nicht daraus, da er ein Stipendium erhalten hatte und nach Paris ging, wo er seine antinaturalistischen Experimente vorantrieb.

Vor allem las ich. Besonders beeindruckte mich Bertha von Suttners »*Ned med våpnene*«, im Original »Die Waffen nieder!«. Davon hatte ich schon zu meiner Zeit gehört, jedoch angesichts des Titels angenommen, es handle sich um ein Sachbuch. In Wahrheit aber hatte sie versucht, mit einem Roman ein breiteres Publikum anzusprechen. Das war ihr offenbar gelungen, auch wenn ihr Werk teils als Tendenzliteratur verunglimpft wurde, also als mit propagandistischer Absicht, die eine eindeutige politische Richtung oder Ideologie erkennen lässt, geschrieben – absurd, welche Art von Literatur könnte wichtiger sein als politisch engagierte? Den Weltkrieg würde sie damit aber nicht verhindern.

Eine Dekade später, im ersten Jahr des neuen Jahrhunderts, lernte ich bei der Arbeit Sigrid Undset kennen, die ein Jahr zuvor, mit siebzehn, bei der AEG eine Stelle im Sekretariat angetreten hatte, als »*Kontorslave*«, »Bürosklave«, wie sie sagte, den Ausdruck habe ich von ihr. Überhaupt wusste sie mit Worten umzugehen, ich fand in ihr eine sehr eindrucksvolle Persönlichkeit, tagsüber schuftete sie im Büro, abends schrieb sie bis spät in die Nacht, worin ich sie bekräftigte, denn sie hatte wirklich ein Talent dafür, sich in die Gedanken ihrer Protagonisten hineinzuversetzen, auch wenn es nicht ihre eigenen waren, sondern die anderer, ja selbst von Menschen, die im Mittelalter gelebt hatten. Ein Talent, das mit der Büroarbeit vergeudet wurde.

Wir hatten so etwas wie eine kurze Affäre, die ich aber bald beendete, wenn auch nicht ohne Bedauern, nicht zuletzt, weil es schwer werden würde, eine weitere Beziehung zu führen, zumal mir selbst in meiner Zeit die Balzrituale mehr als nur suspekt gewesen waren, von den hier gebräuchlichen ganz zu schweigen. Vom Altersunterschied abgesehen gerierte sie sich zum einen für meinen Geschmack zu katholisch, und das im fast ausschließlich protestantischen Norwegen, zum anderen schien mir vor allem das Risiko, in der Vergangenheit ein Kind zu zeugen und diese damit massiv zu verändern, viel, viel zu hoch, von den medizinischen Aspekten gar nicht zu reden. Darüber hinaus waren Verhütungsmittel hier eine Katastrophe, nicht nur was Schwangerschaften betraf. Sigrids Vater war, als sie noch ein Kind gewesen war, an Syphilis gestorben – von Penicillin konnte man hier nicht einmal träumen. Im vergangenen Jahr erschien ihr erster Roman, »*Fru Marta Oulie*«, eher eine Novelle, nur achtzig Seiten lang. Er handelt von einer Frau, die, in einer öden Ehe gefangen, ein außereheliches Liebesverhältnis beginnt. Die ersten Worte der Novelle sind: »Ich habe meinen Mann betrogen.« Ich bezweifle, dass Sigrid jemals heiraten wird. Aber lassen wir das. Inzwischen ist sie Mitte zwanzig, so alt wie ich war, als ich hierherkam. Jedenfalls ich bin überzeugt, dass ihr eine beachtliche Schriftstellereikarriere bevorsteht.

Doch zurück zu Edvard. In unregelmäßigen Abständen begegneten wir uns im Lauf der kommenden Jahre, auch wenn er oft länger in Paris und Berlin lebte, während ich in Kristiania blieb. Als er 1898 nach Norwegen zurückkehrte, überzeugte ich ihn, ein Sommerhaus in Åsgårdstrand zu erstehen, was nicht allzu schwer war, zumal er schon länger mit diesem Gedanken gespielt hatte. Viele seiner Bildkompositionen basierten auf der windungsreichen Küstenlinie, die diese Gegend kennzeichnet.

Zuerst aus Interesse, dann in der Hoffnung, mir ein zweites Standbein zu schaffen, hatte ich einen Fotoapparat erworben. Die Prozedur war aufwendig, und so wollte jedes Motiv gut überlegt sein: Die Tigerstatuen in Kristiania, das müde Pferd, das melancholisch mit gesenktem Haupt die Straßenbahn über die Schienen der Karl-Johans-Straße zog, Landschaften, Porträts. Ich hielt zumindest manche meiner Werke für Kunst, auch wenn sie nur gezwungenermaßen, nicht in künstlerischer Absicht, schwarz-weiß sein mussten, wenigstens Kunsthandwerk, doch Edvard beeindruckte das wenig. 1988, in jenem Jahr, in dem ich in die Vergangenheit zurückfiel, hatten wir an der Universität versucht, mit Rechnernetzen mathematisch hyperrealistische Abbildungen bis hin zu Schattenwurf, Spiegelungen und Lichtbrechungen geometrisch exakt beschriebener Objekte zu erzeugen, was sich bei Kugeln oder Dreiecken noch recht einfach gestaltete, wohingegen Bäume und Blumen sich schon als schwieriger erwiesen und Wasserwellen oder Menschen schier ein Ding der Unmöglichkeit schienen. Dagegen wandten sich die Künstler in Paris ein Jahrhundert zuvor vom Naturalismus ab, etwas, das Edvard als Befreiung empfand. Für mich wäre es eine Befreiung gewesen, öfter aus meiner grauen Mietskaserne in der Innenstadt auszubrechen. Der Fotoapparat könne mit Pinsel und Palette nicht konkurrieren, meinte er einmal abfällig beim Betrachten einiger meiner Aufnahmen, solange er sich im Himmel und in der Hölle nicht verwenden ließe. Ich verkniff mir nur mit Mühe den Hinweis auf die atemberaubenden Fotos, die Raumfahrer zumindest im Himmel zu schießen in der Lage sein werden.

1893 entstand in Öl, Tempera und Pastell auf Pappe die erste Fassung seines Werks, die Skizze auf der Rückseite nicht gerechnet, das er auf Deutsch »Geschrei« nannte, aber »Aufschrei« oder schlicht »Schrei« wäre wohl die treffendere Übersetzung seines Originaltitels. Im gleichen Jahr fertigte er eine zweite an, Pastell auf Pappe, doch diese sah eher aus wie eine Kinderbuntstiftzeichnung und konnte es bei Weitem nicht mit der ersten aufnehmen. Zwei Jahre später schuf er dann eine dritte, wiederum Pastell auf Pappe, knallbunt und mit geradezu fröhlicher Farbgebung im Vergleich zum Vorgänger und vor allem zum Original, sowie ein paar Lithografien, die er teils so beließ, teils von Hand kolorierte. Doch an die erste Fassung reichte keine von ihnen heran, auch wenn ich sie, wie ich gestehen muss, beschädigt hatte: Eines Nachts betrachtete ich das Bild aus der Nähe, sah mir dieses und jenes Detail im Schein einer Kerze, die ich in der Hand hielt, an.

Der Hintergrund erinnerte an eine Nahaufnahme des Jupiter, doch Edvard konnte keine gesehen haben, da es noch lange dauern wird, bis es entsprechende Teleskope außerhalb der Atmosphäre gibt. Tatsächlich war er dabei von einem seltenen Himmelsphänomen inspiriert worden, bei dem der Himmel, wie er geschildert hatte, sich zu seinem Entsetzen plötzlich blutrot gefärbt hatte, wobei es sich, nach seiner Beschreibung zu urteilen, um Perlmuttwolken handelte, polare Stratosphärenwolken aus Schwefel- und Salpetersäurekristallen, die nur bei extrem niedrigen Temperaturen auftreten, aber eigentlich kaum so weit von der Arktis entfernt. Vielleicht waren es auch nur leuchtende Nachtwolken gewesen, die in großer Höhe von der hinter dem Horizont verborgenen Sonne angestrahlt worden waren.

Das untere Bildquadrat wurde durch ein Brückengeländer diagonal geteilt, das hintere Ende der Diagonale begrenzt durch zwei vage dunkle Gestalten, über ihr blaue und braune Farbwirbel, die die Windungen des Himmels aufgriffen und Wasser und Küste darstellten.

Unter dem Bildmittelpunkt aber jene wabernde, kahle, monströse Figur, die Hände an die Schläfen gepresst, mit starrem Blick, die Nase nur durch echsenhafte Löcher angedeutet, der Mund, den Unterkiefer entstellend, sodass der Kopf zu einer umgedrehten Birne wurde, widernatürlich aufgerissen zum Schrei.

Ich habe keine Ahnung, wie Edvard an die Puppe gekommen war, die ich – mit einer Menge anderer Utensilien aus dem Wrack meines Ford – bei einem Trödler verscherbelt hatte. Aber es war eindeutig, was die Hauptfigur des Bilds in Wahrheit zeigte.

Schließlich blies ich die Kerze aus, doch ich war unvorsichtig, und das flüssige Wachs, das um den brennenden Docht einen heißen Kratersee gebildet hatte, spritzte auf das Bild. Ich erstarrte schneller als der Wachstropfen, doch es war nichts zu machen, der weiße Fleck blieb.

Ich denke, Edvard hat mir mittlerweile verziehen. Vor zwei Jahren begleitete ich ihn sogar ins Wilhelminische Deutschland. Es ist um vieles größer als das Bürgerreich, leckt im Norden mit der Provinz Schleswig-Holstein noch am Königreich Dänemark und an Nord- und Ostsee, im Westen und Osten erstreckt es sich zwischen den Königreichen Niederlande und Belgien und dem russischen und dem österreichischen Kaiserreich von der Maas bis an die Memel, von der Rheinprovinz zu den Provinzen Ostpreußen und Schlesien.

Doch Deutschland war nicht das geeignete Pflaster für mich. Etwaige Ungereimtheiten in meinem Verhalten, Anachronismen in meinen Aussagen konnte ich in Norwegen in der Regel gut damit überspielen, dass ich Ausländer war und vor allem der norwegischen Sprache nicht hundertprozentig mächtig, und so kehrte ich nach wenigen Tagen nach Kristiania zurück. Auch wenn sie hier nichts haben, was den Namen Brot auch nur im Ansatz verdient, sondern nur pervertierte Karikaturen davon wie das Flatbrød, eine Art hauchdünnes, knuspriges Knäckebrot, und Lefse, ein weiches Kartoffelfladenbrot.

Die fülligen Rubensfrauen, wohlgenährt statt am Hungertuch nagend, die griechischen Statuen mit winzigen Penissen, weil größere als primitiv galten – sie stellten das Schönheitsideal ihrer Zeit dar, oder prägten sie es? Vielleicht ist es beides, schaukelte sich gegenseitig auf. Ganz anders Edvards Bilder. Was er da schuf, das musste ich neidlos anerkennen, wirkte expressionistisch. Kann es sein, dass durch eine dämliche Plastikpuppe, letztendlich durch mich, eine ganze Kunstrichtung Jahrzehnte früher entsteht? Nicht erst, wie in meiner Vergangenheit, bald ein halbes Jahrhundert später, wo in den 50ern Hofer, Burger, Graeff und all die anderen Expressionisten und Kubisten im deutschen Bürgerreich wegen ihrer »entarteten« Kunst verfolgt wurden, während Leute wie Justizminister Filbinger oder Kultusminister Göring und ihre Parteifreunde die hervorragendsten Gemälde heimlich in ihren Privatsammlungen horteten, statt sie, wie es das Gesetz vorschrieb, öffentlich zu verbrennen?

Welche Auswirkungen wird das auf den Verlauf der Geschichte haben? Womöglich wird irgendjemand, den ich vielleicht aus einer Eremitage oder einem staubigen kleinen Museum kenne, weil seine altbackenen, biederen Schmierereien, die er als Werkproben bei einer Kunstakademie einreicht, jetzt mit den Meisterwerken einer zu früh entstandenen neuen Stilrichtung verglichen werden, anders als in meiner Vergangenheit von der Akademie

abgewiesen, und er wendet sich frustriert ab von der Malerei und anderen Dingen zu, schlägt sich als Gelegenheitsarbeiter oder Kopfschlachter durch und wird ein Serienmörder, der seine Opfer verwurstet; seine Opfer, unter denen vielleicht Felix Auerbach ist, Eugène Bloch, Georges Bruhat oder Henri Abraham, sodass es die große vereinheitlichte Theorie niemals geben wird? Wie viele Leben habe ich dadurch unfreiwillig auf dem Gewissen? Wobei, Auerbach habe ich einmal kurz kennengelernt, als Edvard ihn porträtierte. Er ist Professor für theoretische Physik an der Universität Jena, eine ordentliche Professur wurde ihm jedoch verwehrt mit der hanebüchenen Begründung, dass er Jude sei. Als ich vorsichtig versuchte, von ihm einen Erklärungsversuch für meinen Zeitrutsch zu erhalten, wandte er sich angewidert ab. Wie auch immer, allzu weit scheint er bislang nicht gekommen zu sein, was die Relativitätstheorie betrifft. Aber vielleicht ist das alles etwas weit hergeholt – wieso sollte das, wieso sollte ich einen solchen Einfluss auf den Verlauf der Geschichte haben?

Ich bezweifle, dass ich jemals in meine eigene Zeit zurückgelange. Wells' Zeitmaschine, die er vor gerade mal gut einem Dutzend Jahren erdachte, bleibt eine Fiktion, und um meine eigene Geburt mitzuerleben, müsste ich hundert Jahre alt werden. Utopisch angesichts des beinahe mittelalterlich anmutenden Stands der Medizin. Selbst im Alltag macht sich das bemerkbar, sie verwenden keine Zwischenraumzahnbürsten, keine Zahnreinigungstücher oder -fäden, und von Bluttransfusionen oder gar Herztransplantationen sind sie noch Lichtmeilen entfernt.

Was bin ich? Ein Sandkörnchen oder vielleicht ein Sabot, ein Holzschuh, im Getriebe der Zeit, das die Zahnräder aus dem Takt oder der es gar zum Stocken bringt? Oder doch nur ein Stein, den ein Kind über den See flitschen lässt, und dessen Wellen sich verlaufen, bald, nachdem er unwiederbringlich versunken ist? Ein Dominostein, dessen Fall alle anderen mitreißt? Der Tropfen, der das Fass zum Überlaufen bringt? Der Grashüpfer, der von eben jenem Tropfen arglos im Sprung getroffen wird, sodass er ihn fortträgt vom Fass? Aber ist es die Schuld eben jenes Grashüpfers, wenn er sich entscheidet, nicht zu springen, dass dieser letzte Tropfen ins Fass fällt, welches dadurch überläuft? Regnet es nicht unzählige Tropfen, sodass, wenn nicht dieser, dann der nächste den Ausschlag gibt? Und was, wenn das Ereignis, das mich in der Zeit ein Jahrhundert zurückversetzt hat, ein weiteres Mal eintritt, wenn ich wie ein seewärts gleitender Gletscher noch weiter in die Vergangenheit gerate?

Was wird geschehen, weil Edvard Munch nur meinetwegen, inspiriert durch eine Aufblaspuppe aus der Zukunft, eines der bedeutendsten Werke der Kunst geschaffen hat: *Skrik*?

Gerigk

Frank Lauenroth

# Höchster Einsatz auf Robina 8

»Valent, es ist nicht notwendig, dass Sie nachts Überstunden schieben. Sie sind ja gerade einmal drei Tage hier.«

»Keine Überstunden mehr. Sehr wohl, Protektor.«

»Sehen Sie mir zu und lernen Sie. Das genügt vollauf.«

Er nickte eifrig.

»Ich gewähre nicht jedem diese Chance. Das sollten Sie wissen«, sagte Zevron, der Protektor von Robina 8, einer der zwölf verbliebenen Casino-Raumstationen in den Außenquadranten.

»Sie sind neu im Geschäft, Valent. Sie dürfen mir Fragen stellen.« Zevron schob seine hünenhafte Gestalt vor die Überwachungshologramme.

»Ich habe eine Frage, Protektor.«

»Nur zu!«

»Wie hoch war der höchste jemals hier erzielte Gewinn?«

Zevron überlegte. »Hier ... zwei Millionen. Auf Robina 2 soll mal einer acht Komma vier Millionen gewonnen haben.«

»Mehr geht nicht?«

»Mehr geht schon. Es ist nur, wie so häufig bei Glücksspielen, extrem unwahrscheinlich.«

»Wie viele Credits könnte man theoretisch gewinnen?«

»Hundertzehn Millionen wären die Obergrenze. Die Glücksspielgilde hat verfügt, dass dieser Maximalbetrag immer im Auszahlungsautomaten vorrätig sein muss.«

»Der Automat am Casino-Ausgang?«, fragte Valent, während er unbewusst an sein Armband griff.

»Ebenjener. Der ist übrigens nicht zu knacken. Ein Derengit-Tresor mit Wänden doppelter Dichte. Dreifach gesicherte Software. Nur die fälschungssicheren Jetons werden in Credits getauscht. Nicht einmal ich kenne den Zugangscode.«

»Robina hat wohl an alles gedacht?«

»Ich denke schon«, antwortete Zevron und grinste.

Sie befanden sich im Herzen der Station, im Überwachungszentrum.

Natürlich gab es auf dieser Raumstation eine Brücke. So wie auf jedem im All befindlichen flugfähigen Objekt ausreichender Größe. Doch diese Station existierte nicht, um durch den Kosmos zu gondeln, sondern um den Casino-Gästen möglichst viele Credits aus der Tasche zu ziehen.

Robina 8 schwebte in einer Umlaufbahn um den Stern NCY-IX 4352, unterhalb der habitablen Zone. Hier sah man die nahe Sonne in einer faszinierenden Größe. Die Nähe zum Stern sorgte außerdem dafür, dass die Stromversorgung der Station gesichert war ... für die nächsten hundertfünfzig Millionen Jahre.

Alle Robina-Stationen befanden sich in Sonnennähe. Auf einer Sternenkarte hätte man von Station 1 über 2 und 3 und alle anderen einen Zickzackkurs einzeichnen können. Im Überlichtflug war jede aktive Station in weniger als zwei Wochen erreichbar. Einzig zwischen Robina 9 und 11 klaffte ein Loch von vier Wochen Überlichtflug.

Die Fenster im Casinobereich von Station 8 zeigten den Feuerball zwar helligkeitsreduziert, doch das Schauspiel der Protuberanzen ließen sich die wenigsten Gäste entgehen. Zumindest anfänglich. Manche Spieler hatten sich hier auf Jahre eingemietet und verloren irgendwann die Lust an den allgegenwärtigen Sonnenströmen.

Das orangefarbene Licht flutete die der Sonne zugewandten Säle.

Es war Nachsaison. Auf der Galerie saßen die üblichen Zocker. Beobachter, die lieber die Spiele aus der Ferne verfolgten, als selber an einem der Tische Platz zu nehmen. Sie setzten auf die Spieler, nicht auf das Blatt. Manche setzten gar nicht. Immerhin bestellten sie Getränke.

Die großen Spieleevents der mittleren Sonnenphase waren vorüber, die Gewinne eingefahren, der Schnitt längst gemacht. Das Robina-Konsortium schrieb schwarze Zahlen. Genug, um den Angestellten zum Ende der Saison einen Bonus in Aussicht zu stellen.

Damit es so blieb, brauchte es wache Köpfe. Meist waren es Menschen, die das Geschäft verstanden – und im Zweifelsfall keine Skrupel kannten, den Fortbestand des Unternehmens zu sichern. Die Eignung anderer Spezies hielt sich in eng definierten Grenzen.

»Als Sie sich bewarben, habe ich in Ihnen etwas gesehen, das man unbedingt für diesen Job braucht«, sagte Zevron.

Valent schmunzelte. »Sie meinen Unnachgiebigkeit? Durchsetzungsvermögen? Biss?«

»Sie schmeicheln sich, Valent. Ich sah Ausdauer.«

»Sie sagten, ich solle fragen.«

Zevron brauchte einen Moment, um diese Scharfzüngigkeit zu verdauen. Für solcherlei Frechheiten hatte er bereits Menschen an ihren Zehen aufhängen lassen. Oder im Fall einer nicht humanoiden Spezies an etwas Vergleichbarem.

Valent war jedoch der Einzige, der ihm geeignet erschien, ihn einmal als Protektor zu beerben. Bei rund achtzig Bewerbern glich der Mann damit einem Juwel in einer riesigen Schale von Glaskugeln.

Valent grinste. »Vergeben Sie mir, Protektor. Ich bin mit der Zunge manchmal ein wenig zu schnell. Vielleicht liegt es an meiner Ausbildung, damals, auf Clarion 5, als ich ... «

Zevron hörte ihm bereits nicht mehr zu. Eines der Überwachungshologramme nahm seine Aufmerksamkeit in Anspruch. Er ging um das Hologramm herum, beäugte jede noch so kleine Bewegung und vergrößerte Details durch eine knappe Geste.

Valent verstummte und blickte ebenfalls auf das dreidimensionale Abbild des Geschehens im unteren Spielsaal.

Das Hologramm zeigte ein Yakuzz-Spiel.

Am Tisch, auf einem der kostenlos verfügbaren Grav-Pads, schwebte ein kleines Mädchen. Es mochte vielleicht zwölf Standardjahre alt sein. Hinter ihm stand ein Betreuer. Das war üblich. Bis zum vierzehnten Jahr benötigte man für das Glücksspiel einen Beistand.

Die Altersgrenze fürs Glücksspiel war nach der Durchsetzung der Gen-Reform rasch dem neuen Erwachsenenstatus angepasst worden. Demnach waren Menschen mit vierzehn volljährig. Forzianische Schleimgrabbler sogar mit sieben. Letztere sprachen besonders auf die Genonifizierung an. Allerdings besuchten Schleimgrabbler Robina 8 selten. Ihr Kodex erlaubte Glücksspiel erst im hohen Alter, welches sie selten erreichten, da sie als Kopfgeldjäger arbeiteten.

Dem Mädchen gegenüber schwebte der Croupier. In dem Saal gab es sieben Tische. An diesem bediente Orloff, der Dienstälteste und Erfahrenste.

Das Robina-Konsortium hatte vor ein paar Sonnenumläufen versucht, die Croupiers durch Maschinen zu ersetzen. Als daraufhin die Besucherzahlen einbrachen, wurde die Entscheidung zurückgenommen. Das Vorhaben, die guten alten Jetons durch aufladbare Jet-Cards zu ersetzen, wurde daraufhin bereits im Vorfeld verworfen.

Über dem Yakuzz-Tisch hing eine Anzeige, die den Wert des im Spiel befindlichen Potts anzeigte. Zevron musste zweimal hinsehen, um es zu glauben. Vierundachtzig Millionen Credits!

Das Mädchen spielte allein gegen die Bank.

Zugleich erkannte er ein Detail, dass ihn ein wenig beruhigte.

»Sehen Sie das Kind dort am Yakuzz-Tisch?«, fragte Zevron.

Valent nickte.

»Das Spiel liegt bereits weit über dem Durchschnitt. Doch offensichtlich ist das Mädchen blank.«

»Blank, Sir?«

»Sie hat keine Jetons mehr. Alle Credits verbraucht. Der Croupier hat bereits den Countdown gestartet. Das Kind hat fünf Minuten, um den Einsatz von zwei Millionen zu bringen.«

»Es sieht nicht so aus, als würde es sich deswegen große Sorgen machen, Sir.«

Zevron zoomte in das Hologramm hinein. Das Mädchen saß ruhig da. Der Betreuer bewegte sich ebenfalls nicht.

»Sie haben recht, Valent. Eigenartig.«

Der Countdown zeigte noch vier Minuten zwanzig Sekunden.

»Betet das Mädchen?«

Zevron sah im Zoom, wie das Mädchen die Hände gegeneinanderdrückte.

Eine ältere Dame ging am Tisch vorbei. Zevron erinnerte sich an sie. Sie saß meist am Fenster, blickte hinaus auf die Sonne und spielte in Gedanken versunken mit ihrem Armband, trank selten und spielte kaum.

Die Dame hatte den Hologrammbereich inzwischen verlassen. Das Mädchen wartete. Noch 3:50 Min.

»Sie wissen, wie Yakuzz funktioniert?«, fragte der Protektor.

»Nicht im Detail«, erwiderte Valent.

»Yakuzz wird mit sieben elektronischen Karten gespielt. Diese wechseln ihr Blatt jedes Mal, wenn man die Karte in die Hand nimmt. Dabei verschieben sich auch Kartenwerte von einem Spieler zum anderen. Wer eben viel besaß, kann im nächsten Moment einen Haufen Dreck in den Fingern halten. Oder umgekehrt. Das macht das Spiel unberechenbar und damit für Zocker attraktiv. Nur die Robina-Stationen besitzen eine Yakuzz-Lizenz. Die Tische sind durch mehrere Systeme gesichert, die zweimal im Standardjahr überprüft werden. Man kann Yakuzz nicht manipulieren.«

Zwei Minuten zehn.

Die alte Dame kam zurück und sprach mit dem Mädchen.

Zevron schaute wie gebannt auf das Hologramm.

»Was tut die Alte da?«, fragte Valent.

Der Protektor vergrößerte den Holo-Ausschnitt ein weiteres Mal. »Sie gibt der Kleinen Jetons!«

Der Croupier stoppte den Countdown.

Zevron fasste sich an den Kopf. »Das kann nicht wahr sein! Seit wann verschenken Spieler Jetons an Spieler?«

»Vielleicht hat das Mädchen der Lady einen Anteil am Gewinn versprochen?«, mutmaßte Valent. »Bevor es nichts gewinnt, tritt es lieber einen Teil des Geldes ab.«

Zevron nickte. »Ja, wahrscheinlich.«

In dem Moment ging die alte Dame.

»Was ist jetzt?«, fragte Zevron. »Ich würde an ihrer Stelle abwarten, wie das Spiel ausgeht.«

»Ich auch«, stimmte Valent zu. Er versuchte, der Dame auf den Überwachungshologrammen zu folgen.

Zevrons Blick klebte am Yakuzz-Tisch.

»Sie hat die zwei Millionen gebracht. Die letzte Runde. Wenn das Mädchen das bessere Blatt hat, gewinnt es hundertzwei Millionen.«

Dem Protektor trat der Schweiß auf die Stirn.

Zevron ließ sich die Blätter von Bank und Mädchen übertragen.

Die Bank, also der Croupier als Vertreter des Casinos, hatte beinahe das höchstmögliche Blatt: zwei pächnidische Kampf-Toys, drei forzianische Schleimgrabbler, einen Karenadier und einen Händler. Würde beim nächsten Mal der Händler durch einen Raumschiffkapitän ersetzt, wäre es Yakuzz, das unschlagbare Blatt.

Das Mädchen hatte ... einen Haufen Dreck. Von jedem Planeten einen Stein, keine Sammlung, keine Farbe, nichts.

Wie konnte das Mädchen hoffen ...?

Das Spiellevel!

Zevron blickte wieder auf die Anzeige im Hologramm. Das Spiel lief auf Level 7. Ohne Begrenzungen. Ohne Garantiekarten. Mit der nächsten Aufnahme der Karten würde sich jeder Kartenwert wieder ändern!

Er ließ sich die bisherigen Blattwechsel zeigen. Die Bank lag in jeder Runde vorn. Dennoch erhöhte das Mädchen weiter und weiter. Bis zur finalen, siebten Runde.

Dem Protektor schwante Böses.

Valent warf einen Seitenblick auf die Holo-Übertragung des Casino-Ausgangs. Am Auszahlungsautomaten tauchte die alte Dame auf. Sie tauschte ihre restlichen Jetons gegen Credits. Gute, alte, handliche Credits.

Sie nahm ihr Geld und verließ das Casino. Sie würde ihr Raumschiff besteigen und Robina 8 verlassen.

Valent wandte sich wieder Zevron und dem Hologramm zu.

Das Aufdecken des finalen Blatts.

Orloff, der Croupier, begann.

Die erste Karte: Ein Schleimgrabbler.

Nun das Mädchen. Ebenfalls ein Schleimgrabbler.

Orloffs Blatt bekam einen pächnidischen Kampf-Toy hinzu.

»So weit, so gut«, sagte Zevron leise.

Das Mädchen deckte einen zweiten Schleimgrabbler auf. Damit hatte es bereits jetzt bessere Karten als in allen Runden zuvor.

Orloff wendete Karte 3. Eine 68.

»Verdammt«, fluchte Zevron.

Das Mädchen bekam eine Vier.

»Gut«, kommentierte Zevron laut. »Wir liegen zwar hinten, aber noch ist nichts verloren.«

Nun war wieder Orloff dran. Diesmal war es eine Sechsundachtzig.

»Sehr gut!«, entfuhr es Zevron. »Jetzt eine Eins dazu und wir haben die Narrenhand.«

Valent interessierte sich nicht für das Blatt der Bank. Er wartete auf die vierte Karte des Mädchens.

»Ein Karenadier.« Zevron kaute auf den Lippen. »Nicht gut, gar nicht gut. Wenn das Mädchen einen Kapitän bekommt, hat es eine Notbesatzung.«

»Und das bedeutet?«

»Die Notbesatzung schlägt die Narrenhand.«

»Oh.«

Karte Nummer fünf stand an.

Orloff deckte einen Schleimgrabbler auf.

»Ha!«, entfuhr es dem Protektor.

Das Mädchen bekam eine Eins.

Zevron erschien verzweifelt. »Es gibt eine einzige Eins im gesamten Spiel. Das war's mit der Narrenhand. Moment, was haben wir? Zwei Grabbler, einen Toy, eine Achtundsechzig und eine Sechsundachtzig. Wir haben noch zwei Chancen. Die nächste Karte entscheidet!«

Orloffs Karte war ein weiterer Grabbler.

»Gut. Nicht überragend, aber gut.«

Das Mädchen deckte einen zweiten Karenadier auf. Valent sah auch am Handgelenk des Mädchens ein Armband.

»Das ist nichts. Es sei denn«, räumte Zevron ein, »das Mädchen bekommt mit der letzten Karte eine Zwei.«

»Lassen Sie mich raten. Davon gibt es nur zwei im gesamten Spiel?«

Zevron nickte, den Blick fest auf das Hologramm gerichtet.

Die finale Karte.

Orloff begann. Ein vierter Grabbler.

»Ja!« Zevron ballte die Faust. »Vier Grabbler und ein Toy sind eine Jägereinheit.«

»Und die zwei anderen Karten?«

»... sind egal.«

Das Mädchen war dran.

Die alles entscheidende Karte war eine ... Zwei.

»Nein!« Zevron sackte förmlich in sich zusammen, wirkte plötzlich ganz klein. »Hundertzwei Millionen! Das darf nicht wahr sein!«

Der Zocker auf der Galerie jubelte.

Valent lächelte. Der Zocker nannte sich Quarrl. Sie waren sich am Morgen begegnet. Hatten sich zugenickt und waren jeder ihrer Weges gegangen. Valent hatte an Quarrls Handgelenk ein Armband bemerkt. Eines, das auch die alte Dame und das Mädchen trugen. Er hätte dem Protektor von seiner Beobachtung berichten können. Valent beschloss jedoch, es für sich zu behalten.

Zevron hatte den ersten Schock mittlerweile verdaut.

»Valent, bitten Sie das Mädchen in mein Büro. Ich möchte ihm zu gerne persönlich gratulieren.«

Sein Blick verhieß eher körperliche Züchtigung als ein freundliches Händeschütteln.

Der Protektor stampfte davon.

Valent nickte und ging zur Spielhalle hinunter.

Das Mädchen und sein Betreuer tauschten die erspielten Jetons bei Orloff in wenige Jetons höherer Wertigkeit um. Sie besaßen nun ein handliches Päckchen, das sich leicht in einer Tasche verstauen ließ.

»Meinen herzlichen Glückwunsch, junge Dame«, begrüßte Valent das Mädchen. »Darf ich Sie und Ihren Begleiter in das Büro des Protektors einladen?«

»Sie dürfen.« Das kleine Mädchen gab sich damenhaft. »Manacor, kommst du?« Der große Mann nickte.

Sie betraten die Hover-Plattform, die zur Galerie hinauf führte. Von dort war es nicht weit bis zum Büro des Protektors. Zevron kam sogleich auf das Mädchen zu. Den Betreuer ignorierte er.

»Ich darf dir zu deinem unglaublichen Glück gratulieren!«

»Dankeschön«, antwortete das Mädchen mit glockenheller Stimme.

Zevron setzte ein schmales Lächeln auf. »Wie hast du das nur geschafft?«

»Ich habe einfach weitergespielt. Immer weiter.«

»Das war nicht leicht, oder? Wir haben dich ein wenig beobachtet. Vor der letzten Runde hattest du keine Jetons mehr, um mitzugehen.«

»Ja!«, antwortete das Mädchen und nickte heftig. »Da kam diese freundliche ältere Dame und half mir mit ihrem Geld aus. Ihr Name ist Dermada.«

»Das war in der Tat sehr freundlich«, quetschte Zevron zwischen den Zähnen hervor. »Hat Dermada dafür etwas von dir verlangt?«

»Es war ein Kredit. Glücklicherweise bin ich nun in der Lage, ihr das Geld zurückzugeben.«

»Ja, das bist du wohl. – Hast du deinen Polypass dabei? Bei Gewinnen dieser Größenordnung muss natürlich alles seine Richtigkeit haben. Du verstehst das sicher?«

Das Mädchen nickte. »Manacor, bist du bitte so freundlich?«

Der große Mann zog drei Karten aus seiner Ärmeltasche.

Zevron schaute kurz darauf und hielt sie Valent hin. Zwei Polypässe und eine Zulassungskarte, die bewies, dass Manacor der beglaubigte Betreuer des Mädchens war. Die Kleine hieß Dribana und war laut Pass dreizehn Jahre alt.

»Alles korrekt, Protektor«, sagte Valent und sah, dass unter Manacors Ärmel ein schmales Armband hervorlugte.

Zevron knurrte. »Das ist noch auf keiner der zwölf Robina-Stationen vorgekommen!«, sagte er leise.

»Waren es nicht einmal dreizehn Stationen?«, fragte Dribana mit unschuldigem Gesichtsausdruck.

»Oh ja, es waren dreizehn.« Zevrons Miene verfinsterte sich. »Robina 10. Ein betrübliches Kapitel. Das haben wir alles diesen Multimorphen zu verdanken.«

»Was sind denn Multimorde?«

»Multimorphe. Formwandler. Der Abschaum der Galaxie.«

»Oh. Sind sie böse?«

Zevron ließ sich zu einem schiefen Grinsen hinreißen. »Sie sind anders. Veränderlich. Unberechenbar.«

Dribana sah den Protektor an, als erwarte sie ein bisschen mehr als Begründung.

»Sie haben die Station zerstört!«, antwortete Zevron. »Damals.«

»Mit Waffen?« Dribana besaß große, wunderschöne Augen.

»Weil sie da waren! Einfach da!«

Valent räusperte sich. »Entschuldigung, Protektor. Ich kenne die Geschichte ebenso wenig.«

Zevron knurrte erneut. »Die Multimorphen mussten unbedingt auf Robina 10 für ihre Rechte demonstrieren. In der Hauptsaison. Mitten in den Holoübertragungen der Yakuzz-Meisterschaften.«

»Wofür haben sie demonstriert?«, fragte Valent.

»Gleichstellung.« Zevron rotzte das Wort verächtlich hinaus.

Valent verbiss sich die Frage, ob die Multimorphen das nicht verdient hätten. »Was passierte dann?«, fragte er stattdessen.

»Sie tauchten mitten im Finale auf«, begann Zevron. »Stürmten in den Raum, zeigten Holo-Plakate. Es waren unglaublich viele. Der Sicherheitsdienst versuchte, das zu unterbinden. Dabei löste sich ein Schuss. Danach brach Panik aus. Am Ende explodierte die halbe Station. Es gab insgesamt vierhundertsiebzehn Tote. Alles deren Schuld!«

Manacor streckte sich ein wenig. Nun überragte er sogar Zevron.

Der Protektor räusperte sich. »Die Multimorphen wurden daraufhin vom Planetenrat verbannt. Meines Wissens fristen sie ein kärgliches Dasein in den äußeren Außenregionen. Irgendwo am Arsch der Galaxie. Zu Recht!«

»Ich hörte davon, dass die Multimorphen Tüftler und Erfinder waren«, sagte Manacor, der bislang geschwiegen hatte.

»Das hörte ich auch«, gab Zevron brummig zu. »Doch das gibt ihnen nicht das Recht ...«

Dribana sah Zevron an, als erwarte sie weitere Details. Doch der Protektor schwieg. Er schaute über das Mädchen hinweg zu Manacor.

Der Betreuer hielt Zevrons Blick stand.

Sie hörten ein feines Klingeln.

»Das ist ein stiller Alarm. Valent, schauen Sie nach, was los ist.«

Valent ging in den Überwachungsraum zurück. Auf einem der Hologramme sah er den Zocker randalieren. Quarrl.

Sofort griff er zur Com-Verbindung.

»Protektor. Ich befürchte, das erfordert Ihre Anwesenheit.«

»Ich komme.«

Valent hörte das Stampfen schwerer Schritte auf der Galerie und die Stimme des Protektors. »Also, geht auf euer Zimmer, trinkt, habt Spaß, spielt und ... verliert.«

Kurz darauf betrat Zevron den Raum. Er nickte in Richtung des Überwachungshologramms. »Was ist da los?«

»Dieser Zocker schreit und wirft mit Gegenständen. Zwei von der Sicherheit haben ihn in eine Ecke getrieben.«

»Hat er eine Waffe?«

Valent vergrößerte das Hologramm.

»Sieht nicht danach aus.«

Zevron schüttelte den Kopf. »Die sollen ihn festnehmen und rausschmeißen. Sofort! Seine Jetons werden einbehalten. Hat er die Kaution hinterlegt?«

Valent musste das nicht überprüfen. Ohne eine Kaution durfte kein Gast eine Robina-Station betreten. Er nickte dem Protektor zu.

»Wird ebenfalls einbehalten«, bestimmte Zevron. »Raus mit ihm. Er darf nie wieder eine unserer Stationen besuchen.«

»Sehr wohl, Protektor.« Valent erteilte der Sicherheit dementsprechende Instruktionen.

Sie verfolgten es im Hologramm.

Die Sicherheitsleute zückten ihre Stromstöcke.

Quarrl lief davon. Er rannte Haken schlagend zwischen die Spieltische und erreichte die Galerie, ehe die schwerfälligen Beamten auch nur die ersten drei Tische umkurvt hatten.

Zevron knurrte wie ein derwanischer Reißwurm.

»Lassen Sie ihn laufen. Irgendwann wird er wieder hervorkommen. Dann fliegt er raus.«

Valent nickte nur. Er blickte wie gebannt auf die Überwachungshologramme.

Auf Flur 3 sahen sie, dass das Mädchen und sein Betreuer Zimmer Nummer 386 betraten.

»Sie reisen nicht ab?«, fragte Valent.

»Noch nicht.«

»Aber das Geld ist weg?«

»Ich mache mir keine Sorgen«, sagte Zevron. »Das Mädchen wird wieder spielen und verlieren. Hier ist noch nie jemand mit hundertzwei Millionen hinausspaziert. Es ginge gar nicht. Spätestens beim Jetontausch würde der Alarm losgehen.«

»Wozu ein Alarm?«, fragte Valent. »Ein Gewinn ist ein Gewinn, oder nicht?«

»Bevor ein Gewinner einer so hohen Summe Robina verlassen könnte, würde das Konsortium ihm eine Beteiligung vorschlagen. Hundert Millionen gegen fünf Prozent der Anteile an Robina.«

»Ist das fair?«

»Gott bewahre. Natürlich nicht!«

Valent stutzte.

»Jede Station hat Rücklagen von hundertzehn Millionen Credits«, erklärte Zevron. »Es gibt zwölf Stationen. zwölf mal fünf sind sechzig Prozent.«

»Aber über die Zeit? Es könnte immer wieder jemand so viel gewinnen«, gab Valent zu bedenken.

»Das Mädchen hatte extremes Glück. Bislang lag der Maximalgewinn bei acht Komma vier Millionen. Dabei gibt es die Stationen bereits seit vierzehn Standardjahren. Wir müssen also nichts befürchten.«

Valent blickte zu den Überwachungshologrammen hinüber.

Die Spielhalle war nahezu verwaist. Der Zocker war fort. Das Mädchen und sein Begleiter befanden sich auf dem Zimmer. Die Alte war ... Valent ließ die Holo-Aufzeichnung des Check-outs rückwärts laufen. Bei der alten Dame hielt er die Aufnahme an.

Er vergrößerte das Hologramm. Über dem Auszahlungsautomaten sah er die Anzeige des von der Frau getauschten Geldwertes. Hundert Millionen Credits.

»Protektor? Das hier sollten Sie sehen!«

Fassungslos starrte Zevron auf die Projektion. »Wie konnte die Alte mit hundert Millionen durch den Check-Out gelangen?«, stieß er hervor. »Normalerweise gibt es einen Alarm. Warum ging der Alarm nicht los?«.

»Wie geht das überhaupt? Das Mädchen gewinnt hundertzwei und die Alte geht mit hundert raus.«

Zevron fasste sich an die Stirn. »Die ganze Station verfügt lediglich über hundertzehn Millionen Rücklagen.«

Der große Mann wirkte zusehends kleiner. Sein Blick war erschöpft, müde.

»Zwei Millionen Differenz«, sagte Valent.

»Was?«, fragte Zevron, mit den Gedanken wohl weit entfernt.

»Zwei Millionen Differenz«, wiederholte Valent.

Zevron kniff die Augen zusammen. Überlegte.

»Die zwei Millionen, die die Alte dem Mädchen gegeben hat. Aber das hieße ja, dass die Alte ursprünglich auch hundertzwei Millionen besessen hätte.«

»Eben«, sagte Valent.

»Sie meinen, die haben die Jetons irgendwie übergeben? Die Alte hat die Station verlassen, bevor das Mädchen das Geld gewonnen hat. Wie soll das gehen?«

Valent zuckte mit den Schultern.

»Wo ist das Mädchen?«, wollte der Protektor wissen.

»Auf seinem Zimmer, nehme ich an.«

»Welches Zimmer hat es?«

Valent überprüfte die Liste. »386.«

»Zeigen Sie mir die Überwachung von Flur 3. Jetzt. Machen Sie, machen Sie!«

Flur 3 war leer.

»Lassen Sie die Aufzeichnung zurücklaufen.«

Valent tat wie befohlen. Erneut sahen sie, wie Dribana und Manacor gemeinsam das Zimmer betraten. Diesmal achtete Zevron auf ein wichtiges Detail. Manacor trug die Jetons!

»Sie haben sie noch!«

»Hatten«, verbesserte Valent.

»Danach kam keiner mehr raus. Das konnten wir eben sehen. Folglich sind sie noch drin und die Jetons mit ihnen.«

»Und doch hat die alte Dame ...«

»Wir gehen da jetzt hin«, unterbrach Zevron ihn.

Der Protektor stürmte aus dem Zimmer. Valent eilte ihm hinterher.

»Ich will sie sehen«, erklärte Zevron, während er durch die Gänge hastete. »Ich will die Jetons sehen!«

Flur 3. Zimmer 386.

Sie standen vor der Tür. Zevron hämmerte dagegen. Gleichzeitig zog er seinen Masterkey aus der Brusttasche.

»Sir, wird den Spielern nicht beim Betreten der Station absolute Privatsphäre zugesichert?«

»Privatsphäre, papperlapapp! Nicht in dieser Situation!«, polterte Zevron. Die Türverriegelung öffnete sich. Der Protektor war mit einem Satz im Zimmer.

»Hallo, ist jemand da?«

Das Zimmer war leer.

»Niemand hier«, sagte Valent.

Zevron bedachte ihn mit einem genervten Blick. »Aber wo sind sie?«, fragte er. Gleichzeitig sah er im Bad nach, öffnete sämtliche Schränke. Das Mädchen und sein Betreuer waren verschwunden.

»Die Aufzeichnung zeigt, wie sie hineingehen, aber nicht, wie sie das Zimmer verlassen. Dennoch ist es leer. Können die sich unsichtbar machen?«

Zevron sah sich ein letztes Mal um.

»Zurück zum Überwachungsraum!«, befahl er und stürmte die Gänge entlang.

Valent folgte ihm. Als er den Überwachungsraum erreichte, machte sich Zevron bereits an der Aufzeichnung von Flur 3 zu schaffen. Er ließ die Aufzeichnung zurücklaufen.

Sie sahen im Hologramm, wie ein Mann das Zimmer betrat. Es war nicht Manacor.

»Wer ist das denn? Moment ...«

»Quarrl, der Zocker!«

»Der eben randaliert hat? Da hat er sich versteckt? Das wird immer mysteriöser. Irgendwas ist hier faul, Valent!«

Zevron stoppte den schnellen Rücklauf der Holo-Aufzeichung von Flur 3.

»Wir müssen noch mal in das Zimmer. Drei gehen rein, keiner kommt raus. Es muss einen geheimen Ausgang geben. Die können sich nicht alle in Luft aufgelöst haben.«

»Ich würde die Aufzeichnung weiter zurücklaufen lassen. Wer weiß, wer da noch alles reingegangen ist?«

»Sie haben recht.« Zevron stierte auf die Aufzeichnung.

Die Tür von Zimmer 386 öffnete sich erneut.

»Da!«, rief er. »Die Alte! Ich werd' verrückt. Die Alte verlässt das Zimmer. Wie kommt die in das Zimmer des Mädchens?«

Er stoppte das Hologramm.

Die alte Dame blieb mit einer Tasche in der Hand im Flur 3 stehen.

Zevron schloss die Augen.

»Die stecken alle unter einer Decke!«

»Sie sagten selbst, dass man Yakuzz nicht manipulieren kann. Selbst wenn sie sich ein Zimmer geteilt haben, was wäre dabei?«

»Sehen Sie das denn nicht? Das riecht förmlich nach Betrug. Da!« Zevron zeigte auf die Tasche der Alten. »Da sind die Jetons drin!«

»Sie hat sie eingelöst und mit dem Geld die Station verlassen.«

»Ja ... ja ...« Zevron schüttelte den Kopf. Dann drehte er die holografische Aufzeichnung abermals zurück. Es dauerte eine ganze Weile. Doch Zevron beschleunigte den Rücklauf nicht. Er wollte kein Detail verpassen.

Die Tür von Zimmer 386 öffnete sich erneut. Quarrl, Dribana und Manacor traten gemeinsam auf den Flur hinaus.

Zevron stoppte die Aufzeichnung und suchte Valents Blick.

»Protektor?«, fragte der.

»Was meinen Sie dazu?«

»Sie kommen raus. Das dürfte heute früh gewesen sein. Vor dem Spiel.«

»Aber…« Zevron verlor langsam die Geduld. »Sie kommen gemeinsam aus dem Zimmer.«

»Offensichtlich haben sie es sich geteilt. Die Zimmer sind hier nicht ganz billig.«

»Papperlapapp. Die vier Personen haben irgendwie zusammengearbeitet.«

»Das mag sein. Die Frage ist, ob sie betrogen haben. Und danach sieht es nicht aus.«

Zevron kochte.

Valent erwartete den Ausbruch des Protektors jede Sekunde. Doch der atmete dreimal tief ein und aus.

»Gut. Ich weiß nicht, wie sie es gemacht haben, aber Sie haben recht. Das Geld ist weg. Hundert Millionen Credits sind ein herber Verlust. Doch das Robina-Konsortium hat in Summe eins Komma drei Milliarden Rücklagen. Na ja, nun noch eins Komma zwei. Was wir heute verloren haben, werden die anderen Stationen auffangen.«

Zevrons Mine verfinstere sich. Der Gedanke an das Konsortium führte ihm wohl vor Augen, dass er den Verlust verantworten musste. »Ich bin immer noch der Meinung, dass die vier irgendeinen Trick ausgeführt haben. Warnen Sie die anderen Stationen. Ich will nicht, dass …!«

Er verstummte.

Ein rot blinkendes Licht an der Nachrichtenkonsole zeugte von einer als *Wichtig* eingestuften Meldung.

Als Valent einen Blick auf das Display warf, erkannte er, dass es mehrere Meldungen waren.

»Sir!«

»Ja, was ist?«

»Wir bekommen gerade Warnungen von den anderen Robina-Stationen. Der Trick, er wurde dort ebenso …«

Zevron stieß ihn fort vom Display. Er las Meldung für Meldung. Wieder und wieder.

»Jede verdammte Station. Und zeitgleich … natürlich«, hauchte er.

Zevron war am Boden zerstört.

Valent sah es mit einiger Belustigung. Der große Protektor, geschlagen von einem kleinen Mädchen.

Das sagte Valent natürlich nicht.

Auch nicht, dass er während seiner nächtlichen Überstunden den Auszahlungsautomaten manipuliert und das Limit gelöscht hatte. So gab es keinen Alarm. Die alte Dame konnte unbehelligt mit dem Geld hinausspazieren, sich in ihr Raumschiff setzen und die Station verlassen.

Das beste aber war: Es gab keinen Trick!

Man musste es einfach nur *immer wieder* versuchen.

Versuchen, verlieren, scheitern. Und zurückspringen. Es erneut versuchen.

Das Chronofact war der Schlüssel zu allem. Dass er den Zeitreiseapparat erfunden hatte, würde zum Segen für alle Multimorphen werden. Erst dieses kleine, unscheinbare Armband machte es möglich, seine Mission zeitgleich auf allen zwölf Robina-Stationen durchzuführen. So konnte keine Station die anderen warnen.

Mit Robina 8 war er fertig.

Er musste nur noch in den unbeobachteten Raum 202 gehen, sich in den Zocker Quarrl verwandeln und in der Zeit zurückspringen. Zum heutigen Nachmittag.

Quarrl würde in Zimmer 386 gehen und zum Mädchen Dribana werden ... und zum Nachmittag zurückspringen ... zum Betreuer Manacor ... zurück ... zur alten Dame Dermuda. Als Dermuda hatte er Robina 8 verlassen.

Hätte es – wie so oft zuvor – nicht funktioniert ...

Dermuda wäre zurückgesprungen und hätte sich in Valent verwandelt.

Drei Tage zurück. Eine neu initiierte Schleife, ein neuer Versuch. Nur dann nahm das Chronofact den vorherigen Versuch zurück, tilgte ihn aus der Zeit, stellte seine Anwesenheit auf Robina 8 wieder auf null.

Eine lokale Beeinflussung der vom Chronofakt um die Station gelegten Zeitblase.

Alles würde in der Ausgangsposition sein, bereit für ein neues, gleiches, altes Spiel Yakuzz.

Zevron ahnte so wenig wie die anderen Protektoren, dass er – Valent – zugleich das Mädchen, Betreuer, Zocker und die alte Dame war.

Doch so stark das Hochgefühl des Erfolgs auch war, so sehr er es genoss, den jeweiligen Protektor an der Nase herumzuführen ... Valent war froh, nur noch drei Stationen vor sich zu haben.

Auch auf Robina 9 würde er zuerst wieder zurück zu dem Zeitpunkt springen, der ihm drei Tage gab, um sein Spiel Yakuzz dort zu gewinnen. Valent würde sich wieder beim Protektor einschmeicheln, ihn dazu bringen, ihn als seinen Praktikanten einzustellen. Oder er würde irgendeinen anderen Job annehmen, der ihn an die Kontrollen gelangen lassen würde. Und in einer nächtlichen Überstunde ...

Er wusste, er würde überall gewinnen.

Irgendwann.

Heute.

## Joachim Hagen
# Sternenfront

Der konföderierte Außenposten fiel in weniger als fünf Minuten. Das Echo der Schüsse verhallte, und das Stöhnen der Sterbenden sowie das Kreischen der Verwundeten vermischte sich zu einem Choral des Leides.

Sergeant Angus Hewlitt wischte feindliches Blut von der Kampfpanzerung. Zu seinen Füßen röchelte ein konföderierter Soldat, dessen Lunge mit Blut volllief. In seiner grünbraun gefleckten Panzerung klafften drei Löcher, die Kugeln aus Hewlitts Sturmgewehr geschlagen hatten.

Keinen Tag älter als neunzehn, dachte Hewlitt. Die Jungen erwischte es immer zuerst.

Tom war zwei, und in sechzehn Jahren würde man ihn zu den Waffen rufen, falls der Krieg zwischen Allianz und Konföderation bis dahin kein Ende gefunden hätte. Nach über zehn Jahren bewaffneter Feindseligkeiten sah es jedoch nicht danach aus. Hoffentlich würde Tom der Militärdienst erspart bleiben.

Um seinen Mann machte Hewlitt sich keine Sorgen, denn Chiwetels Asthma sorgte dafür, dass er als wehruntauglich eingestuft wurde.

Der Kampf auf Cedric III verkam zum Stellungskrieg. Die Fronten waren größtenteils festgefressen, aber an manchen Stellen verschoben sie sich fast täglich.

In der Ferne rummelte Geschützfeuer. Hewlitt blickte auf die Uhr. Der übliche Drei-Uhr-Feuerschlag. Die Artillerie pustete die Rohre durch und vernichtete unschuldiges Erdreich. Die Konnies saßen in befestigten Stellungen, und die Granaten erinnerten sie lediglich daran, dass die Allianztruppen noch existierten. Da, jetzt rotzten die Geschütze der Konnies. Zwei Strandhengste protzten mit den Muskeln, obwohl die Bikinimädels längst weg waren.

Der Soldat zu Hewlitts Füßen röchelte nicht mehr. Seine Augen starrten ins Leere.

Corporal Koudelka trat in den Korridor, dessen Wände mit Einschusslöchern gespickt waren, und stieg über eine Leiche in Allianzpanzerung. »Sarge, die Station ist in unserer Hand.«

»Ausfälle?«

»Gustafsson.« Koudelka wies auf die Leiche. »Webber hat's auch erwischt. Bridges ist schwer verwundet, Iñarritú und Xú leicht.«

Hewlitt grunzte. Fast die Hälfte der Gruppe hatte etwas abbekommen. Webber war erst seit drei Wochen bei ihnen. Ein grüner Junge aus ... verdammt, woher kam er noch? Egal. Die Armee wusste, wem sie das Beileids-

schreiben zustellen musste. Gefallen in Erfüllung der soldatischen Pflicht. »Gefangene?«

»Nein, Sarge. Keiner von den Konnies hat sich ergeben.«

Hewlitt kniff die Augen zusammen. »Haben Sie ihnen die Chance dazu gegeben?«

»Ich riskiere nicht das Leben meiner Männer …«

»Unserer Männer. Wir machen Gefangene, ob Ihnen das passt oder nicht.«

Koudelka spuckte auf die Leiche des Konföderierten. »Nur ein toter Feind …«

»Falls Sie so denken, dann ziehen Sie die Uniform aus!« Hewlitt packte ihn am Arm. »Mir ist egal, was die Konnies tun, aber wir verhalten uns militärisch korrekt. Wir müssen besser sein als die. Also, sind Sie Soldat oder Killer, Corporal?«

Koudelka hielt seinem Blick einige Sekunden lang stand, bevor er wegschaute. »Soldat.«

»Kann ich mich darauf verlassen?«

»Ja, Sarge.«

»Lassen Sie die Verwundeten versorgen. Wir halten die Station, bis wir abgelöst werden.«

Koudelka verdrehte die Augen. »Wann wird das sein?«

»Bald, hoffe ich. Unsere Verwundeten müssen ins Lazarett.« Hewlitt blickte auf den toten Konföderierten, sah wieder Koudelka an und griente. »Ein weiterer glorreicher Sieg für die Allianz.«

»Jawohl, Sarge.« Koudelka ging nicht auf Hewlitts sarkastischen Kommentar ein. »Wir könnten Frischfleisch gebrauchen, um unsere Verluste zu auszugleichen.«

»Rekruten, Corporal. Der nächste Truppentransport kommt erst in drei Wochen.«

»Toll.«

»Ich mache jetzt dem Leutnant Meldung, und dann sehen wir weiter. Wo ist das verdammte Funkgerät?«

»Kommen Sie mit, Sarge.«

Hewlitt warf einen letzten Blick auf die Toten, und eine traurige Leere breitete sich in ihm aus. Dann folgte er Koudelka.

Drei Stunden später traf die Ablösung ein. Die Artillerie ließ es sich nicht nehmen, vorher einen kleinen Beschuss zu veranstalten, der im fernen Hügelland niederging.

Das würde die Konnies mächtig beeindrucken, dachte Hewlitt. In spätestens drei Wochen würde der Feind den Außenposten zurückerobern. Danach wären sie wieder dran. Einen Schritt vor und einen zurück. Sie tanzten mit den Konnies Ringelpiez.

In zwei Jahren würde seine Dienstzeit enden. Hoffentlich musste er sie nicht auf Cedric III absitzen. Von allen Planeten, auf denen der Krieg tobte, war dieser wahrscheinlich der unbedeutendste. Es gab keine Ressourcen, die den Abbau lohnten. Cedric III taugte nur als Stützpunkt für Nachschub und weiteres Vorrücken. Im Verlauf des Krieges hatte der Planet dreimal der Allianz und zweimal den Konföderierten gehört. Frischfleisch ... Rekruten kamen, Leichensäcke flogen zurück. Ein Monat war wie der andere: Keine Seite errang einen entscheidenden Sieg.

Hewlitt marschierte mit seiner Gruppe zu der Lichtung, auf der ein Senkrechtstarter-Truppentransporter wartete. Sie verluden die Leichen und den Schwerverwundeten, bevor sie sich auf die Sitzbänke zwängten. Der Transporter hob ab und flog über die Baumwipfel dahin. Geschützfeuer grollte in der Ferne.

Leckt mich am Arsch, dachte Hewlitt und schloss die Augen.

»Schade, dass es keine Fenster gibt.« Paul Bragg saß auf der unteren Liege des Stockbetts und beugte sich über das Schachbrett.

»Was meinst du?«, fragte Richard Price. Während der Grundausbildung waren sie in der gleichen Einheit gewesen und hatten im selben Dreck gelegen. Die Ausbildung war vorbei, und die ehemaligen Rekruten wurden zu den Truppenteilen geschickt, in denen sie von nun an dienen würden.

Price grinste. »Ich glaube nicht, dass die Aussicht toll wäre.«

Stockbetten standen dicht an dicht und füllten den Schlafsaal, der die Größe einer Turnhalle hatte. Hier hielten sich die Mannschaftsdienstgrade auf, wenn den Unteroffizieren nichts einfiel, um sie zu beschäftigen. Jeden Morgen mussten sie Freiübungen machen – Liegestützen, Rumpfbeugen, Klappmesser, Brücke, Klimmzüge an den Betten –, Vorschriften auswendig lernen, das Sturmgewehr mit verbundenen Augen zerlegen und wieder zusammensetzen. Heute Morgen hatten sie eine halbe Stunde auf der Stelle marschieren müssen. Zum Frühstück, Mittag- und Abendessen trottete die uniformierte Herde in die Messe, wo sie wie Sardinen saß und die Mahlzeiten in sich hineinschaufelte.

Paul wollte wieder einen blauen Himmel über dem Kopf sehen. Die grauen Wände des Raumschiffs ödeten ihn an. Vier Wochen dauerte der Flug bereits, und er schien nicht enden zu wollen.

»Dein Zug«, sagte Price.

Paul bewegte einen Springer.

»Du bist nicht bei der Sache.« Price schüttelte den Kopf. »Das ist ein blöder Zug. Mach's noch mal.«

»Berührt, geführt.« Paul stützte das Kinn in die Hand. Leider war er nicht heimatnah versetzt worden, sondern auf einen weit entfernten Planeten, von dem er zum ersten Mal im Leben gehört hatte. Vielleicht konnte er auf Cedric III eine ruhige Kugel schieben, bis die Dienstzeit endete.

»Alles auf!«, schrie jemand.

Paul und Price sprangen auf die Füße. Dabei stieß Price das Schachbrett um, und die Figuren kollerten über den Boden.

»Achtung!« Irgendjemand machte einer Person Meldung, die Paul nicht sehen konnte.

»Rührt euch! Vor den Betten angetreten!«

Dreißig Soldaten bildeten zwei Reihen vor den Schlafstätten und blickten auf den Staff Sergeant, der den Raum betreten hatte.

»Aufgehen, ausrichten«, sagte der Staff Sergeant. Füße trappelten. Der Staff Sergeant nahm Haltung an. »Stillgestanden!«

Paul riss den linken Fuß an den rechten, dass die Hacken klackten, ballte die Fäuste und drückte sie mit den Handballen gegen die Oberschenkel. Dabei schwankte er leicht.

»Ich habe stillgestanden gesagt«, brüllte der Staff Sergeant. »Das heißt, es rührt sich kein Schwanz, auch wenn der ganze Himmel voller Fotzen hängt!«

Paul fuhr zusammen. Kam der Mann aus der Gosse?

Der Staff Sergeant schritt die Reihen ab. Seine Augen schienen Röntgenstrahlen auszusenden. Wollte er einen Bekleidungsappell durchführen? Den Unteroffizieren war alles zuzutrauen.

Der Staff Sergeant blieb stehen. »Rührt euch!«

Dreißig linke Füße klatschten auf den Boden. Paul nahm die Hände auf den Rücken.

»Männer, herhören!« Der Staff Sergeant hob die Stimme. »In zwei Stunden erreichen wir Cedric III. Sie werden Ihren Einheiten zugeteilt, und dann beginnt für Sie der Ernst des Lebens. Sie werden den Feind bekämpfen und vernichten. Dafür wurden Sie ausgebildet. Sie werden die gottlosen Horden der Konföderierten zerschmettern, und über Cedric III wird bald das Sternenkreuz der Allianz flattern. Wir werden der Galaxis Frieden und Freiheit bringen. Die Augen der Welten sind auf Sie gerichtet. Lang lebe die Allianz!«

»Lang lebe die Allianz!«, donnerten die Soldaten, und Paul stimmte ein. Der Staff Sergeant verließ den Raum.

»Wir haben noch Zeit für eine neue Partie.« Price bückte sich und hob die Schachfiguren vom Boden auf. »He, da fehlt eine.«

Er schaute unter die Betten und ging die Umgebung ab. »Ah, da ist sie. Mist, jemand hat beim Antreten darauf gestanden.«

Vielleicht bin ich das gewesen, dachte Paul.

Price hielt die deformierte Plastikminiatur hoch. »Ob es auf Cedric III Schachfiguren gibt?«

»Bestimmt. Gib her. Ich hatte beim letzten Mal Weiß, also spiele ich jetzt mit Schwarz.«

Der malträtierte Bauer stand schief auf dem Spielbrett. Wir sind noch nicht angekommen und haben bereits den ersten Verwundeten, dachte Paul.

Das Raumschiff konnte wegen seiner Größe nicht auf dem Planeten landen, daher flog man die Soldaten mit Fähren zum Raumhafen. Paul blickte durch ein Bullauge. Cedric III war eine grünbraune Kugel. Ozeane schienen nicht vorhanden zu sein oder befanden sich auf der abgewandten Seite des Planeten. Doch, da glitzerte eine blaue Fläche. Ob es schöne Strände gab, an denen Paul Urlaub machen konnte?

Nach der Landung auf dem Raumhafen wurden die Soldaten auf verschiedene Mannschaftstransporter verteilt, die sie zu den Einsatzorten brachten. Price blieb an Pauls Seite, und dafür war Paul dankbar.

In der Ferne rummelte Artilleriefeuer. Paul zog den Kopf ein, aber das Flughafenpersonal blieb unbeeindruckt. Einer schaute auf die Uhr und nickte.

Der Mannschaftstransporter hob sanft und beinahe geräuschlos ab. Die Maschine hatte keine Fenster, sodass Paul nicht hinaus sehen konnte. Vielleicht war sie gepanzert.

»Hast du das Geschützfeuer gehört?«, fragte er.

Price gähnte. »Das war weit weg. Die Ari steht nicht an der Front, also ist der vorderste Rand der Verteidigung noch weiter entfernt. Entspann dich, wir fliegen nicht in diese Richtung.« Er lächelte. »Ich glaube, wir landen in der Reserve. Im schlimmsten Fall müssen wir ständig Wache schieben.«

Lieber Wachdienst als Gefecht, dachte Paul.

Der Flug dauerte fast eine Stunde. Nach der Landung nahmen die Soldaten ihre Sachen auf und traten vor der Maschine an. Sie befanden sich auf einer Lichtung, die von hohen Bäumen umschlossen wurde. Zwischen den Stämmen herrschte Zwielicht. Der Wald schien dicht zu sein, dachte Paul. Wie eine grüne Mauer.

Die Soldaten bestiegen Lastkraftwagen. Die Fahrzeuge rumpelten über einen Waldweg, fuhren an S-Drahtsperren sowie Barrikaden vorbei und hielten auf einem Platz aus plattgetretener Erde. Dort stiegen die Soldaten aus und traten erneut an.

Unteroffiziersdienstgrade hielten Palmtops in den Händen und riefen abwechselnd Namen auf. Sie gingen nach dem Alphabet vor, daher kam Paul rasch an die Reihe.

Er ging auf einen schmalen weißen Corporal zu, setzte den Seesack ab und salutierte. »Private Bragg meldet sich wie befohlen.«

Der Corporal erwiderte lässig den Gruß. Auf dem Namensstreifen der Uniform stand Koudelka.

»Gehen Sie mir aus der Sonne«, sagte er. »Nehmen Sie hinter mir Aufstellung.«

»Jawohl, Corporal.« Paul nutzte die Gelegenheit und sah sich um. Zwischen den Bäumen war eine Kaserne entstanden. Grüne und braune Betongebäude verschmolzen farblich mit der Umgebung. Die Pioniere hatten ganze Arbeit geleistet.

Zehn Mann standen schließlich hinter Koudelka, darunter auch Price. In anderen Gruppen waren Frauen, aber sie hatten keine zugeteilt bekommen.

»Ausrüstung aufnehmen«, sagte Koudelka. »Ohne Tritt Marsch.«

Er führte sie zu einem grünen Gebäude. Dort wurden die Soldaten anderen Unteroffiziersdienstgraden zugeteilt. Paul und Price blieben bei Koudelka. Er brachte sie in eine Stube, in der drei Stockbetten und sechs Spinde standen. Vor dem Fenster befanden sich ein Tisch und drei Stühle.

»Das sind eure.« Koudelka wies auf zwei Spinde. »Ich schlage vor, ihr packt aus und räumt die Sachen ein. Sobald der Rest der Gruppe eintrifft, hole ich euch, damit ihr euch beim Sergeant vorstellen könnt.«

»Wo sind sie?«, fragte Price.

»Auf dem Schießstand«, sagte Koudelka. »Ich gehe rüber und melde ihm, dass ihr eingetroffen seid.« Er grinste. »Heute Abend mache ich einen Spinddurchgang, also sorgt dafür, dass alles picobello aussieht.«

»Jawohl, Corporal.«

»Genießt die Schonzeit, denn sie wird nicht lange dauern. Ihr müsst schnell lernen, haltet euch daher an die Kameraden. Erwartet keine Rücksichtnahme. Bei uns geht's schnell zur Sache.« Koudelka verließ den Raum.

Price runzelte die Stirn. »Was meint er?«

»Wir werden vermutlich bald einen Einsatz haben.« Paul zuckte mit den Achseln, obwohl sich ein flaues Gefühl im Magen ausbreitete. »Ich kann es kaum erwarten.«

»Wird schon schiefgehen.« Price' Lächeln war starr wie das einer Schaufensterpuppe. Sie verstauten die Ausrüstung in und auf den Spinden. Anschließend setzten sie sich an den Tisch und begannen eine Schachpartie. Paul war am Zug, als die Tür aufging und zwei Privates First Class eintraten. Einer war ein gedrungener Asiate, der andere ein Weißer mit Brille und Mondgesicht, der seinen Kameraden um einen halben Kopf überragte. Sie trugen Helme sowie Koppeln mit vier Magazintaschen. Über den Schultern hingen Sturmgewehre. Die aufgenähten Namen wiesen die beiden als Xú und Preston aus.

»Das Frischfleisch ist da«, sagte Preston.

Xú grinste. »Du kannst die Neuen nicht am ersten Tag runterziehen. Was sollen sie von uns denken?«

»Stimmt.« Preston nahm Haltung an. »Lang lebe die Allianz! Jetzt der Salut.« Er furzte und lachte.

Paul blieb der Mund offen stehen. Wie konnte sich ein Soldat so aufführen? Er setzte zu einer entsprechenden Erwiderung an, aber ein Ratschlag aus der Grundausbildung kam ihm in den Sinn: Die Augen offen halten, den Mund geschlossen und sich niemals freiwillig melden. Er machte den Mund wieder zu.

Preston trat an den Tisch. »Was ist das?«

»Schach«, sagte Paul. »Das Spiel der Könige.«

»So'n Quatsch. Karten sind besser.«

»Schach schult das logische Denkvermögen.«

»So?« Preston stieß einen Bauern um. »Feindlicher Heckenschütze.«

Ein Springer fiel. »Versteckte Sprengladung.«

Preston schnippte einen Turm weg. Er rollte über das Spielbrett. »MG-Feuer aus dem Hinterhalt. Ratatat! Drei Leute weg. Was machst du nun?«

»Ich spiele weiter und hoffe, dass ich eine Figur auf die gegnerische Seite bekomme, damit ich sie in eine Dame umwandeln kann.«

»Damen sind hier Mangelware.« Xú warf Gewehr, Helm und Koppel auf ein Bett. »Wir könnten welche gebrauchen.«

»Stimmt.« Preston stieß Dame und König gegeneinander. »Oh, oh, oooh! So macht man neue Figuren. Hol die Karten raus, Xú. Wir zeigen den Neuen, wie man auf Cedric III spielt.«

»Bist du bekloppt? Gleich ist Waffenreinigen.«

»Scheiße, ja.« Preston nahm das Sturmgewehr von der Schulter und schnupperte an der Mündung. »Riecht nach totem Konnie.«

Sergeant Hewlitt kommandierte die Gruppe. Ihm unterstanden die Truppführer Corporal Koudelka und Corporal Hines. Koudelka befehligte Paul, Preston und Xú, der MG-Schütze war. Hines' Trupp bestand aus Price, Brandt und Iñarritú, dem Grenadier, der einen Unterlaufgranatwerfer an seinem Sturmgewehr hatte. Koudelka, Preston und Price waren die einzigen Weißen.

Die Soldaten verständigten sich über Kehlkopfmikrofone und Empfänger, die hinter dem rechten Ohr saßen. Einer der Gewehrschützen musste das Tornisterfunkgerät tragen, mit dem der Sergeant Verbindung mit der Zugführerin – einer Leutnant Kapoor – halten konnte. Paul schätzte, dass die Wahl auf Price oder ihn fallen würde.

Er konnte nicht einschlafen. Preston und Xú schnarchten bereits. Xús Dienstzeit endete bald, wie Paul mitbekommen hatte. Preston war neun Monate auf Cedric III und hatte freiwillig verlängert. Er schien das Großmaul der Gruppe zu sein und besaß ein Gemüt wie ein Fleischerhund. Seit der Schulzeit konnte Paul solche Typen nicht leiden, aber es gab sie überall. Vielleicht brauchte man diese Leute. Wenigstens war ihm Price erhalten geblieben.

Paul hätte sich gerne dem fünfzehnmonatigen Wehrdienst entzogen, aber die einzige Möglichkeit bestand darin, das Gebiet der Allianz zu verlassen, und außerhalb davon gab es nur Gesetzlose, verrückte Aussteiger und die Konföderation. Er hätte seinen Eltern, Melissa und den Freunden für immer Lebewohl sagen müssen. Dieser Preis war zu hoch.

Die dreimonatige Grundausbildung lehrte Paul, dass er kein guter Soldat war, sondern Durchschnitt. Schießergebnisse und sonstige Leistungen lagen im Mittelfeld. Er taugte nicht zum Helden. Price hingegen hätte sich gut auf einem Rekrutierungsplakat gemacht. Er hatte stahlblaue Augen, markantes Kinn und helles Haar. Allerdings fielen seinen Leistungen genauso durchschnittlich aus wie Pauls. Vielleicht mochte er Price deswegen: Das Mittelmaß verband sie.

Der Krieg gegen die Konföderation dauerte so lange, wie Paul denken konnte. Regelmäßig kamen Bulletins in den Nachrichten: Allianzpanzer fuhren durch verwüstete Städte und beschossen feindliche Stellungen. Infanteristen hissten auf einer Anhöhe das Sternenkreuzbanner. Gefangene Konföderierte marschierten mit den Händen hinter den Köpfen an der Kamera vorbei. Die Allianz siegte und siegte, doch nahm der Krieg kein Ende.

Am nächsten Morgen rückte die Gruppe aus. Ihr Auftrag lautete, einen feindlichen Vorposten einzunehmen. Ein Mannschaftstransporter trug sie über das Meer aus Bäumen und setzte sie auf einer Lichtung ab. Das Gefährt schwebte über dem Boden, während die Soldaten aus den Ausstiegsluken sprangen, knieten und sicherten. Von da an mussten sie marschieren.

Der Wald schien endlos zu sein. Das Unterholz war oft so dicht, dass die Soldaten sich hindurchzwängen mussten. Ständig ging es Steigungen hinauf oder hinunter. Schweiß lief Paul über das Gesicht. Die Grundausbildung hatte seine Ausdauer deutlich erhöht, und er konnte mit Marschgepäck stundenlang unterwegs sein, aber dies war kein Marsch, sondern eine Tortur. Paul schätzte, dass sie höchstens drei Kilometer in der Stunde zurücklegten. Trotz der kühlen Luft staute sich unter der Torsopanzerung die Wärme. Paul kam sich vor wie ein Käfer, der unter einer Heizdecke lag. Sie waren menschliche Insekten, die durch den Wald krochen.

Sein Atem ging stoßweise, und die Beine waren schwer. Price schleppte das Tornisterfunkgerät, und sein Gesicht glänzte wie eine Öllache. Preston keuchte, als bekäme er gleich einen Herzinfarkt. Xús Kopf schien platzen zu wollen. Als MG-Schütze schleppte er das größte Gewicht herum.

Paul quälte sich durch die bewaldete Hügellandschaft. Die Sichtweite war auf zehn Meter beschränkt. Überall konnte der Feind lauern.

Sie erklommen Hügel nach Hügel nach Hügel, doch der Wald nahm kein Ende. Stündlich befahl der Sergeant eine Rast. Paul hätte ein Schwimmbad austrinken können, aber sie mussten sich die Flüssigkeit einteilen, und so nahm er nur kleine Schlucke aus der Feldflasche. Mittags verzehrten sie Kampfrationen, dann ging die Schinderei weiter. Price hatte zu viel oder zu hastig gegessen und kotzte die Mahlzeit aus.

»Vorne halten«, sagte Paul. Hinter ihm kam Preston zum Stehen.

Corporal Hines drehte sich um, als Price die letzten Brocken herauswürgte, und sprach in das Funkgerät. »Vorne halten. Wir haben Nachzügler.«

»Price, Sie haben einen Magen wie ein Mädchen.« Hines schüttelt den Kopf. »Von nun an nenne ich Sie Private Girl.«

»Jetzt haben wir eine Muschi«, murmelte Preston.

Hines blickte ihn scharf an. »Haben Sie was zu melden?«

»Nein, Corporal.«

»Dann halten Sie die Schnauze.«

»Jawohl, Corporal.«

»Der Rest von euch geht weiter. Ich mache die Nachhut.«

Paul half Price über die nächste Anhöhe. Corporal Hines trieb sie an.

Oben wartete der Rest der Gruppe. »Private, Sie halten den ganzen Betrieb auf«, sagte Hewlitt. »Geht's?«

Price nickte.

Hewlitt hielt die Hand ans Ohr. »Ich kann Sie nicht hören.«

»Jawohl, Sergeant.«

»An die Spitze mit Ihnen. Sie lösen Iñarritù ab. Vorwärts, marsch! Noch fit, Bragg?«

Paul schnaufte. »Ja, Sergeant.«

»Sie bilden die Nachhut und sorgen dafür, dass keiner zurückfällt. Falls Sie pissen müssen, machen Sie Meldung, damit wir auf Sie warten. Sonst finden Sie uns in diesem Dickicht nie mehr.«

»Jawohl, Sergeant.«

Hewlitt grinste. »Denken Sie daran: Mehr als drei Meter Abstand zum Vordermann sind Fahnenflucht.«

»Ja, Sergeant. Warum muss Price an die Spitze?«

»Der Langsamste bestimmt das Tempo. So geht keiner verloren. Weiter jetzt!«

Gegen Abend befahl der Sergeant, ein Lager aufzuschlagen und Wachen einzuteilen. Iñarritù und Hines waren als Erste dran. Hewlitt brütete abseits über einem Tablet-Computer. Price, Preston, Xú, Koudelka und Paul saßen auf den Rucksäcken und aßen.

»Mit motorisierten Panzerungen kämen wir schneller vorwärts«, sagte Price. »Wieso haben wir keine?«

»Die gehen alle an die Cedam-Front.« Koudelka sprach mit vollem Mund. »Wir sind zu unwichtig. Die Schwerpunkte des Angriffs liegen woanders.«

Xú schnaubte. »Seit Monaten stehen sie vor den Höhen und kommen keinen Schritt weiter, während wir uns den Arsch aufreißen.«

»Ich habe gehört, die Rüstungen machen einen übermenschlich stark«, sagte Price.

»Stimmt.« Preston rülpste. »Einer hat in so einem Ding gewichst und sich den Schwanz abgerissen.«

»Was?« Price machte große Augen.

Paul stupste ihn an. »Er nimmt dich auf den Arm.«

»Ich wünschte, Webber hätte sein Ding verloren«, sagte Xú. »Erinnerst du dich, Pres? Der Kerl hat sich jede Nacht in der Dusche einen runtergeholt.«

»Na ja, jetzt wichst er in der Hölle.« Preston sah Paul an. »Er ist beim letzten Angriff draufgegangen.«

»Da wir davon reden.« Price lief rötlich an. »Wenn man ... also, wo kann man hier Frauen kennenlernen?«

Xú hob die Augenbrauen. »Wo du einen wegstecken kannst?«

»Besorg's dir selber.« Preston griente. »Du bist doch ein Girl.«

Koudelka räusperte sich. »Lassen Sie ihn in Ruhe, Private. Noch hat er Schonzeit.«

»Die letzten Frauen haben uns die Konnies weggeschossen, und seitdem haben wir keinen Ersatz bekommen«, sagte Xú. »In der Kompanie sind Mädels Mangelware, und das heißt, du musst dich hinten anstellen, wenn du rangelassen werden willst.«

»Es gibt nur eine Muschi, die ich ficken will, und ihr Name ist Konnie.« Preston rieb sein Sturmgewehr, als wäre es ein riesiger Penis, und deutete auf den Abzug. »So kommst du am schnellsten zum Schuss.«

Paul kam Melissa in den Sinn. »Müsst ihr so über Frauen reden?«

»Hast du ein Problem damit, Bragg?« Preston stierte ihn an. »Bist du etwa schwul?«

Paul biss die Zähne zusammen und fragte sich, aus welchem homophoben Loch eine Ratte wie Preston gekrochen sein mochte. Vermutlich aus der grässlichsten Gosse der Galaxis.

»Feuer einstellen, Mädels.« Koudelka knüllte die Verpackung der Kampfration zusammen und steckte sie in den Rucksack. »Konnie ist der Feind. Spart euch die Kraft für ihn auf.«

»Konnie ficken.« Preston drückte den Gewehrschaft gegen den Unterleib und pumpte mit der Hüfte. Paul wandte den Blick ab. Price glotzte. Xú verdrehte die Augen. Koudelka lächelte.

Bist du schwul?, hatte Preston gefragt. Paul sah die Chance, es ihm heimzuzahlen. »Das ist die einzige Muschi, die du je kriegen wirst. Du bist zu hässlich.«

Price kicherte. Xú prustete. Koudelka griente.

»Deine Mutter ist hässlich.« Ein Grinsen breitete sich auf Prestons Gesicht aus. »Donnerwetter, du hast ja Haare zwischen den Beinen.«

»Unser Frischling lernt schnell«, meinte Koudelka. »Bragg, wir sind Krieger, Raubtiere, und wir sind hier, um Konnies zu töten. Wir vernichten den Feind, wo wir ihn finden. Konnies verdienen keine Gnade. Wer schneller schießt und besser trifft, lebt länger.«

»Was ist mit Gefangenen?«

»Ich habe Sie nicht gehört, Bragg.«

»Ich meine, wenn die Konnies sich ergeben –«

Koudelka kniff die Augen zusammen. »Weswegen sind wir hier?«

»Aber –«

»Weswegen sind wir hier?«

»Konnies töten«, sagte Price halblaut.

»Genau.« Koudelka nickte. »Sie haben es geschnallt. Aus Ihnen wird noch was, Private Girl.«

Paul schwindelte. In der Grundausbildung hatte man ihn und die anderen Rekruten belehrt, wie mit Kriegsgefangenen zu verfahren war. Niemals würde er auf einen Feind schießen, der sich ergab, selbst wenn der Corporal genau das forderte. Wieso widersetzte sich niemand? Wusste der Sergeant davon? Paul würde sich jedenfalls nicht die Zunge verbrennen, denn Koudelka konnte ihm die Dienstzeit zur Hölle machen.

Ihm war der Appetit vergangen. Er hielt die Kampfration hoch. »Will jemand?«

»Ohne Mampf kein Kampf.« Xú griff zu und kaute genüsslich.

»Konnie hat viele Kameraden getötet«, sagte Koudelka. »Schon mal jemanden an einem Bauchschuss krepieren sehen? Nein? Konnie kennt keine Gnade, und wir auch nicht. Ich will, dass Sie an einem Stück nach Hause kommen, Bragg, daher schießen Sie, sobald Sie einen Konnie sehen. Bringen Sie ihn um, und stellen Sie sicher, dass er verreckt ist. Wir haben mal einen verwundeten Konnie für erledigt gehalten, aber der Kerl hat sich nur tot gestellt und einem Kameraden in den Rücken geschossen. Die Kugel ist durch die Lunge gegangen. Wie hieß der Frischling noch? Baker?«

Preston kratzte sich am Kopf. »Barker, glaube ich.«

»Wir haben ihn versorgt, doch der Abtransport dauerte zu lange. Ich habe in den letzten Minuten seine Hand gehalten und ihm gesagt, dass alles gut werden wird, aber er ist im verdammten Leichensack nach Hause gekommen.« Koudelkas Blick glich einem Buschfeuer, das auf seinem Weg alles verschlang und in Asche verwandelte. »Wir töten Konnie, wo wir ihn finden. Ist das klar?«

Der Corporal hatte seinen Grund, den Feind zu hassen, aber Paul teilte ihn nicht. Koudelka starrte ihn an, und Paul senkte den Kopf. »Ja.«

»Ja was? Ja wer? Herr Standortpfarrer, oder wie?«

»Ja, Corporal.«

»Sie lernen es noch, Private.« Koudelka lehnte sich zurück. »Gnade ist an Konnie verschwendet.«

»Wir sind Soldaten, keine Schlächter.«

Koudelka fuhr herum. Hewlitt stand schräg hinter ihm. »Ich dachte, wir hätten uns darüber unterhalten, Corporal.«

»Sarge –«

»Männer, herhören! Ein Feind, der sich ergibt, wird gefangen genommen. Verwundeter Feind ist zu versorgen, sobald der Kampf vorbei ist. Unsere Verletzten kommen natürlich zuerst dran. Wir vernichten den Feind – im offenen Gefecht, durch Feuerüberfall oder Hinterhalt. Sie erschießen jeden Konnie, der eine Waffe hat, aber Sie verschonen den Feind, der sich ergibt oder kampfunfähig ist. Verstanden?«

»Jawohl, Sergeant«, sagten alle im Chor. Koudelkas Miene versteinerte.

Hewlitt blickte ihn an.

»Verstanden, Sarge.« Koudelkas Lippen bewegten sich kaum.

»Morgen ist Ihr erstes Gefecht.« Hewlitt sah Price und Paul an. »Sie werden Angst haben, aber das ist normal. Konnie hat auch Schiss, doch er muss sich mehr vor Ihnen fürchten als umgekehrt. Wer von Ihnen ist scharf auf eine Tapferkeitsmedaille?«

Alle schwiegen.

»Gut«, sagte Hewlitt. »Ich brauche keine Möchtegernhelden. Tun Sie einfach Ihre Pflicht.«

Der Sergeant kam vorbei, während Preston und Paul in einem Schützenloch Wache schoben. Sie lagen in einer flachen Grube auf dem Bauch, und die Sturmgewehre ruhten mit dem Lauf auf einem kleinen Erdwall, der mit ausgerissenem Grünzeug bedeckt war. Paul blickte in die Dunkelheit. Geräusche wurden bei Nacht weit getragen und konnten Feinde verraten, die sich näherten, dachte er und lauschte, doch kein Zweig knackte. Nirgendwo raschelte ein Busch. Ab und zu klappte Paul das Nachtsichtgerät herunter und sah sich um, aber Feind war nicht auszumachen. Hinter ihm erklang ein leises, schabendes Geräusch. Er fuhr herum und griff zur Waffe.

»Ruhig.« Preston hielt ihn fest. »Das ist nur der Sarge oder ein Corporal, der uns kontrolliert. Bist ganz schön fickerig, Bragg.«

Sergeant Hewlitt schälte sich aus der Dunkelheit und glitt auf dem Bauch neben sie.

»Alles ruhig, Sir«, sagte Preston. »Ich müsste mal scheißen gehen.«

»Machen Sie 'n Abflug, aber kacken Sie nicht auf den Weg.«

»Jawohl, Sarge.« Preston glitt rückwärts aus der Stellung und kroch einige Meter, bevor er sich umdrehte und weiter krabbelte. Er verschwand im Gebüsch.

Hewlitt robbte neben Paul ins Schützenloch. »Ist das Ihr erster Kampfeinsatz?«

»Jawohl, Sir.« Paul fuhr sich mit der Zunge über die Lippen. »Ich hätte nicht gedacht, dass es so schnell geht.«

»So läuft das hier ab. Wir schmeißen die Leute ins kalte Wasser. Schonzeit können wir uns nicht leisten, dazu ist die Mannstärke zu gering.« Hewlitt lächelte. »Keine Sorge, das erste Gefecht ist das schlimmste. Danach wird es leichter.«

»Jawohl, Sir.«

»Seien Sie froh, dass Sie hier sind und nicht an der Cedam-Front.«

Corporal Koudelka hatte diesen Namen erwähnt, dachte Paul. »Was ist dort?«

Hewlitt sah ihn an, als ob Paul gefragt hätte, ob Planeten sich um die Sonne drehten. »Die Höhen von Cedam. Konnie sitzt auf dem Kamm und beherrscht das Umland. Er kann weit sehen und weit schießen. Unsere Stellungen dort sind ein Kaninchenbau aus Schützengräben und Bunkern. Falls wir die Höhen einnehmen könnten, wäre das ein entscheidender Durchbruch. Leider kommen Panzer die steilen Hänge nicht hinauf, daher können wir den Feind nicht auf breiter Front angreifen. Nur auf schmalen Pfaden sind die Höhen zu erreichen, und die verteidigt Konnie verbissen.«

»Ein Luftschlag, Sir?«

»Konnie beschützt die Höhen mit allem, was er hat. Artillerie. Luftabwehr. Manchmal war der Nachthimmel voll mit Leuchtspurmunition. Jeder Angriff wurde bislang zurückgeschlagen. Zudem können Flieger kein Gelände halten. Sie werfen Bomben ab und kehren um. Panzer kommen nicht auf den Kamm, also bleibt nur die Infanterie. Mein Gott, wie viele Soldaten an den Hängen verblutet sind! Wir haben alles versucht. Gebirgsjäger, die über Steilwände aufstiegen. Fallschirmjäger sind Kilometer vor dem Ziel in großer Höhe abgesprungen und haben sich vom Wind auf den Kamm tragen lassen. Keiner kam zurück.«

Hewlitt wischte mit dem Handrücken über den Mund. »Die Cedam-Höhen sind ein Fleischwolf. Wir kommen nicht hoch, und Konnie kann nicht runter, allenfalls mit Infanterie, und die landet im Sperrfeuer unserer Geschütze. Der Feind könnte eine Division die Hänge herunter schicken, aber unsere Artillerie würde drei Viertel davon vernichten, bevor sie die ersten Schützengräben erreichen. Der Rest würde in den Gräben verrecken. Daher bleibt Konnie auf den Höhen und verteidigt sie. Seit über einem Jahr haben wir keinen Fortschritt erzielt.«

»Kann man die Höhen nicht umgehen und dem Feind in den Rücken fallen?«

»Sicher, doch Konnie ist nicht dumm. Er verteidigt das infrage kommende Gelände. Beide Seiten werfen an Menschen und Material rein, was sie haben, aber keine gewinnt einen Fußbreit an Boden. Sie halten sich gegenseitig in Schach.«

»Beim Schach entscheidet die bessere Taktik.«

Hewlitt lächelte bitter. »Was passiert, falls jemand mehr Figuren aufstellt als Sie?«

»Das ist gegen die Regeln, Sir.«

Der Sergeant lachte kurz. »Solange es keinen Schiedsrichter gibt, der Verstöße bestraft, sind Regeln wertlos. Falls Sie spielen wollen, müssen Sie in den Bataillons- oder den Divisionstab gehen. Dort gibt es große Karten, auf denen jede Einheit als Symbol abgebildet ist. Wir sind Infanterie, also ist unser Symbol grün. Nach Herzenslust können Sie dort Einheiten bewegen. Wird eine vernichtet, so entfernt man das Symbol.«

Paul fröstelte. Er wollte keine Bildmarke sein. »Was hat es mit dem Vorposten auf sich, den wir einnehmen sollen? Ist er wichtig?«

»Mehr oder weniger. Konnie hält einen Teil des Waldes, und wir den anderen. Machen Sie keinen Denkfehler: Wir reden von einem riesigen Gebiet, nicht von Wäldern, wie Sie sie vielleicht von zu Hause kennen. Derzeit befinden wir uns im Niemandsland zwischen den Fronten. Beide Seiten sind so weit eingedrungen, wie sie konnten, bis die ersten Spähtrupps aufeinanderstießen und die Gefechte begannen. Das Gelände ist unwegsam und schwer einsehbar. Luftraumüberwachung bringt fast nichts, weil das Blätterdach so dicht ist. Selbst Wärmebildgeräte versagen.

Jede Seite versucht, den vordersten Rand der Verteidigung näher an den Feind heranzubekommen, daher errichtet sie Vorposten.«

»Also nehmen wir sie ein«, sagte Paul. »Wir verhindern, dass der Feind an Boden gewinnt.«

»Genau! Konnie tut das Gleiche, und das hat dazu geführt, dass einige dieser Vorposten beinahe monatlich von Konnie oder uns erobert werden.«

Paul schluckte. »Heißt das, wir nehmen den Vorposten ein, und Konnie erobert ihn innerhalb eines Monats zurück?«

»Ja, leider. Wir kriegen zu wenig Nachschub, weil fast alles an die Cedam-Front geht. Ist Ihnen nicht gut, Bragg?«

Pauls Magen zog sich auf Faustgröße zusammen. »Warum zerstören wir ihn nicht?«

»In dem Fall entsteht woanders ein neuer, und das Spiel beginnt von vorne.« Hewlitt lachte rau. »Ist was anderes als Schach, oder?«

Paul schluckte. Er wusste keine Antwort darauf.

Hewlitt sah ihn mit einem seltsamen Glitzern in den Augen an und wandte schließlich den Blick ab. »Ich weiß nicht, warum ich Ihnen das erzähle«, murmelte er und schwieg lange.

Paul wagte nicht, ihn anzusprechen. Der Sergeant wirkte müde; jede Energie schien ihn verlassen zu haben.

»Haben Sie einen Bruder, Bragg?«

»Eine jüngere Schwester, Sir.«

»Wollen Sie, dass sie eingezogen wird?«

Melissa mit kurz geschorenem Haar in Uniform. Melissa, die durch den Dreck glitt und unter Feuer lag. Paul dachte an das animalische Glitzern in den Augen seiner Kameraden, sobald von Frauen die Rede war, und schüttelte den Kopf.

»Sehen Sie, deswegen machen wir das«, meinte der Sergeant. »Jeder hat jemanden oder etwas, für den oder das er kämpft. Im Zweifelsfall denken Sie an ihre Schwester. Wie alt ist sie?«

»Fünfzehn, Sir.«

»Dann haben wir drei Jahre, um den Krieg zu gewinnen.«

»Halten Sie das für möglich?«

»Ich hoffe es«, sagte Hewlitt. »Jeden Tag kann sich das Kriegsglück zu unseren Gunsten wenden. Wir beschäftigen Konnie hier, so gut wir es können, binden seine Kräfte und laugen ihn aus, bis er Truppen von anderen Frontabschnitten abziehen muss – zum Beispiel von den Cedam-Höhen. Wir leisten unseren Beitrag für den Sieg.«

Die Worte klangen verbraucht, als habe er sie zu oft verwendet.

»Vergessen Sie, was ich gesagt habe«, murmelte Hewlitt. »Bald erringen wir einen weiteren Sieg für die Allianz. Nur daran dürfen Sie denken. Ihre Kameraden verlassen sich auf Sie.«

»Jawohl, Sergeant. Ich werde meine Pflicht tun.«

Preston kehrte zurück.

»Sie haben lange gebraucht, Private«, sagte Hewlitt.

Preston grinste. »War die Tagesladung, Sir.«

»Dann können Sie morgen unbeschwert marschieren.«

»Jawohl, Sarge.«

Hewlitt lächelte matt, robbte aus der Stellung und verschwand in der Nacht.

Paul merkte kaum, wie Preston neben ihn glitt. Hewlitts Worte drehten sich wie ein Kreisel in seinem Kopf. Sollte er Fahnenflucht begehen? Wohin? Im Wald konnte er nicht auf sich allein gestellt überleben, und auf Cedric III gab es nur die Allianz und die Konnies. Er konnte nirgendwohin fliehen. Paul wollte weder vor dem Standgericht enden noch in Kriegsgefangenschaft gehen, daher war er auf Gedeih und Verderb an die Gruppe gebunden.

Er konnte kaum atmen. Worte drangen an sein Ohr, aber erst nach einigen Sekunden ergaben sie Sinn.

»Hat er dich abgefragt?«, wollte Preston wissen. »Hast du ihm alles über Lage und Auftrag erzählt?«

Tatsächlich war es umgekehrt gewesen, dachte Paul. Wusste Preston Bescheid, wie verfahren ihre Situation war? Er wagte nicht, das Thema anzusprechen. »Ja.«

»Das macht er mit allen Neuen so. Ist sich nicht zu fein, neben dir im Schützenloch zu liegen. Der Sarge ist okay. Hat er dich motivitiert, damit du morgen gut kämpfen kannst?«

»Mo-ti-viert«, sagte Paul. »Wie läuft das ab?«

Preston kratzte seinen Bauch. »Du bist echt ein Frischling. Wir machen den Stützpunkt ausfindig, stürmen rein und legen alle um. Ran ans Haus, Handgranaten rein, Explosion abwarten, rein ins Gebäude und jeden kaltmachen, der sich bewegt. Dauert weniger als eine Minute. Buuummmm! Ratatatatat! Du schaffst das, sonst reiße ich dir den Arsch auf. Ich muss mich auf dich verlassen können.« Er stieß Paul an. »Klar?«

»Ja, Mann. Macht ihr keine Gefangenen?«

»Hast du den Corporal nicht gehört?«

»Hast du den Sergeant nicht gehört?«

»Doch«, sagte Preston. »Ist aber was anderes, wenn es den Kameraden neben dir erwischt. Konnie spickt ihn mit Blei, und du sollst dann nett zum Feind sein und ihn gefangen nehmen, nur weil er seine Munition verschossen hat und dich nicht mehr umlegen kann? Am Arsch!«

Paul schluckte. »Wie viele Menschen hast du getötet?«

»Keine. Nur Konnies.«

Paul lief es kalt den Rücken runter. Preston war ein Tier auf zwei Beinen. »Ich habe gehört, du hast deine Dienstzeit verlängert. Wieso?«

»Ich bin keine drei Monate auf Cedric III gewesen, da hab ich gewusst, dass ich hierhin gehöre. Die Klamotten kriegst du in der Bekleidungskammer, die Knarre in der Waffenkammer, und das Essen steht regelmäßig im

Speisesaal auf dem Tisch. Abspülen brauchst du nicht; das erledigen die von der Küche. Ein Blick auf den Dienstplan, und du weißt, was morgen passiert.« Preston blickte in die Dunkelheit. »Scheiße, Xù geht bald nach Hause. Ich habe keinen Bock, mich ständig an Frischfleisch zu gewöhnen, also krepier' nicht.«

»Ich werde meine Pflicht tun.«

»Ach, leck mich doch! Hör auf, das Gesülze aus der Ausbildung wiederzukäuen. Pflicht!« Preston gab ein furzendes Geräusch von sich. »Du kämpfst nur für die Kameraden. Die kennste nämlich. Und für den Sarge.« Er stupste Paul an. »Wir ficken die Konnies gemeinsam.«

Prestons Horizont war ziemlich beschränkt, dachte Paul. Was würde der Kerl im Zivilleben tun? Kartons in Regale stapeln? Eine Arbeit verrichten, bei der man den Kopf ausschalten konnte? »Was machst du, sobald der Krieg vorbei ist?«

Preston schwieg einige Sekunden lang. »Keine Ahnung, was ich dann tun soll. Darüber habe ich nie nachgedacht. Alles, was ich kann, wäre nichts mehr wert. Scheiße! Warum hast du das gefragt?«

»Tut mir leid.« Paul suchte nach tröstenden Worten. Preston war ein ungehobelter Klotz, aber er hatte Angst – genau wie Paul. Paul fürchtete sich vor dem Krieg, Preston vor dem, was danach kam. Vielleicht war er doch kein Arsch. »Ich glaube, sie werden dich behalten. Du bist ein guter Soldat, und die Armee braucht dich.«

»Schön wär's«, murmelte Preston. Bis zum Ende der Wache sprach er kein Wort mehr.

Am frühen Nachmittag des folgenden Tages erreichten sie das Gebiet, in dem sich der feindliche Vorposten befand. Hewlitt schickte zwei Spähtrupps los, die das Gebiet aufklären sollten: Hines und Brandt sowie Koudelka und Preston. Iñarritú, Xú, Price und Paul blieben mit Hewlitt im Gruppennest. Iñarritú und Xú schoben Wache, während Price und Paul mit den Klappspaten eine Latrine aushoben. Hewlitt schaute regelmäßig vorbei und kontrollierte die Fortschritte. Er sprach kaum ein Wort.

Pauls Magen war zu einem harten Klumpen geronnen. Bald würde er dem Feind gegenüberstehen. Er hatte auf Klappscheiben geschossen, die wie feindliche Soldaten aussahen, aber in Kürze würde er auf Menschen feuern, die zurückschossen.

Price war genauso einsilbig wie Hewlitt. Sein Gesicht hätte aus Holz geschnitzt sein können. Hin und wieder unterbrach Paul die Arbeit und lauschte, aber keine Schüsse drangen durch den Wald. Der Feind hatte die Spähtrupps nicht entdeckt.

Am besten wäre es, falls ein Spähtrupp auf eine feindliche Patrouille stieß und diese vernichtete, dachte Paul. Die Schüsse würden die Konnies alarmieren, das Moment der Überraschung wäre verloren, und Hewlitt müsste abrücken.

Feigheit vor dem Feind, ging es Paul durch den Kopf. Er versagte bereits, bevor es losging. Mit niemandem durfte er darüber reden, nicht einmal mit Price, denn er wollte nicht als Memme dastehen.

Zwei Stunden später kehrten die Spähtrupps ins Lager zurück. Hewlitt ließ sich Bericht erstatten, bevor er die Gruppe zusammenrief. Die Soldaten kauerten auf dem Boden und hielten die Sturmgewehre fest.

»Konnie steckt dreihundert Meter von hier«, sagte Hewlitt. »Ein einstöckiges Gebäude, auf dessen Flachdach sich ein MG-Nest befindet. Etwa zwanzig Meter vor dem Feind verlaufen S-Drahtsperren durch den Wald.«

»Wir durchtrennen sie mit den Sägeklingen der Kampfmesser«, sagte Paul.

»Das mach mal.« Preston schnaubte. »Konnie ist nicht blöd, und deswegen hat er zehn Meter vor den Sperren versteckte Ladungen angebracht: Handgranaten, deren Splint fast ganz herausgezogen ist. An den Ring hat Konnie einen dunklen Faden gebunden und knapp über den Boden gespannt.« Er fuhr sich mit dem Handrücken über den Mund. »Beinahe hätt's mich erwischt. Diese elenden Pisser ...«

»Danke, Private«, sagte Hewlitt. »Darf ich weiterreden?«

»Tschuldigung, Sarge. Konnie hat sich verschanzt und Fallen ausgelegt, die uns die Eier wegsprengen sollen. Sobald eine Ladung hochgeht, weiß der MG-Schütze, wo wir stecken, und nimmt uns unter Feuer. Wegen der Drahtsperren können wir nicht stürmen.«

»Private!«

»Jawohl, Sarge.« Preston kaute auf der Unterlippe. »Ich halte gleich die Klappe. Ist nur so, dass mir die Klöten geschrumpelt sind, als ich den Faden vor mir gesehen und erkannt habe, dass ich fast hochgegangen wäre.«

»Gut, dass Sie's rechtzeitig gemerkt haben«, sagte Hewlitt. »Ich brauche Sie nämlich.«

Preston grinste. »Danke, Sarge.«

»Können wir die Fallen nicht entschärfen und dann die Sperren durchtrennen?«, fragte Paul.

»Lebensmüde, was?« Preston zeigte ihm den Vogel. »Das kannst du gerne machen.«

»Schnauze«, sagte Hewlitt. »Noch rede ich. Corporal Hines, was meinen Sie?«

Hines zuckte mit den Achseln. »Möglich wär's. Ich traue es mir zu. Preston scheint einen sechsten Sinn für Fallen zu haben, daher sollte er mitmachen.«

Preston glotzte, schwieg aber.

Price hob die Hand. »Sergeant, falls der feindliche Widerstand so stark ist ... vielleicht sollten wir uns zurückziehen.«

»Sie können Ihre Vorhaut zurückziehen.« Koudelka funkelte ihn an. »Sie sind wirklich ein Mädchen, Private.«

»Immer mit der Ruhe, Corporal.« Hewlitt sah Price an. »Das Wort Rückzug kennt ein Allianzsoldat nicht.«

»Jawohl, Sir.«

»Wie heißt es richtig?«

»Äääh ... ausweichen?«

»Stimmt. Wir werden aber nicht ausweichen, sondern unser Bestes tun, diesen Vorposten einzunehmen. Wegen ein paar versteckter Ladungen machen wir uns nicht in die Hose. Die Sprengfallen müssen weg. Freiwillige?«

Niemand meldete sich.

»Schlappschwänze.« Preston hob schließlich die Hand. »Würd' nicht dafür Schlange stehen, Sarge, aber ich hab' die erste Ladung gefunden, also werde ich auch den Rest entdecken und unschädlich machen.«

»Bin dabei«, sagte Hines.

Hewlitt nickte. »Gut, Sie räumen die Ladungen aus dem Weg, während der Rest der Gruppe Deckung gibt.«

Paul räusperte sich. »Wie kommt der Feind durch die Sperre, ohne in die Luft zu fliegen? Falls er Patrouillen ausschickt, muss es Lücken geben, die nicht mit Fallen gespickt sind. Sofern wir die finden ...«

»Gute Idee«, sagte Hewlitt. »Hines und Preston, Sie halten danach Ausschau.«

Hines hüstelte. »Konnie überwacht die Sperre. Er wird uns sehen, sobald wir den Draht wegräumen, und sofort das Feuer eröffnen.«

»Wir sprengen die Sperre mit den Handgranaten auf«, meinte Paul.

»Schlaumeier.« Preston grunzte. »Die brauchen wir für die Erstürmung des Gebäudes.«

»Wir nehmen die Granaten aus den entschärften Fallen.«

»Ich bin beeindruckt, General Bragg«, sagte Koudelka. »Warum übernehmen Sie nicht das Kommando?«

Hitze stieg in Pauls Wangen. »Tut mir leid, Sir, ich wollte nur ...«

»Mitdenken.« Hewlitt lächelte. »Der Vorschlag hat was.« Er zerbrach einige Zweige und formte aus den Stücken ein Rechteck. »Das Gebäude.« Er legte ein Blatt in die Mitte. »Der MG-Schütze.« Hewlitt platzierte doppelte Stöckchen in einem Halbkreis vor dem Rechteck. »Die Drahtsperren. Konnie wird Schneisen für seine Leute gelassen haben, wie Private Bragg gesagt hat. Die müssen Sie finden, Hines und Preston, denn dort dringen wir ein. Dazu teilen wir uns in zwei Trupps auf. Iñarritú schaltet den MG-Schützen mit einer Gewehrgranate aus und nimmt anschließend das Haus unter Beschuss. Xú unterstützt mit dem MG. Wir sprengen die Sperren mit Handgranaten auf. Trupp eins unter meinem Kommando springt ans Haus und sichert. Trupp zwei schließt auf mein Kommando hin auf, während das MG weiter den Feind beschießt. Wir stürmen das Gebäude und vernichten Konnie. Fragen, Anträge, Wünsche?«

Pauls Mund war ausgedörrt. An Koudelkas Schläfe pulsierte eine Ader. Price wischte sich über den Mund. Brandt schwitzte. Preston kratzte seinen Sack. Iñarritú presste die Lippen zusammen. Hines sah aus, als müsse er zur Beerdigung seiner Eltern gehen. Niemand sagte ein Wort.

Hewlitt nickte grimmig. »Hines, Preston – finden Sie die Schneisen und entschärfen Sie die Fallen. Hines, Sie nehmen zwei Mann mit, die Ihnen Deckung geben.«

Paul packte das Sturmgewehr fester. Nicht mich, dachte er. Nimm bloß nicht mich.

»Brandt«, sagte Hines. »Price.«

Price schluckte, doch Paul atmete insgeheim auf.

»Das erste Mal, dass ein Girl hinter mir ist.« Preston lachte leise. »Sonst ist's umgekehrt.«

Ein nervöses Kichern ging durch die Runde.

»Leck mich am Arsch«, sagte Price.

Preston zwinkerte ihm zu. »Das hättest du wohl gerne.«

»Ruhe«, meinte Hewlitt. »Corporal Koudelka, teilen Sie Wachen ein.«

»Ja, Sergeant.«

Price blickte zu Boden. Ein Häufchen Elend, dachte Paul. Ohne Price wäre die Grundausbildung viel härter gewesen. Es war gut, jemanden zum Reden zu haben. Jemanden, mit dem man gemeinsam auf Vorgesetzte und den Drill schimpfen konnte. Jemanden, auf den man sich verlassen konnte; der mit einem durch dick und dünn ging. Er kannte Price länger als jeden anderen hier.

Paul hob die Hand, obwohl seine Finger zitterten. »Ich melde mich freiwillig.«

Koudelka hob die Augenbrauen. »Zum Wachdienst?«

»Fürs Räumkommando.«

»Spätzünder.« Widerwilliger Respekt lag in Koudelkas Blick.

Paul meinte, in Hewlitts Augen Anerkennung zu entdecken. Der Sergeant lächelte schwach. »Einwände, Corporal Hines?«

»Nein, Sir.« Hines nickte Paul zu. »Price, Sie bleiben hier. Bragg übernimmt.«

Price warf ihm einen dankbaren Blick zu, und Paul kam sich sehr tapfer vor.

Das gute Gefühl hielt nicht lange an. Er lag fünf Meter hinter Preston im Unterholz, während der Soldat auf die Sperre zu glitt. Das Gelände stieg an, und als Paul sich etwas aufrichtete, konnte er den Helm des Konnies ausmachen, der auf dem Gebäude Wache schob. Die S-Drahtsperre war eine helle Spirale vor dem Dunkel des Waldes. Farben, Geräusche und Bewegung konnten einen verraten, dachte Paul. Je näher Preston der Sperre kam, desto langsamer musste er sich bewegen, damit er dem Feind nicht auffiel. Zweige und Laub steckten im Tarnnetz von Prestons Helm, sodass er wie ein kleiner Busch wirkte. Dank des Fleckenmusters auf Feldanzug und Körperpanzerung verschmolz Preston mit der Umgebung. Lag er still, so musste er einem Beobachter wie ein Teil des Waldes erscheinen.

Preston tastete mit ausgestreckten Armen den Boden ab. Die Druckwelle einer Splitterhandgranate reichte fünfzehn Meter weit, dachte Paul. Falls Preston eine versteckte Ladung auslöste, würde die Explosion ihn und Paul zerfetzen.

Preston grub die Fußballen in den Boden, glitt eine Handbreit vorwärts, tastete weiter und hielt inne. Paul stockte der Atem. Prestons Kopf pendelte hin und her. Langsam zog er ein Taschenmesser heraus, machte die Klinge frei und säbelte an etwas herum. Er fuhr mit der Hand unter einen Busch und zog eine Handgranate hervor. Paul stockte der Atem. Preston drehte sich zu ihm um, grinste und drückte den Sicherungssplint mit dem Zeigefinger in die Granate, bevor er sie auf Paul zurollen ließ. Sie stieß gegen Pauls linken Oberarm. Er packte die Granate und steckte sie mit dem Sicherungshebel in die Koppel. Schweiß tropfte von seiner Stirn.

Preston glitt ein Stück näher an die Sperre heran. Für jede Handbreit schien er eine Ewigkeit zu brauchen. Paul musste dringend pinkeln. Zu gerne hätte er sich abgemeldet, in die Büsche geschlagen und abgewartet, ob Preston in die Luft flog oder nicht, aber das würde wie Drückebergerei aussehen.

Wieso war ein ungehobelter Klotz wie Preston tapfer, während Paul Herzklopfen hatte? Moment, vielleicht besaß Preston keine Fantasie und erkannte daher nicht, in welcher Gefahr er schwebte. So musste es sein! Preston war nicht mutig, sondern stumpf. Er nahm die Dinge, wie sie kamen, und dachte nicht darüber nach. Preston passte als rauer Klotz auf den groben Keil des Krieges. Paul hingegen hätte lieber Architektur studiert, als zur Armee zu gehen. Er wollte aufbauen, nicht zerstören, doch jeder Bürger schuldete der Allianz fünfzehn Monate Wehrdienst. Verweigerer mussten für zehn Jahre ins Exil.

Preston glitt vorwärts, tastete und robbte weiter. Meter für Meter kam er dem S-Draht näher. Eine weitere Granate fand er nicht. Er berührte das Kehlkopfmikrofon. »Bravo eins von Bravo vier«, flüsterte er. »Kommen.«

»Hier Bravo eins«, sagte Hines über Funk. Seine Stimme erklang hinter Pauls rechtem Ohr, wo der Empfänger saß. »Kommen.«

»Hier hängt ein Stück Trassierband«, meinte Preston. »Einen Meter weiter auch. Ich glaube, ich hab' die Schneise gefunden. Kommen.«

»Sprengfallen? Kommen.«

»Eine entschärft. Kommen.«

»Sind Sie sicher, dass es keine weiteren gibt? Kommen.«

»Ich werd's gleich wissen«, sagte Preston. »Falls es knallt, hab' ich mich geirrt.«

Eine endlose Minute später stand es fest: Preston hatte eine Schneise gefunden, die frei von Fallen war. Behutsam glitt er zu Paul zurück. Prestons Gesicht war schweißbedeckt, doch er lächelte und hielt einen abgespreizten Daumen hoch. »Weißte, was wir als Nächstes machen?«

Paul kannte die Antwort. »Konnie ficken.«

Preston grinste zustimmend.

Corporal Hines fand eine weitere Schneise. Hewlitt teilte die Gruppe in zwei Trupps auf. Er bezog mit Hines' Einheit an der linken Schneise Stellung, während Koudelkas Trupp sich an die rechte heranarbeitete. Paul kauerte hinter einem Baumstamm. Er sollte die Granate werfen und die Drahtsperre sprengen. Er packte den Sprengkörper fester und hakte den linken Zeigefinger in den Ring des Sicherungssplints.

Durch den Empfänger hinter dem rechten Ohr bekam er den Funkverkehr mit. Iñarritú und Xú hatten ihre Ziele ins Visier genommen.

»Iñarritú, Xú: Feuer frei!«, rief Hewlitt.

Die Gewehrgranate pustete den Konnie hinter dem MG vom Dach. Wie in einem Slapstick-Film, dachte Paul.

Xús MG ratterte. Eine weitere Granate verwandelte ein verbarrikadiertes Fenster in eine Wolke aus Steinstaub und Holzsplittern. Wieder hämmerte das MG.

»Handgranaten...wurf!«, sagte Hewlitt.

Paul neigte sich aus der Deckung, schleuderte die Granate, nahm das Sturmgewehr in die Armbeugen, presste den Rücken gegen den Baumstamm und drückte beide Hände auf die Ohren.

Die Handgranate explodierte.

Paul lugte um den Baum herum. In der S-Drahtsperre klaffte eine Lücke. »Sperre offen!«

Über Funk hörte er die Bestätigungen der Kameraden. Sie hatten die Absperrung durchbrochen. Er kroch zu der ihm zugewiesenen Stellung neben Koudelka, brachte das Gewehr in Anschlag und suchte nach einem Ziel. Drei Meter rechts vom Corporal schoss Xú kurze Feuerstöße.

Aus dem Haus antwortete ein MG. Paul duckte sich unwillkürlich. Wo war der Feind? Er feuerte auf eins der Fenster.

Iñarritús Granatwerfer krachte. Dicht vor dem Haus quoll Rauch empor. Die nächste Granate traf die Tür und sprengte sie auf.

Hewlitt rannte mit seinem Trupp auf das Haus zu. Wieder spuckte das feindliche MG. Erde spritzte in die Höhe.

Die Konnies schossen blind in den Rauch, dachte Paul.

Der Trupp lief geduckt zum Haus und presste sich an die Wände: Iñarritú und Hines an die linke Querwand, Hewlitt, Price und Brandt an die Vorderseite des Gebäudes. Aus dem zerborstenen Fenster, auf das Iñarritú geschossen hatte, fiel eine Handgranate zwischen ihn und Hines. Der Corporal stieß die Granate mit dem Fuß weg, doch es war zu spät. Die Explosion streckte beide nieder, verschonte aber den Rest des Trupps. Hewlitt taumelte und hielt sich ein Ohr, blieb jedoch auf den Füßen.

Die verdammten Konnies! Paul knirschte mit den Zähnen und suchte vergeblich nach einem Feind, den er erschießen konnte.

Auf Hewlitts Befehl hin kam Price neben einem Fenster hoch, hielt das Gewehr mit gestreckten Armen von sich und jagte einen Feuerstoß durch den Holzverschlag. Brandt tat bei einem anderen Fenster das Gleiche.

Hoffentlich mähten sie ein paar Konnies nieder, dachte Paul. Die Wichser sollten für die gefallenen Kameraden bluten.

»Trupp zwei, aufschließen!«, rief Hewlitt.

»Xú, Feuer verlagern! Sprung auf, marsch, marsch!« Koudelka schnellte hoch und hetzte zur Lücke in der S-Drahtsperre. Paul rannte hinterher, gefolgt von Preston. Xús Feuerstöße durchlöcherten das rechte Fenster auf der Vorderseite.

Hewlitt winkte sie heran, warf eine Handgranate durch die offene Tür und presste sich gegen die Wand. Blut lief aus seinem rechten Ohr.

Nach der Detonation sprang Brandt ins Haus und gab mehrere Feuerstöße ab. Price folgte ihm.

»MG, Feuer einstellen!«, rief Hewlitt, und Xú gehorchte. Im Gebäude hämmerten Feuerstöße.

Paul warf sich neben Koudelka an die Hauswand.

Hewlitt deutete auf die Tür. »Los, rein! Nach hinten durch und sichern. Preston, Sie kommen mit mir.«

Koudelka nickte und schnellte ins Haus. Paul folgte ihm. Am Ende des kurzen Korridors war eine Tür. Links und rechts des Ganges standen Türen offen. Price und Brandt waren nicht zu sehen. Schüsse dröhnten.

Koudelka stellte sich links neben der Tür am Ende des Flurs an die Wand, presste eine Handgranate an den rechten Oberschenkel und hakte den linken Zeigefinger in den Ring des Sicherungssplints. Paul drückte die Klinke nieder und stampfte mit dem Fuß gegen die Tür. Sie schwang nach innen auf. Koudelka zog die Handgranate ab. Eine Granate rollte aus dem Raum und an ihm vorbei. Koudelka erstarrte.

Paul raste in das Zimmer, weg von der Granate. Ein Feuerstoß verfehlte ihn knapp, und er warf sich nach vorne. Hinter ihm detonierte die Handgranate. Die Druckwelle traf ihn wie ein Pferdetritt. Splitter prasselten auf die Panzerung, und ein scharfer Schmerz fuhr in Pauls Bein. Er krachte gegen eine Wand und sackte zusammen. Seine Ohren klingelten. Mühsam hob er den Kopf.

Der Konnie lag zwei Meter von ihm entfernt auf dem Bauch und presste die Stirn gegen den Boden. Er schüttelte den Kopf, blickte auf und blinzelte. Er war ein schmächtiger Jugendlicher mit runder Brille, Pickeln und schütterem Schnurrbart. Drei Herzschläge lang glotzten sie sich an, dann schwang der Konnie die Gewehrmündung in Pauls Richtung. Paul riss das Sturmgewehr hoch und legte den Finger auf den Abzug. Der Konnie erstarrte, ließ die Waffe fallen und hob die Hände.

Das Schwein wollte mich umlegen, dachte Paul. Er hat die Scheißhandgranate geworfen, die mich fast erwischt hätte. Rasch blickte er zur Tür und sah eine rote Lache. Vermutlich Koudelkas Blut.

»Brandt, zu mir!«, rief Preston im Gang. »Den Sarge hat's erwischt.«

In Paul zerbrach etwas. Er erschoss den Konnie. Vier- oder fünfmal drückte er ab, rappelte sich auf und hinkte zur Tür. Koudelka war von zwei Granaten erwischt worden: der des Konnies und seiner eigenen. Sie hatten nicht viel von ihm übrig gelassen. Paul würgte, behielt aber den Mageninhalt drinnen. Im Korridor kniete Brandt neben einem Verwundeten. Preston stand mit verkniffenem Gesicht daneben. Er senkte das Sturmgewehr, als er Paul erkannte. »Was ist passiert?«

»Konnie-Handgranate. Bin rein und hab ihn umgelegt.« Paul humpelte näher und deutete auf den Verletzten. Brandts Oberkörper versperrte ihm die Sicht. »Ist das ...«

»Der Sarge«, sagte Preston. »Stand im Gang, als es bumm gemacht hat.«

Pauls Magen krampfte sich zusammen. »Ist er tot?«

»Schwer verletzt.« Brandt zog ein Verbandspäckchen aus der Schenkeltasche des Sergeants. »Der Hals sieht übel aus. Treffer oberhalb der Panzerung. Vermutlich Splitter. Ich tue, was ich kann. Wo ist das verdammte Funkgerät?«

»Draußen bei Xú.« Paul lehnte sich an die Wand. »Schafft er's?«

»Bin ich Hellseher?« Brandt rückte das Kehlkopfmikro zurecht. »He, Xú, schaff deinen Arsch her und bring das Scheißfunkgerät mit, aber dalli. Ja, du mich auch!«

Hewlitts Kragen war voller Blut. Paul wandte den Blick ab. »Wo ist Price?«

»Ein Konnie hat ihn erwischt.« Brandt wies auf einen anliegenden Raum. »Liegt da drin.«

Paul stürmte in das Zimmer. Price wand sich auf dem Boden, presste die Hände auf den Bauch und stöhnte. Drei tote Konnies lagen herum. Paul kniete neben Price. Was sollte er tun?

»Weg da.« Preston stieß ihn grob beiseite. »Los, halte ihn ruhig, damit ich die Wunde verbinden kann.«

»Wird er sterben?«

»Bin ich Jesus? Hab' ich Nägel in den Händen und hänge am Kreuz? Stell dich nicht so an!«

Paul hielt Price fest, und Preston versorgte die Verletzung. Price biss die Zähne zusammen und wimmerte leise.

»Das wird schon«, sagte Preston. »Ist nur eine Kugel; die verdaust du. He, Girl, hast du mich verstanden?«

Price nickte tapfer, und Preston legte ihm die Hand auf die Schulter. »Xú ruft bereits Verstärkung. Die sind bald hier, also halt durch. Dauert nicht mehr lange. Mit etwas Glück hast du einen Heimatschuss. He, Bragg, wirst du fürs Herumstehen bezahlt? Hau ab und mach dich nützlich!«

Paul verließ den Raum. Er hatte weder Koudelka noch Price helfen können. Dem Sergeant ebenso wenig. Er war nutzlos. Xú kniete mit dem Funkgerät im Gang, und Brandt setzte eine Meldung ab. Auch hier war Paul überflüssig. Er wankte nach draußen.

Hines und Iñarritú lagen dort, wo die Handgranate sie erwischt hatte. Jede Hilfe kam für die beiden zu spät. Paul setzte sich mit dem Rücken an die Hauswand und ließ den Kopf hängen.

»Alles klar?« Xú trat neben ihn. »Keine Sorge, die Ablösung ist unterwegs. Ich habe den toten Konnie gesehen. Saubere Arbeit.«

War es so einfach?, dachte Paul. Man tötete und wurde akzeptiert? In seinem Inneren herrschte Leere. Weder Erleichterung noch Triumph, sondern ein fades Nichts. »Koudelka ... ich konnte ihm nicht helfen.«

»Sei froh, dass du deinen Arsch gerettet hast.« Xú legte ihm die Hand auf die Schulter. »Mann, so ist das nun mal. Es schaffen nicht alle. Du kannst jetzt nicht schlappmachen. Wir müssen das Gebäude sichern. Los, komm hoch!« Er zog Paul auf die Beine. »Nur noch zehn Wochen, bis meine Dienstzeit um ist. Ich kann es nicht erwarten, dass ich aus der Scheiße herauskomme und heim darf. Dann könnt ihr mich alle am Arsch lecken! Die Allianz, die Konnies ... alle können mich mal.« Er spuckte aus. »Ich hab den Scheiß satt! He, du blutest am Bein. Lass mich das ansehen.«

Eine halbe Stunde später ging ein Senkrechtstarter-Mannschaftstransporter auf der Lichtung nieder. Die Ablösung führte ein schnauzbärtiger Corporal an. Einige der Soldaten hatten junge, frische Gesichter voller Entschlossenheit, und Paul kam sich uralt vor. Er, Preston, Brandt und Xú trugen die Toten wie die Verletzten an Bord.

Paul sackte auf die Sitzbank. Zu seinen Füßen lagen Price und Hewlitt. Der Sergeant atmete schwach. Paul wandte den Blick ab. Price' Gesicht war schmerzverzerrt und bleich, dennoch brachte er ein verkrampftes Lächeln zustande.

»Du schaffst es.« Pauls Stimme klang hohl. »Alles kommt wieder in Ordnung.«

Eigentlich sprach er zu sich selbst.

Nach der Landung wurden Hewlitt und Price in einen Sanitätswagen verfrachtet. Paul sah sie nicht wieder.

In den nächsten drei Monaten wirkte er an der Erstürmung von vier weiteren Außenposten mit. Xú schied schließlich aus dem Militärdienst aus und feierte den letzten Tag mit einem Besäufnis. Um ein Haar hätte er den Abflug verpasst. Brandt fiel bei einem Angriff.

Bei Pauls letztem Einsatz zerfetzte eine MG-Salve seinen linken Unterschenkel, und die Ärzte mussten das Bein oberhalb des Knies amputieren. Damit war der Krieg für Paul vorbei, und er verließ den Planeten an Bord eines Truppentransportschiffes.

Er blickte aus einem Bullauge und verfolgte, wie Cedric III immer kleiner wurde. Irgendwo dort unten kämpfte Preston noch immer.

Paul sah auf seinen Beinstumpf.

Ein weiterer Bauer flog vom Spielbrett, dachte er. Lang lebe die Allianz!

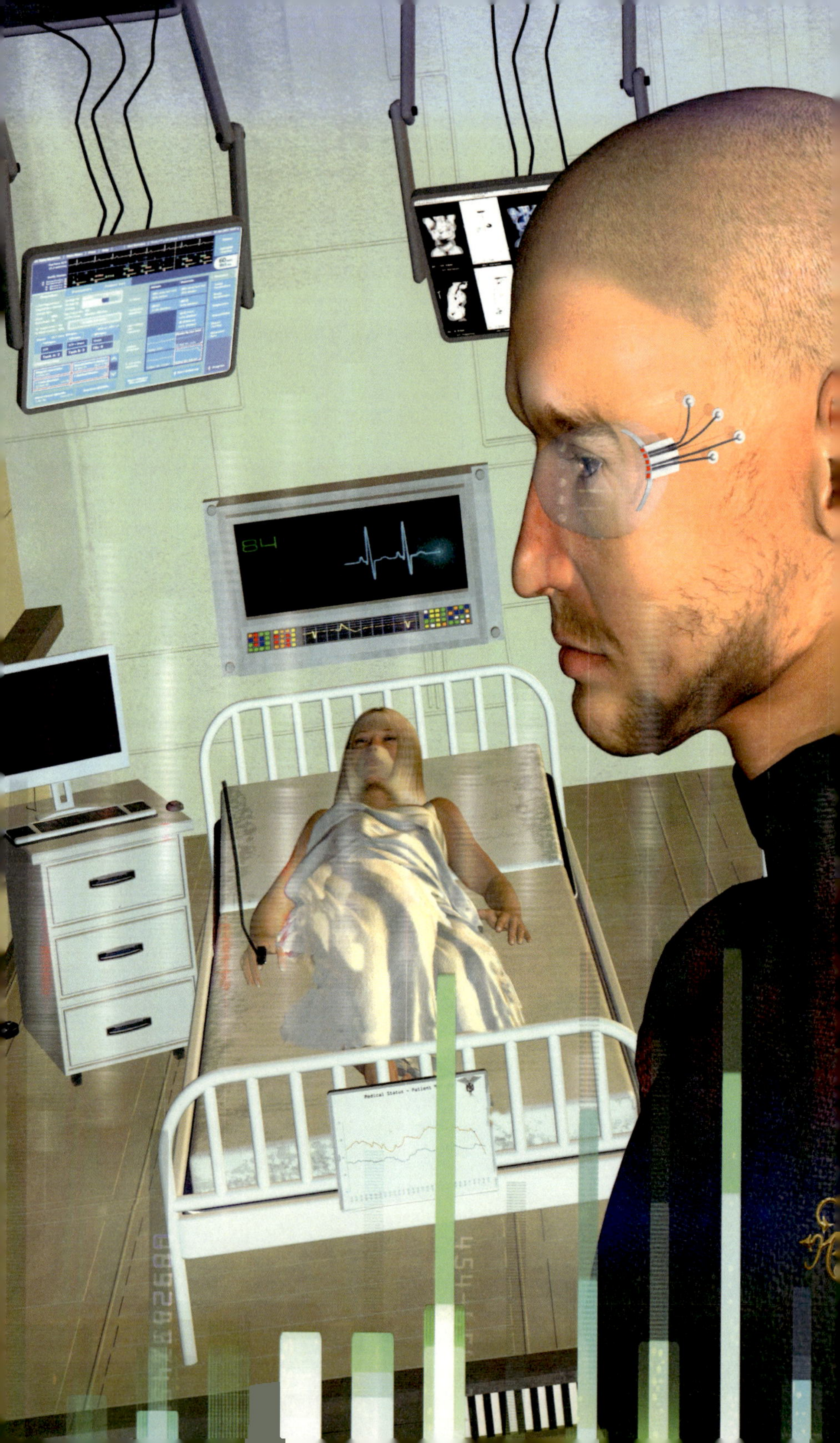
84
Medical Status - Patient

## Werner Weiske

# Firestarter

»Anger is an energy!«
Public Image Limited.

Er kam in mein Büro, und ich mochte ihn sofort.

Jung, dynamisch, motiviert. Ein ungeheurer Enthusiasmus strahlte von ihm aus, und ich fühlte mich ihm gegenüber wie ein alter Knacker. War ich ja auch. Im Vergleich. Und im selben Augenblick der Gedanke, was für eine Verschwendung es sein würde, wenn er mit hineingezogen würde. Tragisch, aber nicht zu ändern, nicht wenn ich es durchziehen wollte. Oh ja! Jede Rache reißt einen Abgrund auf. Wut füllte mich bis zum Bersten.

Er war viel zu aufgeregt, um misstrauisch zu sein. Kein Wunder am ersten Tag. Und der erste Job nach der Uni. Er stolperte praktisch über die eigenen Worte. »Sie haben die beste KI, den besten Creative Brain! Was muss das für eine Erfahrung sein, mit dem arbeiten zu können! Und ...« Er senkte seine Stimme zu einem vertraulichen Flüstern: »Mit dem, was Ihrer Konkurrenz widerfahren ist ...« Er schüttelte traurig den Kopf.

Ja, traurig. Ich fragte mich, ob es ihm nicht zu denken gab. Das Risiko, das er bei uns einging. Denn warum sollten wir immun sein, wenn es die anderen erwischt hatte?

»Ich jedenfalls bin bereit!«

Er deutete grinsend auf das noch geschwollene Narbengewebe im Nacken, wo er sich einen Direct-Neural-Link hatte legen lassen, ein Brain-Computer-Interface. Das war die Voraussetzung, um bei uns oder einem der anderen im High-End-Bereich agierenden Architekturbüros zu arbeiten. Man linkte sich direkt mit einem KI-Core ein, verband die eigenen Gedanken und Ideen mit den schnellsten und effektivsten Gehirnen, die es gab.

Wir waren das Global Headquarter von Jonathan Frei Associates, eines der Top-Architekturbüros der Welt und Spezialist für Großprojekte. Wir arbeiteten daran, den ArcCircle zu bauen, eine Arkologie in der arabischen Wüste, ein konkurrierendes Projekt zu THE LINE, dem Vorzeigeprojekt der Zwanziger. Nicht auf dem gleichen Scale, aber umso exklusiver. Jonathan Frei Associates hoffte, die Ausschreibung gegen die Konkurrenz zu gewinnen und den Auftrag zu bekommen.

Das wäre der Gipfel, mit dem Armbruster, unser COO, seine Karriere krönen wollte.

Armbruster, das Schwein.

Sein Fall würde umso tiefer sein.

Ich hatte ein Bild vor Augen, tief eingebrannt in meinem Gehirn: Marika, wie sie im Intensivbett lag, Schläuche hielten sie am Leben, denn ihr Körper war nur noch eine leere Hülle. Ihr Gehirn war leer. Ausgebrannt. Kein göttlicher Funke mehr, kein Geist.

Ich wusste, es war Armbrusters Werk.

Ich brauchte einen klaren Kopf und durfte keine Gefühle zulassen. Das störte nur. Keine Gefühle!

Ich rief mir ein Datendisplay in mein Gesichtsfeld. Sofort erschien alles vor meinem inneren Auge, was es über den Mann vor mir zu wissen gab. Er hatte sein Studium an einer Eliteuni abgeschlossen und durfte sich jetzt Master of Science nennen. Architekt. Ein Talent. Wie waren Menschen früher ohne den Direct-Neural-Link ausgekommen? Vor vierzig Jahren hatte es geheißen: Information at your fingertips. Inzwischen hieß es: Information, faster than your thoughts. Ich konnte alles abrufen, jede Datenbank, Social Media, einfach alles, indem ich daran dachte.

Während ich seine Daten sichtete, machte ich oberflächlichen Small Talk. Es erfordert Übung, sinnvolle Bemerkungen zu machen und gleichzeitig Daten zu durchforsten.

»Warum nicht zu Bergson, Liebwert & Partners?« Das andere große Architekturbüro, das Aufträge dieser Größenordnung übernehmen konnte. Mindestens so groß wie wir. Mindestens so erfahren. Die suchten doch gerade, dachte ich sarkastisch. Bergson war im vergangenen Monat von einer ungeheuren Katastrophe heimgesucht worden: Ein Virus hatte über den Direct-Neural-Link alle ihre Ingenieure infiziert und die zentrale KI lahmgelegt. Eine Brandfackel war durch alle angeschlossenen Gehirne gejagt; ein Virus hatte jeden Node im Netzwerk infiziert und zerstört. Oh, es waren keine Todesopfer zu beklagen. Der Virus hatte nur alle höheren Gehirnfunktionen zerstört, das vegetative Nervensystem aber intakt gelassen. Bergsons Engineering-Abteilung belegte nun einen kompletten Intensivflügel im Krankenhaus. Und würde nie wieder daraus hervorkommen. Unser Konkurrent Bergson war auf höchst effektive Weise aus dem Weg geräumt worden.

Und deshalb suchte Bergson jetzt händeringend nach Ingenieuren. Ich hätte ihm empfehlen sollen, sich dort zu bewerben. Das wäre menschlich gewesen, aber ich fühlte mich der Menschheit schon längst nicht mehr verpflichtet. Es war seine Entscheidung, zu uns zu kommen. Ihn zu warnen, hätte mein Cover zerstört. Ich hatte vor drei Wochen aufgehört, wie ein Mensch zu fühlen und zu denken.

Wie groß war die Wahrscheinlichkeit, dass ein Virus zielgenau unsere Konkurrenz aus dem Weg räumte, jede Detektion unterlief und niemand anderen betraf? Das konnte kein Zufall sein. Jemand hatte Bergson sabotiert, und ich wusste inzwischen, wer dahinter steckte!

Der Junge plapperte derweil munter vor sich hin, als gäbe es nichts Böses in der Welt.

»Jonathan Frei Associates hat einfach die bessere Technologie! Ich habe ihr Konzept studiert. Mann, Sie sind Bergson glatt Jahrhunderte voraus!«

Ich musste unwillkürlich lächeln. So viel Begeisterung! Und gleichzeitig der bittere Nachgeschmack: Ja, Marika war genauso gewesen. Als sie noch ein denkender, fühlender Mensch gewesen war. Ich hatte es bewundert, ihre Fähigkeit zu dieser unschuldigen, unbedingten Begeisterung. Ich hatte sie geliebt dafür. Wir waren ein Paar gewesen. Durfte natürlich niemand erfahren. Der Security-Chef mit der Ingenieurin der Konkurrenz? Wenn es je ein Compliancethema gegeben hatte, dann dieses. Ein gefundenes Fressen für die internen Auditoren, wäre es je herausgekommen.

Es war vorbei. Für immer.

Ich zwang mich zur Ruhe. Hielt die Augen kurz geschlossen, um meine innere Mitte zu finden. Ruhig. Ich konnte es mir nicht leisten, mich von Gefühlen auf Abwege bringen zu lassen. Keine Gefühlsduselei. Jetzt nicht.

»Sollen wir fortfahren?«, fragte ich. Ich gab mir Mühe, einen neutralen Gesichtsausdruck zu zeigen. Professionell. Wie es sich gehörte.

»Bevor wir Ihnen Zugriff gewähren, müssen wir Sie scannen. Wenn Sie bitte Ihre Zustimmung geben würden?«

Wir sollten vorsichtig sein, hatte Armbruster uns klar gemacht, damit uns nicht das gleiche passierte wie denen bei Bergson. Wir sollten die Sicherheitschecks verschärfen. Dabei spielte er uns seine Besorgnis nur vor! Er war der Täter! Er warnte uns nur, um uns von seiner Spur abzulenken.

Ich rief das Overlay-Fenster in mein Gesichtsfeld zurück und überwachte, dass er die Zustimmung gab. Ich gab den Jungen frei; er konnte mit seinem Direct-Neural-Link eine Sandbox in unserem Netzwerk betreten.

Dann ließ ich die Scanprogramme auf ihn los.

Keine Überraschung. Die Programme fanden nichts. Der Typ war so sauber wie sein unschuldiges Lächeln.

»Kein Virus auf Ihrem Neural-Link«, sagte ich. »Ich übermittle Ihnen jetzt die Zugangscodes zu unserem Netzwerk. Herzlichen Glückwunsch und herzlich willkommen bei Jonathan Frei Associates! Sie gehören jetzt zum Team. Ihr Teamlead wird Sie hier abholen, mit allem vertraut machen.«

Ich stand auf. Er sah mich glücklich an. Überwältigt. Waren das Tränen in seinen Augen? Er glaubte tatsächlich, privilegiert zu sein.

Schade um ihn. Aber ich musste so agieren wie immer, durfte mir keinen Fehler erlauben. Wenn ich auffiel, weil ich mich nicht an das übliche Programm hielt, wäre mein ganzer Plan dahin.

Ich wusste, dass Armbruster sich wenige Tage vor der Katastrophe bei Bergson geschäftlich mit den Auftraggebern von ArcCircle getroffen hatte, um letzte Änderungen im Tender zu besprechen. Dort waren auch die Vorstände unserer Konkurrenz anwesend gewesen. Er war es gewesen, der ihnen einen Trojaner untergejubelt hatte. Der lange genug gewartet hatte, bis sich die wichtigsten Köpfe des Unternehmens in das Firmennetzwerk eingeklinkt hatten. Armbruster war vor mir Head of Security gewesen, bevor er die Karriereleiter hinaufgefallen war. Er hatte die Kenntnisse und die Möglichkeiten, ein solcher Virus zu erzeugen und unbemerkt von allen Scannern in seinem Neural-Link zu transportieren. Ich kannte seine Art, zu programmieren. Wir hatten genug Beispiele dafür in unseren Bibliotheken. Ich hatte diese charakteristische Art sofort erkannt, als ich den forensischen Bericht der Ermittler über den Virus gelesen hatte, das wie ein Feuersturm durch Bergsons Brainpool gelaufen war.

Niemand durfte ahnen, dass ich es wusste. Bis meine Rache vollendet war.

In meinem Gesichtsfeld poppte ein Overlayfenster auf: Zeit für das Managementmeeting. Ich musste mich beeilen: Armbruster mochte es nicht, wenn man sich verspätete.

Zwei Minuten später betrat ich den Konferenzraum im zwölften Stockwerk des Gebäudes. Armbruster führte ein strenges Regiment: Face-to-face -Meetings waren ein Anachronismus und ein Luxus. Also machten wir es. Sie waren ineffektiv und teuer in Zeiten, wo jeder mit einem Gedanken über den Neural-Link online gehen konnte. Armbruster liebte face-to-face. Indem er uns zwang, persönlich zu erscheinen, demonstrierte er seine Macht. War natürlich ein Risiko, alle Führungskräfte und alle Talente der Firma an einen Ort zusammenzuholen. Wie leicht konnte jemand ein Virus einschleusen, wenn er es schaffte, die Security zu überwinden. Es war ein Zeichen von Armbrusters Arroganz, dieses Risiko zu ignorieren.

Ich beabsichtigte, daraus den Ort meiner Rache zu machen.

Ich betrat als Letzter den Raum. Richard van der Graaf, Projektleiter für den ArcCircle, Armbrusters rechte Hand und Erfüllungsgehilfe, eröffnete das Meeting anstelle von Armbruster. Nach allem, was ich wusste, war es van der Graaf gewesen, der vor zwei Monaten die Fahne gehoben und aufgezeigt hatte, wie weit unser Team hinter Bergson hinterher hinkte. Van der Graaf war ein Kriecher und Speichellecker, ängstlich darauf bedacht, das Problem von seinem Schreibtisch in Richtung Armbruster zu eskalieren. Und Armbruster hatte gehandelt.

Ich sah van der Graaf hasserfüllt an. Ich hörte kaum, was er sagte.

»... so, wie ich es sehe. Es wird mindestens drei weitere Monate dauern, bis das Team bei Bergson wieder Fahrt aufnehmen kann. Wir sind also gut im Rennen. Nichts wird uns mehr aufhalten. Unser Konzept kann nur gewinnen.« Seine Augen fielen auf mich. »Heh, Werner!«

Ich zuckte unwillkürlich zusammen. Hatte nicht achtgegeben. Van der Graaf musterte mich misstrauisch. Ich sah gequält auf. Wenn er jetzt etwas ahnte, jetzt in diesem Moment, konnte er noch alles vereiteln. Also lächelte ich tapfer.

»Ja, Richard?«

»Du starrst mich an, als hätte ich zwei Köpfe. Oder als wäre ich der Teufel höchstpersönlich. Was ist los, Werner?«

Ich mühte mich um einen neutralen Gesichtsausdruck, der nichts von dem Sturm in mir nach außen ließ. Ich zog meine Mundwinkel nach oben in die Karikatur eines Lächelns.

»Richard, was soll denn sein?«, fragte ich fast süßlich.

Er sah mich seltsam an. Seine Augen verengten sich. Er ließ seine Finger in der Luft tanzen. Ein virtuelles Keyboard. Ich hatte eine App auf meinem Neural-Link-Interface, die seine Keystrokes erkannte und in Text übersetzte. Lass mal sehen: Er wies HR an, die Suche nach einem neuen Sicherheitschef JETZT zu beginnen, um mich zu ersetzen. Er ahnte also wirklich etwas. Nur nicht das Ausmaß meiner Wut.

Es würde ihnen nichts mehr nutzen.

In diesem Moment meldete sich Armbruster zu Wort. Er zog alle Aufmerksamkeit und alle Blicke auf sich wie ein Magnet. Ich lehnte mich zurück und versuchte, mich so klein wie möglich zu machen.

Fasziniert beobachtete ich, wie sich jeder im Team bemühte, sich in den Vordergrund zu spielen. Da waren sie plötzlich, die eklen Selbstdarsteller. Ich hätte kotzen mögen, wie sie sich vor Armbruster produzierten und sich gegenseitig beglückwünschten. Ja, die Konkurrenz war zurückgeschlagen. Ohne KI und Ingenieure kein Konzept. Ohne Konzept kein Tender. Was für ein Glück für uns! Wir waren der einzige Player in dem Spiel.

Rund um den Konferenztisch herum grinsten sie sich an und ließen Armbruster hochleben. Bis er sich mit einem teuflisch-verlogenen Lächeln an mich wandte.

»Werner, irgendetwas stimmt nicht mit dir. Bist du nicht begeistert, dass wir auf der Siegesstraße sind?«

Ich hatte darauf gewartet, dass Armbruster mich direkt ansprach.

»Du hast den Anschlag ausgeführt, nicht wahr? Es war kein Unfall. Du hast den Virus bei Bergson hineingebracht, das ihren Brainpool zerstört hat, als du dich mit ihren Vorständen getroffen hast.«

Ich sagte es als Feststellung, nicht als Frage. Armbruster tat mir den Gefallen, einen kurzen Augenblick die Kontrolle über sein Gesicht zu verlieren: Er zeigte mir und der Welt die Fratze seiner Schuld. Augen weit aufgerissen, das Lügenmaul versuchte, etwas zu sagen, konnte aber nur ächzen. Da sahen auch die anderen, dass ich recht hatte.

Seine Augen verengten sich. Ich glaubte, in diesem Moment ahnte er etwas.

»Was willst du mit deinem Vorwurf erreichen, Werner? Erwartest du, dass ich es zugebe? Ich tue alles für den Erfolg der Firma. Es ist alles rational begründbar und alternativlos. Wir wollen den Erfolg, und nichts und niemand wird uns stoppen!«

Von den meisten im Raum kam uneingeschränkte Zustimmung, einer rief sogar laut »Bravo!«. Sie glaubten es tatsächlich: dass der Zweck, ihr Zweck, ihr Erfolg, die Mittel heiligte.

Ich wich nicht vor Armbrusters drohendem Blick zurück, wie ich es früher vielleicht getan hätte. Armbruster erhob sich halb. Stützte die Hände auf den Tisch. Er versuchte immer noch, mir mit seiner Überlegenheit zu imponieren. Van der Graaf hörte ich hektisch keuchen: »Vorsicht! Werner plant etwas!«

Ich dachte an Marika in ihrem Intensivbett, an die Schläuche, über die sie künstlich ernährt wurde. Ich sandte ein Bild davon an Armbruster: Sollte er ruhig wissen, warum ich es tat.

Ich dachte an das Gesicht des Jungen, der gerade bei uns angefangen hatte. Schade um ihn. Er tat mir leid. Nicht gerade sein Glückstag, aber das konnte ich nicht ändern. Mir fehlte die Möglichkeit, Armbruster allein zu erwischen.

»Ich bin der Gott der Rache«, flüsterte ich.

Armbruster bekam Panik. »Was hast du vor???« Er schrie. Er schien sich über die Länge des Tischs auf mich werfen zu wollen. Aber dazu war es bereits zu spät.

Ich ließ meinen Virus frei.

Wir hatten alle Vorkehrungen getroffen, dass kein Fremder einen Virus einschleppen konnte. Ein Insider, besonders der Leiter der Security, konnte alle Vorkehrungen unterlaufen.

Ich öffnete die Verbindungen über den Neural-Link ins Netzwerk von Jonathan Frei Associates. Der Virus begann sofort, sich zu broadcasten. Ein Überfall auf alle, die gerade eingeloggt waren.

In Armbrusters Gesicht sah ich, wie sich das Entsetzen Bahn brach. In diesem Moment verstand er, was ich tat. Was ich die ganze Zeit über geplant hatte. Er wusste, dass es ihn gleich überkommen würde, ihn wie jeden im Netzwerk. Es war unausweichlich: Der Feuersturm würde uns alle gleichermaßen und gleichzeitig treffen – ich nahm mich nicht aus, ich durfte mich nicht ausschließen: Das war ich Marika schuldig. Wie könnte ich ohne sie weiterleben? Da war nichts, was mich in dieser Welt hielt.

Der Virus fraß sich durch die Neural-Links in die Köpfe, bei jedem im Netzwerk – es war so primitiv, keine Finesse, nur geschaffen, um zu zerstören (wie es immer einfacher ist, zu zerstören, als zu schaffen) – ich spürte, wie es an meinem Bewusstsein fraß – der schwarze Schatten, der sich auftürmte wie eine Gewitterfront und alles zu ersticken drohte – nur noch Millisekunden klaren Denkens blieben mir, wie allen anderen auch …

Ich hatte Armbruster erwischt. Endlich.

Innerlich jauchzte ich. Ein Gefühl tiefer Befriedigung überschwemmte mich. Stille machte sich in mir breit.

Ruhe. Zufriedenheit. Der Zwang, der mich beherrscht hatte, hatte seine Erfüllung gefunden. Von tief unten bahnte sich ein befreites Gelächter den Weg nach oben. Ich …

Roland Grohs

# Monument

13:54 Uhr. Mimo startet nervös die App auf seinem Tablet. Diesmal darf er es nicht versauen.

*Er ist bereits online*, stellt Jana fest. Ein Meter neunundsiebzig, braunes Haar, grüne Augen, von Beruf Softwareentwickler. Das Profil hat sie sofort angesprochen. Durchschnitt, nichts Außergewöhnliches, aber mit einem Hang zum Eskapismus. Die schönen Bilder haben ihr gefallen, die von Sonne und Meer. Jana startet den Videochat.

Es ist Mimos erstes Online-Date mit Jana. In den letzten Jahren gab es unzählige erste Dates, die alle im Sand verliefen. Man muss auf so vieles achten, muss interessiert wirken, aber auch nicht zu interessiert. Jana sieht gut aus, genau wie auf den Fotos. Sie wirkt fast unbeteiligt, als könnte sie nichts aus der Ruhe bringen, vielleicht auch nur etwas müde. »Auf deinem Profil steht, du bist Gamerin«, bemerkt er. »Das klingt richtig cool.«

Jana nickt. »Ich suche immer neue Abenteuer. Am liebsten außerhalb der richtigen Welt. Was da so passiert, ist mir ziemlich egal.« Sie will lächeln, scheitert auf halbem Weg. »Abwechslung ist das Wichtigste. Mir ist schnell langweilig, und allein ist es noch langweiliger.« Sie zögert kurz, während Mimo sie aufmerksam vom Bildschirm aus beobachtet. »Was ist jetzt mit der Jacht? Gehört die dir oder was?«

Mimo horcht auf. Das war sein Stichwort. »Ja, die gehört mir!«, sagt er nicht ohne Stolz. »Fünfzig Meter auf sechs Decks.« Jana wirkt beeindruckt.

Sie streicht eine Haarsträhne beiseite. »Softwareentwickler werden anscheinend gut bezahlt ...«, murmelt sie und wippt mit dem Kopf, wie um sich selbst zu bestätigen. Irgendwie wird sie nicht richtig schlau aus Mimo. Weder ist er besonders groß noch besonders klein, nicht besonders gut aussehend, aber auch nicht hässlich. Wenn er sich diese Jacht leisten kann, könnte er jede haben. Zumindest fast jede, und bestimmt eine bessere als sie. »Da hast du bestimmt einige schöne Orte gesehen«, nimmt sie das Gespräch wieder auf.

Mimo nickt. Er weiß, dass er an einem kritischen Punkt des Gesprächs angelangt ist. Nun wird es sich entscheiden. Er darf sie nicht verlieren. Es läuft gut, gibt eine echte Verbindung. *Konzentrier dich*!, schärft er sich ein. Jana ist das Beste, was ihm bisher vor den Bildschirm gekommen ist.

»Also wie jetzt? Du hast doch bestimmt schon eine Weltreise mit dem Ding gemacht. Und erzähl mir nicht, du arbeitest dafür zu viel.«

Mimo beginnt zu schwitzen. Seine Stirn ist von glänzenden Tropfen übersät. »Nein«, ächzt er. »Ich arbeite von zu Hause aus. Das ist kein Problem.«

»Wo warst du schon überall? Die Bahamas, Neuseeland, in der Karibik vielleicht? Da wollte ich immer einmal hin.«

»Ja, also, das ist so eine Sache. Ähm, die Anbindung ist, naja ...«

Jana schüttelt den Kopf. Wie konnte sie so dumm sein? »Verarsch mich nicht. Dein Schiff existiert nur in dieser gigantischen Wüstenhalle, gib's zu!«

Mimo wischt sich über die Stirn. »Ein haptisches Holo ist absolut realistisch«, erklärt er. »Man merkt keinen Unterschied, außer bei den Anschaffungskosten. Natürlich ist man ein wenig eingeschränkt, örtlich betrachtet.«

Jana folgt entgeistert Mimos Diashow. Auf der rechten Seite ihres Tablets erscheint eine Reihe von Fotos, die allesamt Mimos Holo-Anwesen zeigen: ein großes dreistöckiges Gebäude in klassizistischem Stil, eine Gartenanlage mit alten Eichen, einem Tennisplatz, Pool und natürlich die Jacht, die an einem privaten Kai liegt. Im Grunde besitzt er nicht mehr als ein kleines Stück eines gewaltigen Friedhofs und dazu ein paar technische Lichtspiele. Jana hat die Werbung für den Holopark zwei, drei Mal gesehen: Minimale Grundpreise, flexible Ausstattung – ziehen Sie nach *Monument*!

Der Holopark ist eine unwirkliche Welt, die nur auf Schein beruht. Eine riesige Halle in der Wüste, hundert Meter hoch und rund tausend Mal tausendfünfhundert Kilometer weit. Eine unvorstellbare Ausdehnung an Freiraum, der durch Millionen von Holoprojektoren mit Leben gefüllt wird. Wie sie das mit dem haptischen Feedback hinkriegen, bleibt ihr ein Rätsel. Jedenfalls ist Jana das Ganze äußerst suspekt. Sie erinnert sich, dass es in der Vergangenheit einige Skandale gab, aber hat die Berichte nicht weiter verfolgt. Von Morden war die Rede, glaubt sie. Mehr hat sie nicht aufgeschnappt, weil sie Nachrichten im Allgemeinen meidet, wenn es nicht gerade um neue Games geht. So etwas Banales wie Morde gibt es überall. Nichts Besonderes also.

»Die Preise sind wirklich genial!«, schwärmt Mimo. »Zum Glück hab ich dort früh genug investiert. In ein paar Jahren ist bestimmt jeder Quadratmeter vergeben. Früher hatte ich eine Zweizimmerwohnung in einer staubigen Straße – in *Monument* ist es eine Villa mit eigenem Seezugang. Achtzehn Holohektar Grund!«

»Wie groß ist dieser See?«, will Jana wissen. »Ich frage mich, wie weit du mit deinem Schiff durch die Wüste kommst.« *Ein sonderbares erstes Date*, findet Jana. Aber sie muss sich zu solchen Interaktionen zwingen. Soziale Beziehungen sind wichtig. Es tut ihr gut, auch wenn es sich zunächst nicht so anfühlt. Ohne einen anderen Menschen an ihrer Seite würde sie früher oder später ganz aus dem normalen Leben kippen und nur noch in ihren Videospielen leben. *»Eine derartige Weltverdrossenheit ist nicht gesund«*, sagt ihre Mutter, jedes Mal, wenn sie von ihr hört.

Mimo spürt seine Chancen schwinden. Die Fotos auf seinem Account ziehen immer die eine oder andere Frau an. Aber sobald sie das mit den Holos erfahren, ist es vorbei. Dennoch, er darf nicht aufgeben. Noch nicht. Irgendwie muss er sie überzeugen. »Der öffentliche See ist der drittgrößte in *Monument* – achthundert Quadratkilometer! Da gibt es etliche Sehenswürdigkeiten, zum Beispiel die Götterinseln, die grüne Bucht oder den Leuchtturm an der Silberküste. Und das ganze Festland ist natürlich auch nicht zu verachten: Gebirge, fruchtbare Täler, alles, was man sich nur vorstellen kann. Sogar Wüste. Ich spare gerade für einen eigenen Hubschrauber.«

»Einen Holo-Hubschrauber ...«

»Der hat dieselben Flugeigenschaften wie jeder andere!«

Jana ist nicht überzeugt. Dennoch spricht sie etwas an dem Kerl an. Mimos Hartnäckigkeit könnte man beinahe mit Leidenschaft verwechseln. Besser, als sich über öde Hobbys zu unterhalten. Am schlimmsten waren die Sportler. Die redeten nur darüber, wann sie das letzte Mal joggen waren, von ihrem Körperfettanteil und komplexen Kohlehydraten.

»Alles fühlt sich absolut authentisch an, das kann ich dir versichern. Gewissermaßen gefühlsecht.«

*Hat er wirklich gerade gezwinkert?* Jana tut so, als wäre das eben nicht passiert.

»An meiner Jacht wirst du keinen Unterschied zu einer aus konventioneller Materie feststellen, und sie ist absolut emissionsfrei.«

»Da bin ich nicht sicher.«

»Hattest du deine Hände schon mal an einer richtigen Jacht?«, fragt Mimo genervt.

»Nein, aber ich bin schon einmal in einem richtigen See geschwommen, Arschloch!«

»Tut mir leid«, stottert Mimo, bemüht, einen versöhnlicheren Ton anzuschlagen. »Es ist nur ... Also diese Vorurteile, die stören mich schon.«

»Ich versteh einfach nicht, wieso man sich entschließen sollte, in einer Kopie unserer Welt Zeit zu verbringen. Ich meine, unsere echte Welt ist schon eher mittelmäßig, da kann ich auf ein Duplikat gut verzichten.«

»Ich dachte, dass gerade eine Gamerin das verstehen würde. *Monument* ist keine bloße Kopie. Es ist eine Welt, wie sie sein sollte, wo auch ganz normale Leute den Wohlstand genießen, den sie verdienen.«

»Hört sich zu gut an, um wahr zu sein«, kommentiert Jana. »Und an den Games mag ich gerade, dass ich mich nicht mit dem Zeug aus der realen Welt befassen muss. Da hab ich zwar keine Jacht, aber dafür ein Raumschiff.« Jana überlegt, wann sie zuletzt ihre Wohnung verlassen hat. *Vor ein bis zwei Jahreszeiten.* Draußen könnte schon eine Zombieapokalypse ausgebrochen sein, ohne dass sie etwas mitbekommen hätte.

»Na, dann versuch es doch!« *Alles oder nichts*, denkt Mimo. Er schielt auf die Uhr. »Mit Raumschiffen kann ich nicht dienen. Dafür mit einigen Annehmlichkeiten und mit neuen Perspektiven. Der nächste Zug sollte von dir aus in etwa zwei Stunden abfahren. Ich lade dich ein!«

»Das geht mir ein bisschen zu schnell.«

»Der Zug?«

»Nein, das Treffen! Ich kenn dich doch gar nicht.«

»Darum geht es doch. Lernen wir uns kennen. Wir machen eine Kreuzfahrt, das wird großartig!«

Jana überlegt eine Weile.

*Ist das Bild eingefroren?*, fragt sich Mimo. *Hat sie sich ausgeloggt? Ist es vorbei?*

»Wie lange dauert die Fahrt?«

»Fünfeinhalb Stunden!« *Sie ist noch da.*

»Ich weiß nicht ...«

»Komm schon, ich würde mich über etwas Gesellschaft freuen. Ich möchte dich so gern kennenlernen. Mich reizt dieser Widerstandsgeist. Und falls dir etwas an meinem Anwesen nicht gefällt, der Umbau ist unglaublich einfach.«

*Widerstandsgeist*, sinniert Jana. Vielleicht haben sie tatsächlich etwas gemeinsam. Insgeheim liebt sie es zu streiten, egal mit wem, mit Eltern, Familie, Freunden, selbst mit Fremden. Danach taucht sie wieder in ihre Games. »Gibt es dort nicht genug Leute, die du mit auf deine Jacht nehmen kannst?«, fragt sie schnippisch.

»Ach, die sind alle so oberflächlich. Manchmal macht Wohlstand das mit den Menschen. Er zerstört den Charakter.«

Jana ist unentschlossen. Sie wollte doch jemanden kennenlernen. Jemand Neuen, weil ihr die schrägen Kerle auf Dauer zu schräg und die Normalen schnell langweilig wurden. Und sie will raus aus ihrer Wohnung, raus aus ihrer verdammten Routine. »Ich komme in drei Tagen.«

Mimo ist begeistert. Das Date geht zu Ende. Er wartet. Spät abends schickt er ihr eine Nachricht. »Schlaf gut. War schön, dich kennenzulernen.«

»Find ich auch«, schreibt Jana zurück. »GN8.«

Am nächsten Tag meldet er sich nicht. Er will Jana nicht bedrängen. Am übernächsten schreibt er: »Ich freu mich auf dich«, bekommt aber keine Antwort.

Die Fahrt mit dem Hochgeschwindigkeitszug dauert sechs Stunden. Jana sieht aus dem Fenster, denkt an dieses und jenes, dann wieder an nichts. Zuerst ziehen hohe Wohnquader an ihr vorbei, dann Äcker und braches Land, unterbrochen von immer kleiner werdenden Städten. Am Ende taucht sie in einen grauweißen Ozean. Es ist ein Ozean ohne jeden Tropfen Wasser. Ein paar Akazien, Köcherbäume und Kakteen, endlose Verwehungen von Sand. Die Magnetbahn hält. Jana steigt aus, verlässt die unterirdische Bahnhofstation über eine Rolltreppe.

Das Obergeschoss ist eine weite, helle Halle. Es sind nur wenige Menschen, die vor einem erhabenen Eintrittsportal anstehen. Die meisten sind alt und gebückt, lehnen pärchenweise aneinander und halten sich an den Händen, als könnte sie ein plötzlicher Windstoß davontragen. Ein weiteres Dutzend Greise und Greisinnen folgt Jana aus der Magnetbahn und reiht sich ein, während sie einfach nur starrt. »Willkommen in *Monument*!«, prangt auf einem leuchtenden Schild über dem Eingang.

*Ich hoffe, sie kommt*, denkt Mimo. *Wenn es diesmal nicht klappt, mache ich endgültig Schluss.* Die Einsamkeit bringt ihn um den Verstand. Die Nachbarn sind mit sich selbst beschäftigt, nehmen keinen Anteil an den Nöten eines verzweifelten Junggesellen. Im Grunde sind alle in *Monument* mit sich selbst beschäftigt. Sie sind hier für ihren Ruhestand. Für schlechte Laune haben sie nicht viel übrig. Und alle Frauen sind in festen Händen.

Jana blickt durch das Portal in die Holohalle. Diese ist so weitläufig, dass man das Gefühl hat, die Wüste sei verschwunden und man stünde an der Schwelle zu einer riesigen Oase. Bäume mit sternförmigen Blättern, Sträucher, bunte Gärten, dazwischen Häuser in sämtlichen architektonischen Ausprägungen. Jana sieht einen Turm, Zinnen, schwenkt ein Stück: eine Glaskuppel auf einem Betonsockel, dahinter eine goldene Pyramide. Die Decke des Holoparks bildet ein hellblauer Himmel mit Fächerwolken überschwemmt, die langsam weiterziehen. Sie sind nur projiziert, sehen aber echt aus. Menschen erkennt Jana wenige, nur ein paar Silhouetten in der Ferne. Sie sitzen auf Bänken, spazieren über mäandernde Gehwege oder sonnen sich auf ihren Balkonen. Irgendwas daran erscheint ihr unwirklich. *Die Größe!*, begreift sie. Alles wirkt ein Stück kleiner, als stünde man vor einer Zwergenstadt.

Jana reiht sich in die Schlange vor der Anmeldung ein. Sie muss durch einen runden Tunnel. Rings um sie herum winden sich Farbspiralen, Schweißgeruch hängt in der Luft, die Musik ist blumig. »Waren Sie schon einmal hier?«, fragte Jana eine welke Dame mit beigem Handtäschchen, die vor ihr in der Reihe steht. Diese schüttelt verwundert den Kopf. »Nein, junge Frau.« Darauf wendet sie sich ihrem gedankenversunkenen Gefährten zu.

*Was, wenn sie recherchiert hat? Sie muss es doch wissen. Wie könnte sie nicht?* Jana ist perfekt. Gamerin. Offen für digitale Abenteuer. Eine wunderbare Frau. Aber dennoch – welcher gesunde Mensch in ihrem Alter wäre freiwillig dazu bereit? *Sie müsste schon hier sein. Es wird Zeit, es zu akzeptieren. Bestimmt höre ich nie wieder von ihr.*

Jana ist die Nächste in der Reihe. Sie betritt die iglufórmige Begrüßungskammer. Hinter ihr schließt sich die Tür. Das Schleusenportal vor ihr ist elektronisch verriegelt.

»Sie sind nur noch wenige Schritte von *Monument* entfernt!«, meldet sich eine Stimme. »Ihre persönlichen Daten wurden bereits erfasst. Für den Zutritt zu *Monument* benötigen wir Ihre Freigabe zur materiellen Assimilierung.«

Jana versteht nicht, was das bedeuten soll.

»Benötigen Sie weitere Details für Ihre Entscheidung?«, erkundigt sich der Begrüßungsbot.

»Nein, alles bestens. Ich brauche nur einen Moment.« Jana greift nach ihrem Handy.

»Das sind doch nur ein paar Formalitäten!«, beschwichtigt Mimo mit galoppierender Stimme und versucht, sich seine Aufregung nicht anmerken zu lassen. *Sie hat keine Ahnung.* »Einfach zustimmen, da führt kein Weg daran vorbei. Beeil dich, ich warte schon mit einer Holo-Caipirinha.«

»Wieso ist in *Monument* alles so klein?«, hakt sie nach.

»Ach, das ist nur die Skalierung. Alle Objekte haben ungefähr fünfundsechzig Prozent der Originalgröße. Um Platz zu sparen. Glaub mir, das fällt gar nicht auf.«

*Wie soll mir das nicht auffallen?*, überlegt sie. Was solls. Jetzt ist sie schon hier. »Freigabe erteilt!«, bestätigt Jana.

Mimo fühlt sich ein wenig schuldig, schiebt das Gefühl aber schnell beiseite. Er hat es hundertneunundachtzig Mal versucht. Vier etwas verschlafene Frauen waren bis vor das Tor von *Monument* gekommen, hatten spätestens dann von der materiellen Assimilierung erfahren und begriffen, was ihnen blühte. Alle hatten sie ihm eine Abfuhr erteilt. *Aber Jana nicht, Jana kommt zu mir!*

Ein Stromschlag durchzuckt ihren Körper. Augenblicklich rückt sie hinter das Portal. Vor Jana eröffnet sich die weitläufige Opulenz von *Monument*. Etwas fühlt sich merkwürdig an, als wäre aus ihrem Körper jede Schwere gewichen. Fast meint sie davonzuschweben, hoch zu den treibenden Wolkenfetzen. Dann spürt sie etwas, sanften Druck gegen ihre Fußsohlen.

In dem Begrüßungsiglu öffnet sich eine Luke. Janas Körper gleitet durch ein Rohr und verschwindet in einem Krematorium.

Mimo sitzt neben Jana am Oberdeck seiner Holojacht, die gerade ausläuft. Um in *Monument* zu leben, muss man selbst antimaterialisiert werden. Ein physischer Körper kann nicht mit den Holos interagieren, der würde nur alles durcheinanderbringen. Mimo hat die Entscheidung damals bewusst getroffen – sein Leben war ohnehin beschissen. Ist man erst mal hier, gibt es kein Zurück. »Wie schmeckt dir deine Caipirinha?«, fragt er vorsichtig.

*Ein Friedhof*, denkt Jana und muss beinah lächeln. Dieses ganze Wüstenareal ist nichts anderes – ein Friedhof mit einem hübschen Mausoleum. Hier kann man als Holomensch leben, bis man es leid ist und sich am Ende ausknipst wie eine Lampe. Die letzten drei Stunden hat sie auf Mimos Holokörper eingeprügelt, was nichts brachte, außer einem watteweichen Feedback auf ihren Holoknöcheln.

»Wie lange bist du schon hier?«, fragt Jana mit knisternder Stimme, die aus ihrem federleichten Mund dringt. Die Caipirinha ist überraschend gut.

»Das müssten jetzt etwa dreizehn Jahre sein?«, gibt Mimo zurück. »Die nächsten fünf sind schon für uns beide bezahlt!«

Jana nippt resigniert an ihrem Glas. Ihre Haare flattern im Wind – oder so ähnlich. Sonne und Meer stülpen sich über sie. »Hast du hier auch Spielekonsolen?«

Helga Anton-Beitz

# Obsidian

## I.

Vaila steht am Rand der Höhle und schaut ihrem Sohn hinterher. Er geht jagen, wie es seine Aufgabe ist. Tukur ist jung und stark, noch nicht ganz ausgewachsen und doch schon größer als der Vater. Und noch wagemutiger. Das macht ihr Angst, denn der Wagemut hat Baran das Leben gekostet. Tukur dreht sich um und winkt Vaila zu. Er ist ein guter Jäger und wird mit vielen Erdratten zurückkommen.

Sie ist gerne hier oben, auf der großen Ebene zwischen den Bergen. Es ist kalt und karg, aber fast immer scheint die Sonne. Und die Höhle liegt in der Seitenwand einer Senke und ist groß genug für den ganzen Stamm. Alle Stürme fegen einfach über die Senke hinweg und durch seine Mitte plätschert ein Bach. Sein Wasser kommt vom ewigen Eis der Berge und versiegt nie.

Von dort kommt auch der schwarze Stein, aus dem die Spitzen der Speere gemacht werden. Zwei Mal im Sonnenlauf gehen die Männer in das Tal und tauschen die Spitzen ein, gegen Rindenpech und getrocknete Früchte. Manchmal bringen sie Straußeneier mit oder Tonperlen für die Frauen.

Der Älteste sagt, der schwarze Stein sei heilig, aber Baran hat darüber gelacht, nachts, wenn sie alleine waren. »Es ist ein Stein«, hat er gesagt, »ein guter Stein. Aber er ist tot und in toten Dingen leben keine Götter. Der Alte macht sich nur wichtig.« Tukur lacht darüber auch am Tag und er lacht so laut, dass der Älteste es hört.

Unten am Bach geht Noaran entlang. Er wirbt um sie. Vaila bückt sich nach dem Tontopf und macht sich auf den Weg, Wasser zu holen.

»Schau genau hin«, sagt Tukur zu seinem Freund Arik.

Sie liegen auf dem Bauch in der Nähe der Kluft, in die Baran gestürzt ist. Es gibt kaum Sträucher, oder gar Bäume, hinter denen sie sich verstecken könnten. Sie liegen und warten, bis eine Erdratte aus ihrem Loch kommt. Dann springen sie auf, schleudern den Speer, müssen ahnen, in welche Richtung die Ratte laufen wird. Wie immer ist es Tukurs Speer, der die Ratte durchbohrt.

»Der Boden ist ein bisschen dunkler«, sagt Tukur, »dort wo die Krabbler laufen. Sie sind wie die Käfer im Tal, aber sie können nicht so schnell weg, weil sie keine Flügel haben. Deshalb rennen die Ratten zu ihnen und fressen sie.«

»Woher weißt du das?«, will Arik wissen.

»Du musst besser hinschauen«, antwortet Tukur, packt die Erdratte an den Hinterbeinen, zieht seinen Speer heraus und steckt sie in den Beutel. »Lass uns eine Hyäne jagen.«

Arik erschrickt. »Wir müssen erst den Ältesten fragen.«

»Der Älteste ist nicht weise«, sagt Tukur.

»Das darfst du nicht sagen.«

»Er ist dumm. Warum lässt er mich nicht zum schwarzen Stein, wenn ich doch will? Warum darf ich keine Speerspitzen schlagen? Soll ich mein Leben lang auf dem Boden liegen und Ratten jagen?«

»So ist es eben«, sagt Arik und zuckt mit den Schultern. »Wir machen das, was unsere Väter gemacht haben. Ich habe außerdem keine Lust, jeden Tag auf den Berg zu laufen.«

»Ich kenne einen Weg, der viel kürzer ist.«

»Du warst oben? Auf dem heiligen Gipfel?« Arik weicht zurück.

»Nein, aber ich bin den Steinmännern heimlich gefolgt. Lange genug, um zu wissen, wo es ist.«

Arik hebt abwehrend einen Arm.

»Was ist«, fragt Tukur, »hast du Angst? Dann renn doch weg.« Er dreht Arik den Rücken zu und geht in Richtung Kluft.

»Ich weiß auch, wie man den Stein behauen muss, um schärfere Spitzen zu bekommen«, ruft er Arik über die Schulter zu. »Und ich habe es dem Ältesten erzählt.«

»Warte! Was hat er gesagt?«

»Er hat mich geschlagen.« Tukur fängt an zu laufen und endlich geht auch Arik los. »Weißt du, was ich tun werde«, ruft Tukur, »ich werde gehen, zurück ins Tal.« Tukur rennt jetzt, Arik auch, aber er hat keine Chance, ihn einzuholen.

»Bleib stehen!«, schreit Arik, »Die Kluft!«

»Im Tal suche ich mir eine Frau aus einem anderen Stamm und werde Antilopen jagen«, schreit Tukur und rennt jetzt mit voller Kraft auf die Kluft zu. »Heute Nacht!« brüllt er und springt ab. Er reißt die Arme hoch, streckt die Beine nach vorn. Er fliegt und fliegt und landet auf der anderen Seite.

Bleich und schwer atmend bleibt Arik zurück.

In diesem Moment ist das Raumschiff noch zwölf Stunden von der Erde entfernt.

Der Mond ist schmal und die Nacht schwarz. Es wird nicht einfach werden, ins Tal zu kommen. Das letzte Mal ist er den Weg als Kind gegangen. Tukur liegt auf seinem Lager. Er hat gewartet, bis der Stamm zur Ruhe gekommen ist, dann hat er lange auf Vailas Atem gehört. Sie wird es gut haben mit Noaran. Er wird sie beschützen und vielleicht bekommen sie sogar noch ein Kind. Tukur steht auf, nimmt Speer und Beutel und geht vorsichtig hinaus.

Die Lagerfeuer glimmen noch. Tukur schleicht sich an der Wache vorbei zum Bach und trinkt ein paar große Schlucke. Seine Augen gewöhnen sich schnell an die Dunkelheit. Geduckt geht er am Bach entlang, bis er die Senke hinter sich lässt und auf der großen Ebene steht. Jetzt könnte er laufen, aber seine Beine sind schwer. Der Sprung hat ihn viel Kraft gekostet und er musste einen großen Umweg gehen, um zurückzukommen. Noch einmal springen konnte er nicht. Arik hat den Rest des Tages auf ihn eingeredet, hierzubleiben. Er ist ein guter Freund und er hat recht. Es ist gefährlich, alleine zu gehen, nachts zu gehen.

Es ist sehr still. Tukur hört nur den Wind und das Knirschen seiner Schritte. Wenn die Sonne am höchsten steht, wird er im Tal sein. Tukur hat ein paar seiner heimlich geschlagenen Speerspitzen im Beutel. Er braucht ein Geschenk, damit man ihn willkommen heißt. Tukur stellt sich vor, wie eine schöne Frau ihm zu Essen und zu Trinken bringt, wie sie ihm tief in die Augen schaut.

Da kommt hinter ihm ein gewaltiges Zischen vom Himmel und die Luft leuchtet grün. Er wirft sich auf den Boden. Er kauert sich zusammen, kneift die Augen zu und hebt die Arme schützend über den Kopf. Wieder zischt es und durch die Augenlider blitzt es grün. Tukur hat schon Gewitter erlebt, er hat die Blitze gesehen. Aber die waren silbern und danach kam Donnerrollen. Es zischt und blitzt. Aus der Ferne hört er Schreie. Der Stamm wird wach. Es zischt, es blitzt. Mehr Schreie. Es fängt nicht an zu regnen. Es zischt, es blitzt. Sonst passiert nichts. Tukur öffnet die Augen und dreht sich vorsichtig in die Richtung, aus der das Zischen kommt. Am Himmel steht ein zweiter Mond. Er ist groß und rot und er schleudert grünes Licht wie einen leuchtenden Speer zur Erde. Fast so hell wie die Sonne. Und der nächste Speer. Tukur setzt sich auf und schaut zu. Das Licht trifft immer den gleichen Ort: den Gipfel des heiligen Bergs. Die Schreie in der Ferne ebben nicht ab. Über der Senke liegt der Widerschein vieler Fackeln. Jetzt sind alle wach und voller Angst, die Götter könnten sie töten. Tukur steht auf und macht sich auf den Weg zum Gipfel.

Er kommt schnell voran. Die grün leuchtenden Speere schießen noch eine Weile aus dem roten Mond und erhellen seinen Weg. Dann hört es auf und auch der rote Mond verschwindet. Als es anfängt zu dämmern, steht Tukur dort, wo er nicht sein darf: auf dem Bergkamm, kurz vor dem Gipfel. Dort, wo aus herumliegenden Felsblöcken und direkt aus dem Boden der heilige Stein herausgeschlagen wird. Die Bruchkanten glänzen schwarz, überall liegen Splitter. Das ewige Eis des Gipfels breitet sich seitlich am Bergkamm aus. Es ist übersät mit Löchern, aus denen Dampf aufsteigt.

Tukur rutscht hinunter zum ewigen Eis. Seine blanken Füße sinken in den Schnee. Bis er am nächstgelegenen Loch ist, reicht ihm der Schnee bis zu den Knien und er spürt seine Füße nicht mehr. Das Loch ist so breit, wie ein Mann groß ist. Schnee und Eis sind weggeschmolzen. Tukur springt hinein. Der Boden ist aus weißem Fels und kleine, warme Wasserpfützen verteilen sich darauf. Einen so weißen Fels hat er noch nie gesehen. Er holt seine Axt aus dem Beutel und schlägt auf den Fels ein. Ein faustgroßes Stück löst sich fast von alleine. Die Bruchkanten sind glatt wie das Eis. Beim Aufheben schneidet er sich tief und das Blut tropft in eine Pfütze. Er kümmert sich nicht um die Wunde, schlägt so schnell er kann eine Speerspitze aus dem Stück heraus. Er schneidet sich noch einige Male. Dann tauscht er die schwarze Spitze seines Speers gegen die weiße aus und wischt das Blut im Schnee ab.

Er reckt seinen Speer in den Himmel. Der weiße Stein ist viel schärfer als der schwarze. Sie werden damit besser jagen und handeln können. Das muss der Älteste erkennen und er muss ihm dankbar für seinen Mut sein, hier herauf zu gehen. Und wenn er selbst dafür zu dumm ist, wird Tukur ihm erzählen, der weiße Stein sei ein Geschenk der Götter und noch viel heiliger als der schwarze. Und vielleicht stimmt das ja sogar. Tukur klettert heraus und läuft zum nächsten Loch. Es gleicht dem ersten. Er dreht sich um und macht sich auf den Rückweg. Jetzt muss er nicht mehr fortgehen. Der Älteste wird ihn zu einem der Steinmänner machen. Die weiße Spitze funkelt in der aufgehenden Sonne.

Als Tukur die Senke erreicht, hat sich der Stamm neben dem Bach aufgereiht. Der Älteste, der Feigling, möchte in das Tal zurück.

»Halt! Wartet!«, schreit Tukur.

Alle drehen sich zu ihm. Tukur rennt, bis er beim Stamm ankommt. Dann reckt er die weiße Spitze in den Himmel und geht ganz langsam an allen vorbei. Auch an Noaran, der versucht, ihn festzuhalten. Tukur stoppt mit viel Abstand vor dem Ältesten. Der steht breitbeinig da, die Arme vor der Brust verschränkt, die Pelzhaube tief in die Stirn gezogen. Er spricht nicht. Sie starren sich an. Tukur weiß, dass er den Blick senken muss, aber er tut es nicht. Er weiß, dass er nicht mit dem Reden anfangen darf und wartet. Lange. Aber nicht lange genug.

»Ältester, schaut, was …«, sagt er.

»Du bist gegangen ohne meine Erlaubnis«, unterbricht ihn der Älteste sofort.

»Verzeiht, ja, aber schaut doch, was ...«

»Wo warst du?«, fragt der Älteste.

»Der rote Mond heute Nacht und die grünen Speere, sie ha...«

»Wo warst du?«

Nun stellt sich auch Tukur breitbeinig hin.

»Ich wollte gehen«, sagt er mit fester Stimme, »und mir eine Frau im Stamm am See suchen. Doch dann war ich auf dem heiligen Berg.«

Der Älteste legt die Hände an den Mund und ruft über die Menge: »Er war auf dem heiligen Berg!«

Ein Raunen geht durch den Stamm.

»Er hat die Götter erzürnt, und sie haben Feuer vom Himmel geschickt«, ruft er hinterher.

»Nein!«, ruft nun auch Tukur, »das war kein Feuer. Es war heißes grünes Licht und es hat den heiligen Stein weiß gemacht!«, er reckt den Speer noch höher. »Schaut her, schaut alle her!«

Das Raunen wird lauter. Einige brechen aus der Menge aus, wollen zu Tukur und sich anschauen, was er da hat. Doch der Älteste bedeutet ihnen, stehen zu bleiben.

»Die Götter haben den schwarzen Stein zerstört!«, ruft der Älteste und streckt auch seinen Speer mit der großen schwarzen Spitze in den Himmel.

»Aber der weiße Stein ist viel schärfer als der schwarze. Seht her«, ruft Tukur und zeigt seine Wunden, »so oft habe ich mich daran geschnitten.«

Tukur lässt seine Arme sinken und hält Speer und Wunden den ihm am nächsten Stehenden hin. Neugierig und ehrfürchtig nähern sie sich. Der Älteste winkt zwei der Jäger her. Schnell gehen sie zu Tukur und nehmen ihm den Speer weg.

»Du hast den heiligen Gipfel entweiht«, ruft der Älteste.

»Nein«, ruft Tukur, »ich habe das Geschenk der Götter angenommen.«

»Ehrwürdiger Ältester«, sagt Vaila, die plötzlich neben Tukur steht. »Verzeih den jugendlichen Ungehorsam. Tukur hätte das nicht tun dürfen. Aber bedenke in deiner Weisheit, dass Tukur noch am Leben ist. Die Götter in ihrer Allmacht haben ihn nicht bestraft.« Vaila verneigt sich tief. »Vielleicht ist der weiße Stein wirklich ein Geschenk der Götter an dich und an uns, weil du sie mit deiner klugen Führung milde gestimmt hast.«

Der Älteste tauscht seinen gegen Tukurs Speer. Er betrachtet lange die weiße Spitze. Er berührt sie nicht. Stille liegt über dem Stamm, nur der Schrei eines Adlers fällt vom Himmel herunter. Da holt der Älteste weit aus, brüllt und schleudert den Speer mit aller Kraft auf Tukur. Vaila springt vor ihren Sohn. Der Speer dringt durch beide hindurch und bleibt stecken. Sie sacken lautlos zusammen.

»Werft sie in die Kluft«, befiehlt der Älteste, »werft sie zu Baran.«

Der Stamm folgt seinem Ältesten in das Tal. Zögerlich erst, doch bald mit sicherem Schritt. Oben in den Bergen aber, im ewigen Eis, füllen sich die Löcher mit frischem Schnee.

## II.

Professor Lehmann hatte genug von ihr. Und sie konnte es ihr nicht verdenken. Zuerst findet sie zwei Wochen lang rein gar nichts im Ausgrabungsfeld, produziert nur wachsende Hügel fein gesiebter Erde. Dann, gestern, geschieht das Unglaubliche: das Fragment der Schale eines Straußeneies! Natürlich hatte es hier, auf viertausendzweihundert Meter Höhe, nie Strauße gegeben. Das Ei musste aus den Niederungen hier heraufgetragen worden sein. Ein entsprechend einzigartiger Fund. Mit zitternden Fingern hatte sie das Stück vom Sieb genommen – und hatte es fallen lassen. Größter Fehler *ever*: Zerstörung des Fundstücks.

Professor Lehmann hatte sie und die Scherben im Wechsel angestarrt und kein Wort gesagt. Heute hieß es, man könne ja einmal in der Kluft nach Überresten der steinzeitlichen Ernährung suchen. Das war weit weg von der Höhle. Nicht einmal eine Dumpfbacke wie Fred Feuerstein hätte hier seinen Abfall her geschleppt. Sie und Paul, der auch in Ungnade gefallen war, hatten sich früh auf den Weg gemacht.

Nun hing sie in einem Klettergurt, drei Meter über dem Boden der Kluft und machte pflichtbewusst Aufnahmen: Äste, Blätter, Steine, hier und dort das Skelett einer Maulwurfsratte. Das alles in losem Sediment. Vom Grund der Kluft, dort wo es interessant wurde, sahen sie nichts.

»Hey, Paul«, schrie sie nach oben, »lass mich weiter runter.«

Sie baumelte und es passierte nichts. Es ruckelte.

»Was ist los?«, schrie sie.

»Irgendetwas klemmt«, schrie Paul hinunter und das Seil gab nach und sie fiel. Zum Glück war das Sediment so weich, wie es aussah.

»Charlotte, oh Gott, alles in Ordnung?«, brüllte Paul.

Sie lag auf dem Rücken und testete Arme und Beine.

»Du Idiot. Ja. Was hast du gemacht?«

Pauls Kopf tauchte am Rand der Kluft auf.

»Ich weiß nicht, das Seil ist durchgerutscht.«

»Verdammt, schon wieder vermasselt. Die Lehmann wird mich nach Hause schicken«, rief sie und kämpfte die Tränen zurück. Sie strampelte mit allen vieren, um aufzustehen, arbeitete sich aber nur weiter in das Sediment hinein. Plötzlich spürte sie einen scharfen Schmerz in der Hand.

»Ahhhhh!«

»Was ist?«

Sie zog ihre Hand heraus. Blut quoll aus einem langen und tiefen Schnitt quer über die Handfläche.

»Scheiße.« Sie wühlte mit der anderen Hand herum, um zu sehen, woran sie sich geschnitten hatte. Sie zog etwas heraus – einen Stein? Gegen den Himmel gehalten erkannte sie die Umrisse einer Speerspitze.

»Oh nein.« Zweitgrößter Fehler *ever*: Entfernung des Fundstücks vom Fundort ohne vorheriges Fotografieren mit Größenmaßstab. Sie stöhnte. Die Hand schmerzte und sie hatte wahrscheinlich gerade ihre Karriere beendet. Sollte sie die Spitze wieder einbuddeln?

»Charlotte, rede mit mir! Was hast du da?«

Zu spät.

»Eine Speerspitze!«

»Hast du sie fotografiert?«

»Natürlich nicht. Zur Erinnerung: Du hast mich gerade drei Meter tief fallen lassen und aus meiner Hand läuft Blut wie Wasser aus einem Regenrohr.«

»Ist sie aus Obsidian?«

Wenn sie wieder oben ist, wird sie Paul an die Gurgel gehen. Die Spitze war so blutverschmiert, dass sie gar nichts sagen konnte. Sie zögerte kurz, beugte sich dann über sie, damit Paul nichts sehen konnte, und spuckte darauf. War doch sowieso schon alles verloren. Sie wischte die Spitze an der Hose ab, schnitt sich ein zweites Mal und erkannte endlich etwas.

»Wow, sie ist weiß. Schneeweiß. Dort, wo kein Blut klebt!«, schrie sie nach oben. »Hast du so etwas schon einmal gesehen?«

»Du hast sicher eine Speerspitze und keinen weißen Stein?«

»Idiot! Zieh mich endlich rauf, dann siehst du es.«

Hoffnung keimte in Charlotte auf. Das könnte noch viel besser sein als das Straußenei. Die Lehmann würde sie behalten müssen. Jetzt bloß nichts kaputt machen.

## III.

Ein Wolkenbruch ging auf Washington nieder und der Regen schlug gegen die Fenster von Cynthias Büro, als sollte die Welt untergehen. Seit elf Monaten flog sie jeden Donnerstag mit einer kleinen Militärmaschine von Baltimore hier her, zur *Nuclear Commission* und machte sich über die Kennzeichnung atomarer Endlagerstätten Gedanken. Kennzeichnungen, die mindestens zehntausend Jahre lang halten und von den Menschen der Zukunft verstanden werden sollten. Cynthia griff nach der 3-D-Nagelplatte, die sie von John geschenkt bekommen hatte: Hunderte kleiner Metallstäbchen steckten senkrecht in einer hochkant stehenden Platte und ließen sich hin und her schieben. Beliebige Muster und Zeichen konnte man so bilden. Genau das, was sie brauchte. Sie drückte ihre Hand langsam auf die Stäbchen und auf der anderen Seite der Platte wölbte sich deren Abbild. Das Projekt war ein Desaster. Es war vertraulich, sie würde niemandem davon erzählen dürfen, um ihren wissenschaftlichen Ruf zu stärken. Außerdem nahmen die Leute hier ihre Vorschläge nicht ernst. Die waren eher vom ›lasst-uns-einfach-eine-große-Mauer-bauen‹-Typ. Allen voran Bowers vom Pentagon. Eigentlich war die *Commission* ja eine zivile Organisation, aber ...

Die Tür zu ihrem Büro flog auf und Major Bowers platzte mit seiner militärischen Großartigkeit herein.

»Professor Snyder!«, bellte er.

Langsam stellte Cynthia die Nagelplatte zurück auf den Schreibtisch. »Steven, wann lernen Sie anzuklopfen, bevor Sie in anderer Leute Büro einfallen?«

Bowers ignorierte das und wandte sich zurück zur offenen Tür. »Doktor Götz kommen Sie, kommen Sie«, sagte er.

Zuerst geschah nichts, dann kam ein sehr großer Mann hereingestürzt und blieb abrupt stehen. Als hätte man ihn gestoßen. Um seine dünne Gestalt schlackerte Outdoorkleidung, er trug eine rote Mütze mit einem großen Emblem, das mitten auf der Stirn prangte. Alles war tropfnass. Er schien zu Fuß gekommen zu sein.

»Cynthia, das ist Doktor Alexander Götz, Geologe der deutschen Universität Köln und Mitarbeiter des *Ethiopian Conservation Institutes*.« Götz nickte ihr zu, fuhr sich mit der Hand über sein nasses Gesicht. »Doktor Götz darf ich vorstellen: Cynthia Snyder, Professorin der Universität Maryland und Expertin für Se..., Se...«

»Semiotik, Steven, Sie bezahlen mich für die Se-mi-o-tik. Für die Deutung von Symbolen und Zeichen.« Cynthia seufzte. Wenigstens verdiente sie hier wirklich gutes Geld.

»Wie dem auch sei«, sagte Bowers, »Professor Snyder stellt ihr außerordentliches Wissen und Talent nicht nur der Wissenschaft, sondern freundlicherweise auch ihrem Land zur Verfügung. So wie Sie, Dr. Götz.« Mit diesen Worten schloss Bowers die Tür und nahm Cynthia gegenüber Platz.

»Wann hat die CIA zum letzten Mal Ihr Büro nach Wanzen durchsucht?«, fragte er.

»Machen sie das nicht täglich?«

»Wo ist Ihre *quiet box*?«

Cynthia griff in das Regal hinter sich und Bowers stöhnte.

»Regen Sie sich nicht auf«, sagte Cynthia, grinste und gab ihm die Box, »sie ist eine hervorragende Buchstütze.«

Bowers öffnete sie, drehte sich zu Götz und bedeutete ihm, sein Handy hineinzulegen.

»In den abschließbaren Schrank!«, befahl er und gab Cynthia die Box zurück. »Und Sie setzen sich endlich, Doktor Götz!«

Der drückte den Rücken durch und blieb, wo er war.

»Was soll ich mit einem neuen Geologen, Steven, so kurz vor Abschluss des Projekts?«, wollte Cynthia wissen.

»Die *Space Force* schickt mich«, sagte Bowers.

»Die *Space Force*?« Cynthia lachte. »Soll der radioaktive Abfall jetzt etwa auf den Mond geschossen werden?«

Bowers rang sich sein stählernes Standardlächeln ab. »Es geht nicht um Ihre atomaren Endlagerstätten. Was Sie jetzt hören werden, ist eine präsidiale Verschlusssache. Sie wissen, was das bedeutet?«

Cynthia nickte. Davon wussten nur der Präsident und eine Handvoll seiner engsten Berater.

»Vor ungefähr einem Jahr hat eine deutsche Forschungsgruppe bei Ausgrabungen einer steinzeitlichen Wohnstätte im Hochland Äthiopiens einen sensationellen Fund gemacht: eine Speerspitze aus weißem Obsidian. Sie kennen doch Obsidian, den schwarzen, aus dem Speerspitzen eigentlich gefertigt wurden?«

»Selbstverständlich.«

»Dieser Obsidian war schneeweiß, nicht schwarz. Doktor Götz«, Bowers winkte hinter sich, »war Mitglied des Ausgrabungsteams. Er hat das Vorkommen dieses weißen Obsidians ausfindig gemacht.« Er machte eine Pause. »Wir betreiben in der Gegend gemeinsam mit unseren äthiopischen Freunden eine kleine Teleskopanlage. Die Augen und Ohren der *Space Force* waren also zur Stelle, als die Astronomen, völlig überraschend, den Datenstrom von Doktor Götz' Drohne auffingen. Erfreulicherweise konnten wir ihn davon überzeugen, die Daten vorläufig nur mit uns zu teilen.«

Nach Überzeugung sah Götz nicht aus, fand Cynthia.

»Wirklich interessant«, sagte Cynthia, »aber was haben Speerspitzen mit mir zu tun? Wenn es um Höhlenmalereien ginge ...«

»Er hat zweihundertdreizehn Vorkommen gefunden. Zweihundertdreizehn weiße, kreisförmige Flecke in schwarzem Obsidian-Gestein. Und sie haben alle den gleichen Durchmesser von annähernd zwei Metern.«

Cynthias Gehirn sprang an: Kreise, eine bestimmte Anzahl, eine definierte Größe. »Weiter!«, sagte sie.

»Übernehmen Sie das, Doktor Götz!«, sagte Bowers über die Schulter.

Götz rührte sich nicht. Auf dem Teppich hatte sich ein nasser Fleck gebildet.

Bowers drehte sich um: »Verdammt noch mal, muss ich Sie wirklich an unsere Abmachung erinnern?«

Götz schob sein Kinn nach vorn, zog die Schultern hoch, als wolle er angreifen. Dann aber ließ er sie kraftlos hängen. Er sagte: »Die Fakten, ich beschränke mich auf die wissenschaftlichen Fakten. Den Unsinn überlasse ich dem Major. Ich werde meine Karriere nicht aufs Spiel setzen.« Götz streifte seine Mütze ab.

»Das Vorkommen des weißen Obsidians liegt auf viertausendzweihundert Meter Höhe im Harcha Valley des Bale-Gebirges. Siebenhundert Meter tiefer findet sich die steinzeitliche Ansiedlung, die vor vierzigtausend bis zwanzigtausend Jahren immer wieder bewohnt war. Die Gipfel des Bale-Gebirges waren zu dieser Zeit vergletschert. Heute sind die Gletscherflächen nur mit schwerem Geröll überlagert.« Er klickte in den Dozentenmodus und lief von Wand zu Wand. Bei seiner Größe waren das gerade einmal vier Schritte. »Wir wussten bereits, dass die Bewohner der Höhle damals auf dem Bergkamm schwarzen Obsidian geschlagen haben. Und wir können annehmen, dass dies der eigentliche Grund für die Ansiedlung in dieser extremen Höhe war. Dass auch unter einem ehemaligen Gletscher Obsidian liegt, wussten wir nicht. Dort haben wir die weißen Kreise gefunden, nur drei davon, um genau zu sein, eingebettet in schwarzen Obsidian. Ganz am Rand des Geröllfelds, wo sie nicht überdeckt waren. Wir nahmen Proben und konnten bestätigen, dass es das Material der Speerspitze ist.« Götz blieb am Fenster stehen. »Damit war das Ziel erreicht«, sagte er und blickte auf die Stadt. »Ich hätte mich zufriedengeben können und auch müssen. Das Geld war aufgebraucht.

Aber«, er setzte sich wieder in Bewegung, »das Ergebnis der physikalischen Untersuchung war merkwürdig. Es entsprach weder dem schwarzen Obsidian noch den Eigenschaften der kleinen weißen Punkte, die wir von Schneeflockenobsidian kennen. Außerdem zeigte sich per Thermolumineszenz, dass das Gestein in dieser kristallinen Form erst vor ungefähr zwanzigtausend Jahren entstanden sein konnte. Es ist damit sehr viel jünger, als schwarzer Obsidian. Also bin ich mit meiner Drohne und dem angehängten Niederschwellenspektrometer losgegangen, um weitere Daten zu erheben. Die Betriebsstunden des Spektrometers sind sehr teuer, jede einzelne wird registriert. Aber notfalls hätte ich das auf ein anderes Projekt gebucht. Ich musste einfach weiter machen.«

»Und Sie haben weitergemacht und die restlichen zweihundertzehn Kreise gefunden, die mit Geröll bedeckt waren«, sagte Cynthia.

Götz sah zu ihr und nickte. »Die Kreise liegen auf einer geraden Linie. Wie Perlen auf einer Schnur. Leider haben die Astronomen die Daten gestohlen.«

»Langsam, langsam, Doktor Götz«, warf Bowers ein. »Wie ich schon sagte, das war purer Zufall.«

»Was können Sie zur Entstehung der Kreise sagen?«, wollte Cynthia wissen.

»Bleiben wir bei den Fakten«, sagte Götz. »Der weiße Obsidian ist streng genommen kein Obsidian mehr. Er hat eine völlig veränderte Kristallstruktur und für seine Entstehung muss eine ungeheuer große Menge Energie hineingeflossen sein.«

»Wie bei einem Vulkanausbruch?«, fragte Cynthia.

»So entsteht der schwarze Obsidian, ja. Aber diese thermische Energie würde für das weiße Gestein nicht reichen. Außerdem ist das Material nicht über die Erdoberfläche gelaufen, wie Lava und es sieht auch nicht so aus, als käme es aus der Tiefe.«

»Zum Zeitpunkt der Entstehung des weißen Obsidians, also vor zwanzigtausend Jahren, wurde die steinzeitliche Siedlung aufgegeben, das haben sie vorhin gesagt, richtig?«, wollte Cynthia wissen.

Götz nickte.

»Ist das nicht merkwürdig?«

»Nun ja, man muss natürlich auch die Fehler in den Altersbestimmungen berücksichtigen.«

»Was ist mit der Sonne als Ursache?«, fragte Cynthia.

»Prinzipiell möglich, aber ich kann mir keine Eruption oder Ähnliches vorstellen, die auf der Erde Kreise mit einem so geringen Durchmesser hinterlassen könnte.« Götz machte eine Pause. »Nein, ich habe im Moment keine Erklärung dafür, wie sich dieses Gestein gebildet haben könnte.« Er bohrte seinen Blick in Bowers' Rücken. »Aber ich würde gerne weiter danach suchen.«

»Das dürfen Sie, das dürfen Sie«, sagte Bowers, ohne sich umzudrehen. »Je besser Sie kooperieren, umso eher können Sie zu Ihrer Arbeit zurück.«

»Sie sagten, die Kreise lägen wie Perlen auf einer Schnur«, sagte Cynthia, »gibt es da ein Muster?«

»Wie schon gesagt zeigen die Kreise einen Durchmesser von zwei Metern. Der Abstand zwischen den Kreisen ist nahezu identisch und liegt bei ziemlich genau sechs Meter siebzig«, sagte Götz, »nur der erste und der letzte Kreis liegen weiter weg. Hier haben wir neun Meter vierzig. Das Ganze jeweils vom Mittelpunkt aus gemessen.«

Das klang großartig in Cynthias Ohren. Identische Kreise, eine regelmäßige Anordnung und das Beste von allem: Ausreißer.

»Und bevor ich es vergesse: An einem Ende haben wir ein unregelmäßiges Muster aus sieben Kreisen gefunden.« Götz blieb jetzt wieder breitbeinig stehen und streifte die Mütze über. Das Emblem über seinem rechten Ohr. »Das sind die Fakten.«

Bowers übernahm das Wort: »Frank, Frank Gasparone, Leiter der *Space Force*, möchte, dass wir hier etwas durchspielen: Nehmen wir einmal an, die Quelle der erforderlichen Energie lag nicht auf der Erde. Nehmen wir an, sie kam von außen.«

»Extraterrestrisch?«

»Bleiben wir bei *außen* und schließen wir die Sonne aus. Wir nehmen weiterhin an, dass es kein Zufall ist, dass diese Kreise im Bale-Gebirge zu finden sind.«

»Eine in höchstem Maße unwissenschaftliche Annahme!«, protestierte Götz. »Sie sollten sich nicht darauf einlassen, Professor Snyder!«

Cynthia gab ihm recht. Trotzdem, wenn an der Sache etwas dran wäre ...

»Wir nehmen also an, es handelt sich um eine Botschaft, die Aliens auf unserer Erde hinterlassen haben«, sagte Cynthia.

»Finden Sie heraus, was sie uns mitteilen wollten«, sagte Bowers.

Cynthia lehnte sich genüsslich zurück. Das war verrückt. Und vielleicht war es der Jackpot. Außerdem, Bowers brauchte sie nun doch noch, so kurz vor Ende des Projekts. Sie sollte es ihm nicht zu leicht machen.

»Dafür haben Sie mich nicht engagiert, Steven. Ich möchte ...«

»Doppelte Bezahlung«, sagte Bowers, »und nur zwei Wochen. Doktor Götz bleibt bei Ihnen und gibt Ihnen alle Daten, die Sie brauchen. Nach zwei Wochen wird selbst Frank mit seiner lächerlichen Begeisterung für das SETI-Projekt von den kleinen grünen Männchen ablassen müssen.«

»Zwei Wochen, am Stück? Wie stellen Sie sich das vor!«, rief Cynthia. »Ich muss zurück nach Baltimore. Im Gegensatz zu Ihnen habe ich ein Leben!«

»Dreifache Bezahlung und das mit der Universität klären wir.«

»Und was ist mit dem Endlagerprojekt? Sie wollten in einem Monat den Abschlussbericht haben.«

»Oh, in einem Monat bin ich auf der EUROCOM-Übung«, sagte Bowers. »Hat man Ihnen das nicht gesagt?« Er stand auf und ging zur Tür. »Doktor Götz, Sie wissen, was von Ihrer Mitarbeit abhängt.« Er griff nach der Türklinke.

»Steven«, rief Cynthia ihm hinterher, »sollte ich am Ende einem Hirngespinst der *Space Force* hinterhergejagt sein, schulden Sie mir eine Sightseeingtour durch Area 51.«

»Halten Sie mich auf dem Laufenden«, sagte Bowers und verschwand.

Cynthia und Götz blieben eine Weile still. Dann setzte Götz sich endlich. Irgendwie wurde er dadurch nicht wesentlich kleiner.

»Was hat er gegen Sie in der Hand, Alexander? Warum spielen *Sie* mit?«

»Wenn ich es nicht tue«, sagte Götz mit trauriger Stimme, »wird Ihr Land, Professor Snyder, einen Vorwand suchen und finden, um die Entwicklungshilfe für Äthiopien einzustellen. Notfalls wird es einen Grund inszenieren.«

Man hatte für Alexander einen Tisch in Cynthias Büro gequetscht, an die Fensterfront. Er war ein netter Kerl, aber nachdem er ihr alles noch einmal in Ruhe erklärt hatte, sie die Punkte in eine Karte des Harcha Valleys eingezeichnet und an die Wand gehängt hatten, hatte sie nichts mehr mit ihm anzufangen gewusst. Sie hatte ihn den ganzen Tag Daten auswerten lassen, die mit der Alien-Sache nichts zu tun hatten. Oder mit seiner Frau in Äthiopien telefonieren, die ungeduldig auf ihn wartete.

Ein paar Tage waren verstrichen. Jeden Tag meldete sie sich bei Bowers und sagte ihm, dass sie noch nichts hatte. Ihre einzige Idee bislang war, dass die Anhäufung von Kreisen ein Sternbild sein könnte. Dass die Botschaft, so es eine war, von dort gekommen war und der zugehörige Absender folglich dort lebte. Das aber lag ziemlich auf der Hand und war noch keine Meisterleistung. Sie hatte das Muster der Anhäufung an die *Space Force* weitergegeben und es hatte sich schnell gezeigt, dass es zumindest keines der prominenten Sternbilder war. Alex hatte breit gegrinst. Nun glich die *Space Force* das Muster mit Sternkarten und Datenbanken weiter entfernter Sterne der Milchstraße ab. Danach kämen andere Galaxien.

Cynthia spielte wieder mit dem 3-D-Nagelbild, das half ihr beim Nachdenken. Sie schob die Stäbchen der mittleren Reihe einzeln auf die andere Seite. Ihre Intuition hatte sie zunächst an die Nazcalinien im Hochland Perus denken lassen. Und an die vielen gepunkteten Linien in der Kunst der Aborigines. Aber die Bedeutung der Nazcalinien kannte man bis heute nicht und es waren Linien, keine Punkte. Auch eine den Aborigines vergleichbare äthiopische Kunst, die Hinweise hätte liefern können, hatte sich nicht gefunden. Es gab auch keinen weißen Obsidian in der Volkskunst. Zweihundertdreizehn Kreise in einer Linie, der erste und der letzte Kreis mit etwas mehr Abstand. Aus der Entfernung, also aus der Sicht der Aliens, würden die Kreise zu Punkten schrumpfen und ein Punkt symbolisierte Ganzheit. Der erste und der letzte Punkt könnten für Anfang und Ende stehen, die Linie aus Punkten dann für die Verbindung von Vergangenheit und Zukunft. Cynthia schob das nächste Stäbchen auf die andere Seite. Schon in der Steinzeit hatte es Linien in der Höhlenmalerei gegeben, die Weltachsen darstellen sollten. Aber in Äthiopien hatte man das nicht gefunden. Sie hatte Alex gefragt, was in der

Gegend in Richtung der beiden Enden lag und ihm war nichts dazu eingefallen. Sie hatte sich Satellitenbilder angeschaut und da war wirklich nichts Auffälliges gewesen. Sie hatte versucht, einen mathematischen Zusammenhang zu finden, aber auch das hatte nicht funktioniert. Wollten die Aliens einfach Hallo sagen? Cynthia dachte an das, was die Menschheit ins All geschickt hatte: die goldenen Schallplatten der Voyager oder die Radionachricht von Arecibo. Aber das ließ sich nicht vergleichen. Nein, hier ging es nicht um ein »Hallo, ihr seid nicht alleine! Wir sind die Andorianer und kommen euch bald besuchen. Bereitet schon mal die Party vor und wir sind übrigens Vegetarier«. Hier ging es nicht um die Aliens, es ging um die Erde und ihre Menschen. Und es war ganz bewusst in den Fels geschrieben. Es sollte halten, möglichst lange. Genau wie bei ihrem Projekt.

Trotzdem, es war zu wenig. Diese gleich großen Kreise im gleichen Abstand auf einer geraden Linie ... das war einfach zu wenig Information. Irgendetwas fehlte. Cynthia schob am letzten Stäbchen der mittleren Reihe. Auf der einen Seite schlossen nun alle Stäbchen dieser Reihe bündig mit der Platte ab, auf der anderen Seite Cynthia zog scharf die Luft ein.

»Alex, du hast gesagt, der weiße Obsidian kommt nicht aus dem Inneren der Erdkruste. Wie kommst du darauf?«

Alex hing über seinem Computer, drehte sich nicht zu ihr. »Für die Probennahme haben wir in den Kreisen Kernbohrungen durchgeführt und gesehen, dass der weiße Obsidian nicht besonders tief in den schwarzen hineinreicht«, sagte er.

»Wie tief?«

»Das war unterschiedlich, warte«, sagte er und tippte wild auf der Tastatur. »Der erste Kreis, der mit mehr Abstand und der zweite waren ziemlich genau drei Meter tief. Beim dritten Kreis waren es 30 Meter.«

»Zwei Kreise sind in der Tiefe identisch und einer zeigt genau die zehnfache Tiefe?«

»Ziemlich genau, ja. Die Kernbohrung hatte aber auch nur einen Durchmesser von zehn Zentimetern. Ich denke also, das ist Zufall, daran sollte man sich nicht festbeißen.«

»Man könnte sich das also als Zylinder oder Stäbchen vorstellen? So wie das hier?«, sagte Cynthia und hob die Nagelplatte hoch.

Endlich drehte Alex sich zu ihr. »So könnte man das sehen, ja«, sagte er. »Muss man aber nicht.«

»Kannst du die Tiefe aller Kreise bestimmen?«

»Mittels Bohrung würde das sehr lange dauern. Wir müssten ja auch erst das Geröll wegschaffen.« Alex stand auf. »Ich brauche einen Kaffee. Möchtest du auch?«

»Alex, ich brauche keinen Kaffee, ich brauche deine Hilfe! Jetzt!«

Er sah sie eine Weile an. »Okay, okay, ich kann ja mal schauen, ob die Niederschwellenspektrometrie-Daten etwas hergeben. Wenn ich die Intensitäten der zurückgeworfenen Frequenzen vergleiche, müsste eigentlich ...« Er setzte sich und seine Finger flogen wieder über die Tasten.

Cynthia riss die Karte von der Wand und legte sie auf den Boden.

»Trag die Werte hier ein«, sagte sie. »Ich hole den Kaffee«.

## IV.

Cynthia und Alex saßen in einem langen Gang im Keller des Gebäudes der *Space Force*, vor der Tür eines Besprechungsraums.

Es hatte funktioniert, gestern, in ihrem Büro. Alex ermittelte die Tiefe jedes einzelnen weißen Zylinders. Plötzlich bekam alles einen Sinn. Die beiden Kreise an den Enden waren tatsächlich ein Anfang und ein Ende. Nicht nur im Raum, sondern auch in der Zeit. Sie erkannten, dass sie die Linie verlängern mussten, und fanden dort etwas Ungeheuerliches.

Sie waren lange stumm, schauten beide aus dem Fenster, auf das Leben draußen, auf die lächerlich kurze Zeitspanne eines einzelnen menschlichen Lebens. Dann rief die *Space Force* an: »Es ist der Kugelsternhaufen Messier 5«, sagte Gasparone ihr, »es sind seine sieben hellsten variablen Sterne.«

»Danke. Es ist gut«, antwortete sie wie in Trance. Sie rief John an, wollte ihm alles erzählen. Am Ende sprachen sie nur über den anstehenden Urlaub auf Hawaii.

»Sollen wir es ihnen überhaupt sagen?«, fragte Cynthia. Erst da merkte sie, dass Alex nicht mehr im Büro war. Sie ging wieder zum Fenster und sah weit unten einen Mann mit einer roten Mütze, der ging, als würde er Steine schleppen. Nein, sie konnten das nicht alleine tragen. Und sie hatten auch kein Recht dazu. Cynthia griff zum Telefon und wählte Bowers' Nummer.

»Steven«, sagte sie, »aus der Sightseeingtour durch Area 51 wird nichts werden.«

Er war ungewöhnlich lange still.

»Cynthia, diesen Grüne-Männchen-Witz mag ich ausnahmsweise nicht«, sagte er dann.

»Ich auch nicht.«

Und nun warteten Bowers und andere wichtige Leute auf sie und Alex. Die Tür öffnete sich und Bowers trat in den Flur.

»Das da«, Bowers zeigte hinter sich, »ist der abhörsicherste Raum, den die *Space Force* zu bieten hat. Sie wissen, dass Sie keine digitale Präsentation zeigen können?«

Cynthia und Alex zeigten auf ihre Mappe. Sie hatten nur die Karte und ein paar Satellitenaufnahmen dabei.

»Die Mappe wird diesen Raum nicht verlassen, ist das klar?«

»Beruhigen Sie sich, Steven«, sagte Cynthia. »Ihr könnt das sowieso nicht lange geheim halten. Wer wartet auf uns?«

»Die Geheimhaltung lassen Sie unsere Sorge sein, Cynthia. Wir haben Frank Gasparone und die wissenschaftliche Beraterin des Präsidenten, Doktor Mariella Rice, hier. Das Militär vertrete ich.«

Der Raum war schmucklos. An einem langen, vollkommen leeren Konferenztisch saßen Rice und Gasparone. Rice empfing sie mit einem freundlichen Lächeln, Gasparone trug allen Ernstes den blauen Overall der *Space Force*. Als ob er direkt aus dem Training käme. Die beiden hatten einen Platz zwischen sich frei gelassen, den Bowers einnahm. Cynthia und Alex setzten sich gegenüber.

»Bevor Sie mit der Präsentation Ihrer Ergebnisse beginnen, Professor Snyder und Doktor Götz, möchte ich Ihnen den Dank des Präsidenten überbringen«, sagte Rice. »Er ist allerdings kein Anhänger von Alien-Fantasien.«

Gasparone machte ein säuerliches Gesicht. »Wozu Sie ihn gebracht haben«, sagte er.

»Aber er ist ein aufgeschlossener Mensch und möchte sich seine Meinung aufgrund von Fakten und Beweisen bilden«, fuhr Rice ungerührt fort, »und nicht aufgrund dessen, was er glauben möchte. Er ist also sehr gespannt darauf, was Sie aus zweihundertdreizehn weißen Kreisen herauslesen möchten.«

»Ganz offensichtlich die Kontaktaufnahme der Spezies eines fremden Planeten. Womit nun endlich alle Anhänger von SETI im richtigen Licht erscheinen«, sagte Gasparone.

»Eines kann ich gleich sagen«, rief Bowers, »wenn die Aliens eine Antwort möchten, werden sie diese nicht bekommen!«

»Bitte, hören wir doch erst einmal, was Snyder und Götz uns zu sagen haben«, sagte Rice und sah sie auffordernd an.

Alexander zog die Karte aus der Mappe, entfaltete sie und legte sie auf dem großen Tisch zurecht. Er kam direkt zur Sache.

»Wir haben also zweihundertdreizehn Kreise aus weißem Obsidian im Harcha Valley des Bale-Gebirges in Äthiopien«, sagte er. Dann gab er einen kurzen Abriss zur Fundstelle und dem Einsatz des Niederschwellenspektrometers. Er sprach über Durchmesser und Abstand der Kreise und über das chaotische Muster an einem Ende der Linie. Anschließend verwies er auf die unterschiedliche Tiefe der Zylinder und merkte zum Schluss an, dass er sich die Entstehung des weißen Obsidians vor zwanzigtausend Jahren auf natürlichem Wege derzeit nicht erklären könne.

»Das waren die Fakten«, sagte Alex. »Professor Snyder wird diese nun interpretieren.«

»Einen Augenblick«, sagte Rice. »Doktor Götz, die Frage nach der Entstehung der Kreise ist zentral für die Glaubwürdigkeit Ihrer Interpretation, richtig?«

»Ja«, fuhr Gasparone dazwischen, »und er hat gerade gesagt, dass es keine natürliche Ursache gibt.«

»Ja, sie ist zentral«, antwortete Alex ruhig, »und nein, ich habe gesagt, dass wir *derzeit* keine natürliche Erklärung für die Entstehung der Kreise haben.«

»Bitte, fahren Sie fort«, sagte Rice.

»Ich werde Ihnen alle falschen Wege, die wir eingeschlagen haben, ersparen und nur das darlegen, was am meisten Sinn ergibt«, sagte Cynthia. »Es ist von einer verblüffenden Einfachheit. Ich gehe so weit, zu sagen, es hätte meiner gar nicht bedurft. Keinen Experten, keinen Semiotiker, nur einen Menschen mit guter Kombinationsgabe. Und das war wohl auch die Absicht. Ich habe jedenfalls viel gelernt.«

»Cynthia«, unterbrach Bowers, »kommen Sie zur Sache.«

»In die Abfolge der Zylinder«, fuhr Cynthia fort, »sind räumliche und zeitliche Informationen codiert. Lassen Sie mich mit den räumlichen beginnen. Wir haben also zweihundertdreizehn Zylinder in einer geraden Linie. Der Abstand zwischen ihnen beträgt sechs Meter siebzig, jeweils vom Mittelpunkt aus gemessen. Der erste und der letzte Zylinder haben einen größeren Abstand und diese beiden lassen wir hier außer Acht. Es bleiben also zweihundertelf Zylinder und es ergibt sich eine Gesamtlänge dieser Linie von ziemlich genau tausendvierhundert Metern. Doktor Götz hat dies durch direkte Messung bestätigt. Fast alle dieser Zylinder haben eine Tiefe von drei Metern. Aber die Zylinder Nummer 2, 71, 141 und 211 reichen dreißig Meter in die Tiefe. Sie sind also genau zehn Mal ...«

»Professor Snyder«, unterbrach Gasparone, »auch ohne Professorentitel sind wird durchaus in der Lage, uns Sachverhalte zu merken. All das hat Doktor Götz eben schon ausgeführt.«

»Geduld, Frank, Sie kommt schon noch zum Beitrag der *Space Force*«, sagte Bowers.

»Vier Mal haben die Zylinder also die zehnfache Tiefe. Wir haben vieles damit ausprobiert und sind zu dem Schluss gekommen, die Zahl zehn hoch vier zu nehmen. Das ergibt den Wert zehntausend. Multipliziert man die Länge der Linie von tausendvierhundert Metern mit zehntausend, ergeben sich vierzehntausend Kilometer.«

Cynthia zog die Satellitenaufnahmen aus der Mappe.

»Wir haben die Linie also um vierzehntausend Kilometer verlängert. In der südöstlichen Richtung führt uns das in die See vor Australien. Satellitendaten haben dort nichts Auffälliges gezeigt. Nicht auf dem Wasser und auch nicht auf dem Meeresboden.«

Cynthia griff nach der zweiten Aufnahme. Ihre Hände zitterten.

»Verlängert man die Linie in nordwestlicher Richtung, landet man auf der mittelamerikanischen Halbinsel Yucatan.«

»Sie wollen uns hoffentlich nicht erzählen, dass die Völker der Inkas und Azteken vor ihrem völligen Untergang in den Weltraum flüchten konnten?«, warf Gasparone ein.

»Sie haben sich das wohl nicht gemerkt«, sagte Rice, »aber die Nachricht ist zwanzigtausend Jahre alt. Meines Wissens gab es damals weder Inkas noch Azteken.«

Gasparone kniff den Mund zusammen.

Cynthia schob die Aufnahmen über den Tisch. Dann blickte sie Hilfe suchend zu Alex. Der nickte kaum wahrnehmbar. Sie holte tief Luft.

»Man landet im gigantischen, unterseeischen Asteroidenkrater Chicxulub.«

Rice fand als Erste ihre Stimme wieder.

»Die Nachricht soll uns vor einem Asteroideneinschlag warnen? Außerirdische wollen uns warnen?«

»Diese Möglichkeit drängt sich auf, ja. Und wir denken, sie haben Chicxulub gewählt, weil das, was uns droht, ein vergleichbares Ausmaß haben wird«, sagte Cynthia.

»Sie wollen also keine Antwort, kündigen keinen Besuch an?«, wollte Bowers wissen.

»Nein, Steven, nichts davon.«

»Doktor Götz«, sagte Rice, »erzählen Sie uns etwas über Chicxulub.«

»In Kürze: Der Asteroid schlug vor sechsundsechzig Millionen Jahren auf der Erde ein, er hatte einen vermuteten Durchmesser von vierzehn Kilometern und hat ein Artensterben biblischen Ausmaßes ausgelöst. Auch das Verschwinden der Dinosaurier wird auf ihn zurückgeführt.«

»Er würde uns auslöschen?«, wollte Bowers wissen.

»Sehr wahrscheinlich«, antwortete Alex.

»Doktor Gasparone, Major Bowers, ich nehme an, wir haben gegen einen Asteroiden dieser Größe nichts in der Hand?«

»Nun, wir haben kürzlich mit einer kleinen atomaren Rakete zum ersten Mal einen Meteoriten zu einer Bahnänderung gebracht«, antwortete Bowers.

»Steven, mach dich nicht lächerlich«, unterbrach ihn Gasparone. »Hätte man auf SETI gehört, hätte man auf die *Space Force* gehört, dann hätte man die Nachricht vielleicht früher entdeckt.«

»Ohne die weiße Speerspitze gab es keinen Grund, nach weißem Obsidian zu suchen«, warf Alex ein.

»Wie viel Zeit haben wir?«, wollte Rice wissen.

»Dafür muss ich Ihnen die zeitliche Codierung der Kreise erläutern«, sagte Cynthia. »Bitte stellen Sie sich vor, wie die Erde sich um sich selbst dreht. Ein Punkt auf der Erdoberfläche in Äthiopien, also in der Nähe des Äquators, tut das mit einer Geschwindigkeit von tausendsechshundertsiebzig Kilometer pro Stunde. Die Aliens konnten erwarten, dass sich unsere Zeitrechnung einst an der Umdrehung der Erde um sich selbst und um die Sonne orientieren wird. Die Linie birgt also ganz klar auch einen zeitlichen Hinweis. Dafür kommen jetzt der erste und der letzte Zylinder ins Spiel. Sie sind von den anderen abgesetzt, was uns zeigen soll, dass sie eine andere Funktion haben. Auch der erste Zylinder hat eine Tiefe von drei Metern, der letzte allerdings von dreihundert Metern. Hier haben wir also den Faktor hundert. Da der erste und letzte Zylinder alle anderen Zylinder umfassen, haben wir die Gesamtzahl, zweihundertdreizehn, mit dem Faktor hundert multipliziert. Es ergibt sich der Wert 21.300. Es können keine Tage sein, sonst wäre es bereits in der Steinzeit passiert. Also denken wir an einundzwanzigtausenddreihundert Jahre.«

»Und die Uhr hat mit dem Einschreiben der Nachricht auf unseren Planeten angefangen zu ticken?«, fragte Rice.

»Das wäre zumindest logisch. Wie bereits mehrfach erwähnt, war das vor zwanzigtausend Jahren. Es bleiben also tausenddreihundert Jahre übrig. Rechnet man hier den durchschnittlichen Fehler in der Altersbestimmung des Gesteins von zehn Prozent mit ein, kommen wir auf einen Bereich von 1.170 bis 1.430 Jahren. Der frühestmögliche Zeitpunkt ist damit in elfhundertsiebzig Jahren.«

»Wie bereits ausgeführt«, sagte Rice, »beruft sich unser Präsident gerne auf Fakten und Beweise. Und was Sie uns hier gezeigt haben, kann immer noch alles Zufall sein, oder?«

Cynthia und Alex nickten.

»Halten Sie das alles für Zufall?«

»Nein«, sagten Cynthia und Alex gleichzeitig. Cynthia sah Alex erstaunt an.

»Können solche Linien auch anderswo vorkommen?«, wollte Rice wissen.

»Natürlich«, antwortete Alex, »es gibt viele Obsidianvorkommen auf der Erde.«

»Wenn wir also eine oder sogar mehrere weitere Linien aus Kreisen fänden und diese ebenfalls nach Yucatan zeigten, wäre das doch ein sehr starker Beweis für Ihre Theorie?«

»Das wäre es«, antwortete Alex. »Allerdings ist das Niederschwellenspektrometer ein sehr neues und teures Gerät. Es gibt nicht viele Kollegen, denen eines zur Verfügung steht.«

»Dann lassen Sie uns umgehend wissen, wer diese Kollegen sind«, sagte Rice, »und wo es weitere Obsidianvorkommen gibt. Doktor Gasparone, Sie bestellen so viele Spektrometer wie nötig. Weitere Vorschläge?«

»Wir haben noch die chaotische Ansammlung von Kreisen an einem Ende der Linie«, sagte Cynthia. »Die *Space Force* hat herausgefunden, dass es sich dabei um die hellsten variablen Sterne des Kugelsternhaufens Messier 5 handelt«, warf Gasparone schnell ein.

»Wir denken, dass der Asteroid aus dieser Richtung kommen wird«, fügte Cynthia an. »Also aus einem fremden Sonnensystem stammt.«

»Wir werden alles, was wir an Teleskopen und Spektroskopen haben, zu Messier 5 ausrichten«, sagte Gasparone. »Aber es wird schwierig werden, etwas zu finden.«

»Je früher wir den Feind entdecken, umso besser«, sagte Bowers.

»Noch etwas?«

Alle schwiegen.

»Nun, ich denke, der Präsident wird sich noch keine abschließende Meinung bilden«, sagte Rice. »Aber das Thema wird ganz oben auf der Agenda bleiben. Bringen Sie uns mehr«, sagte sie an die Runde gerichtet, »und berichten Sie ab sofort direkt an mich und nur an mich. Ist das klar?« Rice stand auf.

»Wir sind also nicht allein im Universum«, murmelte Gasparone.

»Und warum helfen uns deine Aliens nicht?«, rief Bowers.

»Das haben sie doch getan«, sagte Rice und lächelte, »und ich meine, man hätte uns nicht gewarnt, wenn wir nicht eine Chance hätten.«

Das Boarding für die Maschine nach Addis Abeba begann. Eine Stunde später würde Cynthia ihr Flugzeug nach Baltimore besteigen. Dieses Mal hatte sie auf einem zivilen Flug bestanden. Sie wollte unter Menschen sein.

»Was wirst du tun, wenn du zu Hause bist?«, wollte Cynthia von Alex wissen.

»Meine Frau umarmen und trotz allem weiter nach einer natürlichen Ursache für die Kreise suchen«, sagte Alex. »Und du?«

»Oh, ich werde den Endlager-Abschlussbericht schreiben. Auch wenn sich jetzt erst recht keiner dafür interessieren wird«, sagte Cynthia.

»Du und John, ihr müsst uns besuchen kommen«, sagte Alex. »Ich möchte euch die Kreise und die Speerspitze zeigen.«

»Unbedingt«, sagte Cynthia. »Nur zu schade, dass wir nie dahinter kommen werden, wie es zu der weißen Speerspitze kam.«

Anmerkung der Autorin:

Die steinzeitliche Ansiedlung im Bale-Gebirge Äthiopiens ist existent und wurde archäologisch untersucht. Die Ergebnisse wurden im Science Magazin veröffentlicht (Ossendorf et al., Science 365, 583–587 [2019]). Der weiße Obsidian und die Speerspitze sind frei erfunden.

## Joachim Frank

# Titanum

Übersetzt von Marianne Labisch

Da war dieses kolossale Ding in der Zeitung, dieser Klumpen – humongous, erectus, giganticus – jenseits aller Proportionen, jenseits aller Vorstellungen von Anstand. Ein fleischiger, monströser Kohlkopf, der sich öffnete, um eine spitz zulaufende Säule freizugeben, die dem Washington-Monument ähnelte, eine weichere Version vielleicht, die auf die Decke des Gewächshauses zeigte und drohte, genau das Glasdach zu durchdringen, unter dem sie Schutz fand. Eine furchtlose, erwachsene Passantin – eine Frau von durchschnittlicher Statur, die in die Kamera lächelte – lieferte den Maßstab: Die Pflanze war leicht doppelt so groß wie sie.

Scott starrte voller Ehrfurcht auf das Bild in der Morgenzeitung. Dieser Blütenschaft von Amorpho-phallicus titanum hatte irgendwann im Juni begonnen, bis zu sechs Zentimeter pro Tag in die Höhe zu schießen, um Ende Juli seinen jetzigen gigantischen Umfang, seine Höhe und seinen Schwellungszustand anzunehmen. Wie zum Beweis seiner Fleischigkeit, seiner Verwandtschaft mit der Tierwelt, mit Hunden, die die Beine heben, mit läufigen Hündinnen, verströmte er einen authentischen Kadavergeruch und schaffte es, die Fliegen zu täuschen, die Garanten für seine Fortpflanzung. Als er den Artikel durchblätterte, seine Frühstückstasse Kaffee in der Hand, blieb Scotts Blick an dem Wort Atlanta hängen – das Wunder war im Botanischen Garten von Atlanta geschehen. Er verspürte einen Anflug von Aufregung.

Er hatte Jennifer seit mehr als einem Jahr nicht mehr gesehen, seit sie ihren Job gekündigt, ihre Sachen gepackt und zu einer Freundin nach Atlanta geflüchtet war, während Scott auf einer Konferenz weilte. Als er in die gemeinsame Wohnung zurückgekehrt war, hatte er ihren Brief gefunden. »Lieber Scott«, stand dort in ihrer krakeligen Handschrift, »es gibt nichts mehr zu sagen. Bitte verstehe das.« Inzwischen hatte sie den Mietvertrag für eine kleine Wohnung am Stadtrand unterschrieben und einen Job angenommen, wie er von ihren Freunden erfahren hatte.

Scott hatte es nur langsam verstanden, aber er akzeptierte ihre Entscheidung als etwas, das sich nicht so einfach ändern ließ. Ihrem plötzlichen Schritt war ein erbitterter Streit vorausgegangen, bei dem es um nichts gegangen war, zumindest nichts, woran er sich exakt erinnern konnte. Einmal hatte sie ihn Macho genannt. Ein anderes Mal beispiellos. Ein kleiner Stapel von Dingen, die ihn an sie erinnerten, wurde Teil eines Schreins: eine Muschel, die Jennifer ihm einmal geschenkt hatte, ein gerahmtes Bild, das sie beim Essen einer Kirsche zeigt, und ein Bild von ihm und Jennifer beim Segeln mit ihren Freunden Rebecca und Alex. Auf dem Bild trug Jennifer den Bikini, den er ihr geschenkt hatte – er war immer noch stolz darauf, dass es ihm gelungen war, ein Teil auszusuchen, das ihr tatsächlich gefiel und das ihr passte. Er fühlte sich innerlich leer und verbrachte einen großen Teil seiner Zeit damit, herauszufinden, was er falsch gemacht haben könnte; in welcher Weise er das Ergebnis hätte beeinflussen können. Er hatte das Gefühl, Zeuge einer kosmischen Zweiteilung geworden zu sein – die Welt, in der sie vielleicht Kinder haben und gemeinsam alt werden würden, unterschied sich in vielerlei Hinsicht von der Welt, in der sie ihn jetzt zurückgelassen hatte. Deshalb gewann der Gedanke, sie zurückzugewinnen, eine solch existenzielle Dringlichkeit.

Er hielt es für ein Omen, dass die Pflanze ihre Stadt für ihre außergewöhnliche Leistung ausgewählt hatte, die laut der Zeitung nur einmal in sechs Jahren, wenn überhaupt, vorkam. Es war, als ob sein körperloses Verlangen nach Jennifer ihr in einer anderen Gestalt gefolgt wäre. Er fragte sich, ob sie die Geschichte zur Kenntnis genommen hatte, die in der Stadt, in der die Pflanze beheimatet war, sicherlich von Bedeutung sein musste. Ihm schwebten Schlagzeilen wie in »Atlanta's Pride«, »Green Stud Visits Botanic Park« oder »A Penetrating View« vor.

Seufzend schob er die Zeitung beiseite und begann eine Einkaufsliste auf einem Reklame-Briefumschlag. Er hatte seine Freunde für heute Abend eingeladen, eine alte Gewohnheit aus der Zeit, als er und Jennifer noch zusammen gewesen waren. Aber er fürchtete sich vor der neuen Konstellation – zwei Paare ohne seinen eigenen Partner –, die sein Alleinsein immer noch verschlimmerte. Am Ende eines solchen Abends gab es immer den Moment, in dem seine Freunde Blicke austauschten – Zeit zu gehen, Schatz, was meinst du? – und seine Wohnung leerer verließen, als sie davor gewesen war.

Es läutete an der Tür. Mit schnellen Schritten war Scott dort – ein bisschen zu eifrig, dachte er, denn das Tempo könnte sein verzweifeltes Bedürfnis nach Gesellschaft verraten.

»Hey Scott!«, erklang Alex' dröhnende Stimme. Das Erste, was Scott von ihm zu sehen bekam, war das karierte Hemd, das er immer trug. Alex klopfte ihm auf den Arm, grinste und ging an ihm vorbei zum Kühlschrank. Hinter ihm lief die hübsche, zierliche Rebecca, die sich, um ihn zu begrüßen, auf die Zehenspitzen stellen musste und trotzdem nicht in die Nähe von Scotts Gesicht kam.

»So schön, dich zu sehen«, sagte sie und zog ihn zu sich herunter, um ihm einen feuchten Kuss zu geben. Auf den Mund. Ihr Mund schmeckte nach Erde; er fragte sich, warum ihm das vorher nie aufgefallen war.

»Es ist schon eine Weile her«, sagte Scott und blickte auf ihre zierliche Gestalt, ihre kleine, wohlgeformte Nase und die Abdrücke ihrer Brustwarzen unter ihrer Bluse. *Kalt da draußen. Prinzessin auf der Erbse. Dumm von mir – BH plus Bluse mit Matratze gleichzusetzen. Der Rest des Bildes ist okay. Nein, vergiss es. Vergiss es sofort und vollkommen. Rebecca ist eine Freundin, die zufällig auch eine Frau ist.* Man sollte die Dinge besser klarstellen. Alex war zurück, eine Bierdose in seiner großen Hand, als bräuchte Scott eine Erinnerung daran, dass man sich mit seinem Freund nicht anlegen sollte. Besser er schlug sich den Geschmack, den er an ihrem Mund gefunden hatte, aus dem Kopf.

»Warst du ganz allein?«, fragte Alex und sah ihm tief in die Augen. »Geh raus, um Himmels willen. Triff dich mit ein paar Leuten.«

*Richtig. Dafür sind Freunde da. Um dir noch eins auszuwischen, wenn du schon am Boden liegst. Natürlich hat er recht. Aber er hat es einfach, so zu reden, mit einem hübschen kleinen Hintern als Rückzugsmöglichkeit. Rückzug, mein Gott! Noch ein vergifteter Gedanke. Hör auf damit!* Das waren Ausdrücke, die er nie zuvor benutzt hatte. Er hielt sich für jemanden, der Jennifers Persönlichkeit und ihren Witz vermisste, aber jetzt war er in einen solchen Zustand geraten, dass sie nichts weiter als ein Stück Fleisch geworden war! Wie tief konnte er noch sinken?

»Leichter gesagt als getan«, antwortete Scott fast mechanisch. »Die Kneipenszene? Ich hasse die Kneipenszene! Mit Leuten, die zusammengesunken auf Stühlen sitzen und über ihr Elend reden. Oder angeben. Was ist schlimmer? Und denk an den Qualm!«

»Ich weiß es nicht. Tanzen. Bowling. Mach irgendwas.« Alex fuchtelte mit seinen großen, ausladenden Händen in der Luft herum und deutete damit irgendeine unbestimmte Aktion an, irgendeine Art von etwas.

»Sie hat von dir gesprochen. Neulich.« Diese wenigen Worte entglitten Rebeccas unschuldigen Lippen und trafen ihn wie ein Donnerschlag.

»Wer? Jennifer? Sie hat über mich gesprochen?« Scott ging auf Rebecca zu und legte ihr die Hände auf die Schultern, als wolle er sich vergewissern, dass sie es sich nicht anders überlegte und mit dem Rest der Neuigkeiten abhauen würde. »Was genau hat sie gesagt?« Jennifer hatte eine Geheimnummer, aber Rebecca war immer noch eine ihrer Vertrauten. Da Scott wusste, wie nahe sich die beiden standen, hatte er sich nicht getraut, Rebecca nach der Nummer zu fragen, weil er sich bei einer solchen Bitte dumm vorgekommen wäre.

»Nicht viel. Sie sagte, sie denkt manchmal an dich.«

Scott verspürte einen Anflug von Triumph, wilder Hoffnung. Er dachte an das unabhängige Leben, das er in Jennifers Vorstellung führte, Hunderte von Meilen von hier entfernt. Wenn sie jetzt anders über ihn dachte, war sie immer noch zu stolz, um anzurufen. Aber sie wusste, dass er sie auch nicht erreichen konnte. Oder hatte sie mit Rebecca über ihn gesprochen, um sicherzugehen, dass es ihn erreichte? Etwas erschien in seinem Kopf, als wäre es mit goldenen Buchstaben an eine Wand geschrieben: Wenn sie sicher war, dass die Nachricht ihn erreichen würde, bestand der einzige Zweck darin, ihm zu signalisieren, dass es in Ordnung wäre, Rebecca die Nummer zu entlocken. Je mehr er darüber nachdachte, desto wahrscheinlicher erschien ihm diese Interpretation.

»Rebecca, bitte, bitte«, sagte er.

»Was willst du?« Sie trat einen Schritt zurück und entzog sich seinem Griff.

»Rebecca, du weißt, was ich von dir will. Ich habe es dir zwar nie gesagt, aber du weißt es verdammt gut. Ihre Nummer. Gib mir ihre Nummer.«

»Scott, du weißt, dass das unmöglich ist. Ich habe es ihr versprochen.«

»Das ist schon eine ganze Weile her. Aber jetzt ist es anders, weißt du? Jetzt denkt sie an mich.«

Alex kam von irgendwoher zurück – wahrscheinlich hatte er am CD-Player herumgespielt. Scott erinnerte sich jetzt, dass einige Melodien ein- und ausgeblendet worden waren. Alex stellte sich mit seinem großen Körper zwischen seinen Freund und seine Frau.

»Entschuldige, dass ich dich unterbreche, Scott, aber ich kann mein Lieblingsbier im Kühlschrank nicht finden; kannst du mir helfen?«

Er ging mit Scott in die Küche und ließ Rebecca Käse und Cracker knabbern. Er öffnete willkürlich den Kühlschrank, beugte sich zu Scott hinunter und flüsterte ihm ins Ohr: »Ich habe einen praktischen Vorschlag«, sagte er. »Rebecca hat ihre Handtasche im Badezimmer vergessen. Ich habe sie gesehen. Ich war vorhin da drin.«

»Was hat das denn mit der Sache zu tun?«, fragte Scott.

»Ganz einfach. Ich habe zufällig mitbekommen, was du willst. Du gehst ins Badezimmer. Jetzt sofort. Nutze die Gelegenheit. Carpe diem – guter Gott, sei nicht so dumm!«

Scott verspürte den Impuls, ins Badezimmer zu rennen, fing sich aber rechtzeitig, um würdevollen Schrittes dorthin zu gelangen. Tatsächlich lag da eine runde grüne Ledertasche mit Reißverschluss, direkt auf der Ablage neben dem Spiegel. Er schloss die Tür ab, dann öffnete er die Tasche und spürte sein Herz rasen. Er schaute auf ein Nest aus Kaugummipapieren, Kleenex, Schlüsseln und Tampax – extra dünn. Des Weiteren fand er ein silbernes Ei von L'egg hose in der Farbe Taupe, eine Telefonkarte aus Frankreich, zwei zerknitterte Dollarscheine und die Visitenkarte eines auf Scheidungen spezialisierten Anwalts. Ihm kam der Gedanke, dass sie sich vielleicht an die genaue Konstellation dieser Dinge erinnern könnte, die um nichts auf der Welt reproduziert werden konnte: Einer der Schlüssel steckte im Kleenex, die Visitenkarte war zwischen der Tampax-Papprolle und der Telefonkarte eingeklemmt, was eine Art Verbindung suggerierte. Aber es gab keinen Weg zurück, und die Komplizenschaft seines Freundes nahm seinen Schuldgefühlen etwas an Schärfe. Er grub noch tiefer, um der Sache auf den Grund zu gehen, wühlte sich durch Wogen von Münzen, bis er auf etwas stieß, das die Form eines kleinen Buches hatte. Fieberhaft kramte er es aus den Münzen heraus, schüttelte ein paar verirrte Dimes und Pennies aus, dann schlug er es auf und fand den Buchstaben L, für Lowell. Jennifer Lowell – da war sie, mit zehn magischen Zahlen, die neben ihren Namen und ihre Adresse gekritzelt waren. Er suchte nach einem Stift – irgendetwas zum Schreiben, verdammt noch mal! Es war nichts da. Schließlich brach er einen Wattestäbchen in zwei Hälften und zeichnete die Nummer auf einem Stück Toilettenpapier nach. In einem Winkel – einem präzisen Winkel, den er vielleicht reproduzieren konnte – waren die Ziffern schwach zu erkennen.

Er verließ das Badezimmer mit einem angespannten Gesichtsausdruck, der eine Art Unwohlsein vortäuschte, das Menschen dazu zwingt, sich längere Zeit dort aufzuhalten, und lief direkt in Rebecca hinein.

»Was ist los?«, fragte sie. »Irgendetwas stimmt nicht, wenn ich dich so ansehe.«

»Nichts«, antwortete er und biss sich auf die Lippen. »Mir geht's gut.«

*Sie würde nach ihrer Handtasche suchen, sie im Badezimmer finden, nachdem sie an allen anderen offensichtlichen Orten nachgesehen hatte, sie öffnen, feststellen, dass die Unordnung eine andere war, sich dann daran erinnern, wie er aus dem Badezimmer gekommen war, sich an genau diesen Moment des flüchtigen Blickkontakts erinnern und eins und eins zusammen zählen. Jennifer war früher auch so gewesen. Sie hatte diesen sechsten Sinn, roch eine Ratte selbst dann, wenn sie meilenweit entfernt war. Jennifer hatte eine Nase für diese Dinge.*

Scott verbrachte zwei Tage und zwei Nächte in Aufruhr und widerstand der Versuchung, sie anzurufen. Er hatte die Nummer von dem ätherischen Papier in sein Adressbuch übertragen und zur Sicherheit eine Kopie in der Schublade seines Schreibtischs hinterlassen. Sie befand sich auch auf einem Stück Papier auf dem Nachttisch neben seinem Telefon. Die Nummer starrte ihn Tag und Nacht an. Er wachte auf und dachte über ein Gespräch nach, in dem er beiläufiges Interesse und die Sorge einer Freundin um ihr Leben in dieser fremden tropischen Wildnis im Süden vortäuschte. Hatten wir nicht Spaß beim Segeln, so etwas in der Art, und vermied die weinerlichen »Ich vermisse dich«-Sprüche, die ihm in seinem gegenwärtigen Gemützustand ganz natürlich vorkamen. Der Gedanke an das Gespräch und die kapriziösen Wendungen, die es nehmen könnte, ließ sein Herz rasen und seine Kehle sich zuschnüren. Was ihn zurückhielt, war die Tatsache, dass ihm keine glaubwürdige Geschichte einfiel, wie er an ihre Geheimnummer gekommen war. Am Abend des zweiten Tages beschloss er, es zu riskieren, und rief sie schließlich an. Sie würde einfach zu überrascht sein, um Fragen zu stellen.

»Hi Jennifer, hier ist Scott.« Er streckte sich auf seinem Bett aus, um entspannt zu bleiben, und sah an die Decke.

»Scott?« Es folgte eine unangenehme Stille, vielleicht die Zeit, tief durchzuatmen. »Wie geht es dir?«

»Mir geht es gut. Ich wollte nur ... deine Stimme hören.« Er stellte sich vor, ihr Gesicht dort oben zu sehen, ihr schwaches Lächeln, das Zeichen eines geistreichen, schnellen Geistes, der die Angewohnheit hat, die meisten seiner Gedanken für sich zu behalten.

»Mein Gott, ich habe mich in letzter Zeit gefragt, wie es dir geht.«

»Genau wie bei mir. Wie geht es dir? Jennifer, es ist so lange her.« *Nein, pass nur auf, dass du nicht mit dem Gejammer anfängst!*

»Es war schön, so zu leben«, sagte sie. »Was gibt es?« Der Satz überraschte ihn. Diesen Teil des Gesprächs, hatte er nicht geprobt.

»Bei dir da unten ist eine Konferenz. Ich bin eingeladen.« Die Katze war aus dem Sack.

»Du meinst hier in Atlanta? Oh, Scott, wir müssen uns treffen!«, sagte sie im unschuldigen, sachlichen Ton einer Dame der Gesellschaft.

»Das habe ich auch gedacht«, sagte er mit zitternder Stimme. Er erzählte ihr von der Idee, der Riesenblume einen Besuch abzustatten, der einmaligen Chance. Er war ein Glückspilz: Sie stimmte zu.

Der Spaziergang durch den Botanischen Garten war wie eine Wiederholung ihrer damaligen Beziehung. Sie trug das lange lila Kleid, das er noch kannte. In einem Moment folgte er ihr eifrig, um eine Blume anzuschauen, als wollte er ihr erneut die Existenz und Intensität eines gemeinsamen Interesses beweisen. Im nächsten Moment hielt er Abstand, bestrebt, ihr die Unabhängigkeit zu gewähren, die sie gesucht hatte, als sie ausgezogen war. Ihm kam der Gedanke, dass dies ein Gleichnis dafür war, wie sie zusammenleben könnten: verbunden durch lange, weiche Gummischnüre.

»Schau mal her«, rief sie. »Die sehen aus wie echte Räder.«

Erfreut ging er die kurze Strecke zu ihr und folgte mit seinem Blick der Richtung, in die sie zeigte. Purpurrote Ritzel, fleischige gelbe Kurbelwellen, die ineinandergriffen, aber unbeweglich auf ihren üppig grünen Sockeln standen. Zehn dieser Blumen sprossen aus einem violetten Stiel, ein kosmischer Witz, der die gottgegebene Ordnung von Mineral, Pflanze und Tier für einen billigen Effekt durcheinanderbrachte. Jennifer betrachtete die kleinen Fantasiemaschinen aufmerksam.

»Erstaunlich«, sagte er und war dabei, seine Hand auf ihre Schulter zu legen. Der Moment war schlecht gewählt, denn sie trat gerade näher an die Blumen heran, eine Bewegung, die seine Hand über ihr Schulterblatt gleiten ließ. Erschrocken drehte sie sich um und starrte vorwurfsvoll auf seinen Arm. Scott schluckte schwer und fühlte sich durch diesen unpersönlichen Blick gedemütigt.

Zuvor, als er sie in ihrer Wohnung getroffen hatte, war es schwierig gewesen, den richtigen Ton, das richtige Gleichgewicht zu finden. Wenn er an diese Begegnung zurückdachte, die erste nach einem Jahr, hatte er ihre aufrichtige Freundlichkeit mit Anzeichen für wiedererwachte Gefühle für ihn verwechselt. Ihre rasche Bewegung, ihre Geistesgegenwart, beides hatte dazu beigetragen, dass der Kuss, den er auf ihre Lippen gerichtet hatte, auf ihrer Wange gelandet war. Jetzt betrachtete er diese erste Minute als seine erste Niederlage.

Jetzt gerade rief sie ihn zurück, ihre Stimme gedämpft durch die schwere, feuchte Luft des Gewächshauses und durch die großen Blätter der Elefantenpflanze, die zwischen ihnen stand.

»Als ich klein war«, sagte sie, »habe ich mir immer Blumen aus rotem Papier und Garn gebastelt und sie in mein Haar gesteckt. Das sind die Blumen, an die ich dabei gedacht habe.« Sie zeigte auf einen Zweig über ihr, aus dem eine Kaskade orangefarbener Blütenkelche hervorquoll. »Was ich gemacht habe, ist mir das Handtuch meiner Mutter als Abendkleid umzubinden und in ihren Stöckelschuhen klicke-di-klack herumlaufen, mit einem Pappbecher als Cocktailglas und der Nase hoch in der Luft.«

»Nicht bewegen!«, sagte er. Er musterte sie und suchte nach einem Aussichtspunkt, von dem aus eine der orangefarbenen Blumen direkt aus ihrem schwarzen Haar zu sprießen schien. Sie erstarrte in einer spöttischen Pose, in einer Hand hielt sie ein nicht vorhandenes Glas, die andere ruhte auf ihrer Hüfte und warf ihm einen feurigen Flamenco-Blick zu. Er spielte mit und antwortete auf ihre Geste mit einem übertriebenen Seufzer, dem Seufzer eines Verehrers, dessen Liebe unerwidert blieb. Sie spielte Bilder seiner Fantasie nach – was hatte er ihr angetan, um diese Art von Grausamkeit zu verdienen?

»Auszeit!«, sagte er, um sie zu erlösen – und um dem Ganzen ein Ende zu setzen.

Das Gespenst der riesigen Pflanze stand unbemerkt zwischen ihnen. Er befürchtete, dass ihre tatsächliche Anwesenheit, sobald sie sie zu Gesicht bekommen würde, in ihr eine Abwehrreaktion auslösen könnte, die ihr Verhalten ihm gegenüber beeinflussen würde. Sie hatten den Nachmittag im Geiste eines guten Scherzes geplant, in der Erwartung von etwas Interessantem und Bizarrem, etwas, dessen jugendliche Anspielungen sie leicht verkraften würden. Doch jetzt, nach seinen gescheiterten Annäherungsversuchen (der mit dem Schulterblatt und der mit dem Kuss zuvor in ihrer Wohnung), befürchtete er, dass der Anblick des riesigen Dings sie endgültig zurückschrecken lassen könnte. Es könnte ihr das Gefühl geben, die einzige Frau in einer Bar zu sein. Er ging im Zickzack den Tropenweg entlang, schaute immer wieder nach vorne und versuchte, sich seine Besorgnis nicht anmerken zu lassen.

Sie durchwanderten den tropischen Bereich zweimal und sahen keine Spur von der Mutter aller Pflanzen. Der einzige Bereich, der übrig blieb, war ein Raum mit Kakteen und anderen sukkulenten Pflanzen, der als Wüstenbiotop ausgewiesen war.

»Ist hier jemand?«, rief Jennifer spöttisch. Aber hier, in dem entfeuchteten Raum, war nicht einmal das Geräusch von Wasser zu hören, nur heiße, stille Luft.

»Vergiss es, wir sind am falschen Ort«, sagte Scott. »Sie müssen einen separaten Pavillon gebaut haben. Lass es uns herausfinden.«

»Ja, kehren wir zum Einlass zurück«, sagte sie fröhlich. *Eine nette Herausforderung.*

Jetzt fühlte es sich wieder wie in alten Zeiten an: ein Gefühl von Abenteuer, ein kleiner Schwindel. Die Idee, gemeinsam ein Problem zu lösen. Jennifer neben ihm, in ihrem selbstbewussten Gang. Das Gefühl, von hier nach dort zu gelangen. Ein Stück gemeinsam verbrachte Zeit, ein Zeichen für ein ganzes Leben.

»Kann ich Ihnen helfen?«, fragte die Kassiererin, die sich offensichtlich nicht an die beiden erinnerte.

»Die riesige Pflanze? Wo ist die Pride of Atlanta? Wir waren schon überall.«

Wortlos deutete die Frau auf die Anzeige direkt neben dem Fenster. Das Schild war kaum zu übersehen: AMORPHO-PHALLICUS TITANUM IST KOLLABIERT. SIE WURDE AUS DER AUSSTELLUNG ENTFERNT.

Jennifer war die Erste, die ausrastete. »Ist zusammengebrochen!«, schnaubte sie, zeigte auf das Plakat und brach dann in schallendes Gelächter aus.

Scott entschuldigte sich: »Ich habe dich den ganzen Weg hierher geschleppt!«

»Ist doch egal! Das ist verdammt witzig!«

Scott stimmte in die Gefühlslage ein: »Die Titanic – gesunken! Jetzt Titanum – kollabiert!« Die Lektion war klar; die Lektion lautete: Hybris jeglicher Art und Form wird nicht bezahlt.

Er spürte, wie Jennifers Hand die seine ergriff. Hand in Hand, wie Schulkinder, liefen sie zurück zu ihrem Auto. Als ob sie eine neue Form der Verbindung feierten, riefen sie: »Titanic? – gesunken! Titanum? – ... kollabiert!«

Es fühlte sich gut an; es fühlte sich an, wie eine neue, saubere Art, von vorne zu beginnen.

Yukimi Ogawa

# Blau Grau Blau

Übersetzt von Michael K. Iwoleit

Niemand wusste genau, wann und wie alles angefangen hatte. Aber es gab einen Vorfall, der ihm besonders im Gedächtnis haften geblieben war: Es war drei oder vier Jahre her, als ein etwa zehn Jahre altes Mädchen in den Laden kam, der praktische Brillen und Kontaktlinsen an lokale Kunden verkaufte. Das Mädchen sagte, sie brauche eine Brille, weil etwas mit ihren Augen nicht stimme.

»Du solltest dich vielleicht erst an einen Arzt wenden«, hatte Tsuyu ihr geraten und war in die Hocke gegangen, um ihr in die mosaikartigen Regenbogenaugen zu schauen, die so gar nicht zu ihrem leicht getönten, fast farblosen Gesicht passten.

»Habe ich gemacht!«, erwiderte sie. »Und sie haben gesagt, dass alles in Ordnung mit mir ist. Aber etwas ist komisch mit meinem Papagei, und Mutter und Vater sehen es nicht, deshalb muss es an meinen Augen liegen.«

»Mit deinem Papagei?«

Sie nickte trotzig. »Ein Teil seiner Federn, um die Brust herum, sind wie meine Augen. Deshalb haben wir ihn ja gekauft. Aber sie sind in letzter Zeit verblasst. Noch immer genauso viele Farben wie vorher, aber sie sehen alle ein bisschen ... schwächer aus.«

Tsuyu erfuhr nie, was danach mit ihr oder ihrem Papagei geschehen war, denn das Mädchen tauchte nie wieder im Laden auf, nachdem er ihr geraten hatte, noch eine Weile auf sich Acht zu geben und die Anweisungen ihres Arztes zu befolgen. Sehr viel später behaupteten andere, ein ähnliches Verblassen von Farben bemerkt zu haben. Es war offenbar ein Faktor im Spiel, den in dieser frühen Phase nur kleine Kinder wahrnehmen konnten.

Hier nun im selben Laden, nach einem besonders unangenehmen Hustenanfall, betrachtete Tsuyu sich in einem der Spiegel und rätselte, warum ihm diese Geschichte wieder eingefallen war. Aber natürlich – die Farbe seiner Augen war heute so blass, dass es aussah, als seien die Iriden ganz verschwunden, und die Tränen von dem Hustenanfall ließen ihn noch mehr wie ein furchterregendes Monstrum erscheinen.

Er wollte sich gerade einen Tee kochen, als die Glocke an der Tür klingelte. Seine Vorgesetzte, die Geschäftsführerin der Filiale, die gerade zu Tisch war, hätte zu reden angefangen, kaum dass die Tür ganz offen war, deshalb konnte dies nur ein Kunde sein. Tsuyu stellte die Teekanne eilig wieder auf den Schreibtisch ab. »Hallo«, sagte er und unterdrückte ein Husten. »Wenn ich Ihnen irgendwie helfen kann, sagen Sie mir Bescheid.«

Nachdem er diese automatisierten Worte abgespult hatte (natürlich für die örtliche Kundschaft bestimmt – für Fremde verlangte das Mitarbeiterhandbuch sehr viel enthusiastischere Formulierungen), drohte ein weiteres Husten, und Tränen traten ihm in die Augen. Wie sah er jetzt gerade wohl aus? Die Kundin, eine Frau in etwa seinem Alter, stand, eingerahmt von der Glastür hinter ihr, vor dem Hintergrund einer trüben Mittagsstunde zu Beginn der Regenzeit. Der Großteil ihrer sichtbaren Haut war lasuritfarben. Hier und dort sprenkelten goldene Pyritflecken ihr Gesicht. Blau war nicht so ungewöhnlich, goldfarben aber schon, und für einen Sekundenbruchteil spürte er einen Stich von Eifersucht.

Die Kundin lächelte ihn an. »Ich habe gehört, dass eine ultramarinblaue Person für diese Firma arbeitet. Und in dem Geschäft an der Hauptstraße hat man mir gesagt, dass ich diese Person hier in dieser Filiale finden kann.«

»Ja, das bin ich, allerdings bin ich nicht immer ultramarinblau.« Tsuyu wischte sich mit einem Tuch die Augen ab. »Heute jedenfalls nicht. Tut mir leid, dass sie sich solche Mühe gemacht haben und umsonst gekommen sind.«

Aber während er das sagte, schritt die Frau zwischen den niedrigen Regalen mit den ausgestellten Brillen auf ihn zu. Für einen Moment sah es so aus, als ob sie eine flüssige Tanzbewegung ausführte, wie ein Blütenblatt, das von einem Gewässer mitgeschwemmt wurde und doch elegant allen Steinen und Bäumen auswich, bevor sie direkt vor ihm plötzlich zum Stehen kam. Tsuyu war nicht daran gewöhnt, dass lokale Kunden ihm in die Augen starrten, und er wäre fast zurückgewichen. »Das ist schön«, sagte sie, und ihre Augen waren von einem tiefen, blauschwarzen Indigo – einem der stabilsten Blautöne. Alles, was er gern gehabt hätte. »Ja, ich kann spüren, wie sich blaue Schattierungen verbergen, aber – wie funktioniert das?«

*Wie es funktioniert?* »Nun, wenn ich krank oder einfach schlechter Stimmung bin, werden meine Augen einfach – farblos. Ultramarinblau tritt nur hervor, wenn ich mich wirklich stark fühle.«

»Also sehen Ihre Augen normalerweise so aus? Wie weißer Mondstein? Oder irgendetwas dazwischen?«

»Mondstein?« Er blinzelte. »Das habe ich noch nie ... nun. Wenn ich einigermaßen okay und stabil bin, sind sie blau wie asiatische Commelinen.«

»Oh, wie interessant! Wissen Sie, das Blau von Commelinen ist einer der ältesten und recht löslichen Blautöne.«

Tsuyu zuckte fast zusammen, hielt sich aber im letzten Moment zurück.

Die Frau änderte leicht ihre Haltung, als wollte sie einen besseren Blick erhaschen, und Tsuyu wurde noch nervöser. »Haben Sie eigentlich schon einmal gesehen, wie die Farbe gewechselt ist?«

Tsuyu dachte darüber nach und nutzte diesen Moment, um den Blick von ihr abzuwenden. »Nicht richtig. Ich schau mich selbst nicht öfter an als nötig.«

»Nein?« Sie klang überrascht, trat dann aber einen Schritt zurück. »Entschuldigung. Ich sammele Blautöne. Oder genau genommen Informationen darüber.« Sie ließ ihre Zähne eierschalenblau hervorblitzen. »Wie Sie sehen können, gehöre ich auch dieser Blutlinie an. Aber nur bei wenigen Leuten wechselt die Farbe so wie bei Ihnen.«

Tsuyu holte Luft, um etwas zu sagen, aber es endete wieder in einem Husten, und er trat von ihr zurück.

»Oh, sind Sie krank? Soll ich wiederkommen, wenn es Ihnen besser geht? Arbeiten Sie immer hier in dieser Filiale?«

»Kommt ... kommt drauf an.« Er hustete noch ein paar Mal. »Wenn ich ultramarin- oder commelinenblau bin, arbeite ich an der Hauptstraße.«

»Was? Wieso werden sie hierher versetzt, wenn Sie mondsteinweiß sind?«

»Auf eigenen Wunsch. Ultramarin ist bei den Touristen ziemlich beliebt. Wissen Sie, Commelinenblau ist nicht unbedingt der Grund, warum sie auf diese Insel kommen. Viele Fremde haben selber blaue Augen. Aber trotzdem besser als nichts.« Er zeigte auf seine eigenen Augen.

Die Frau runzelte die Stirn. »Das verstehe ich nicht.«

*Oh nein, Sie bestimmt nicht.* »Auf jeden Fall können Sie mich nicht so lang beobachten, bis sie die Farbe wechseln.«

»Wissen Sie denn wenigstens, wann der Farbwechsel am wahrscheinlichsten auftritt?«

Tsuyu gab mit fahrigen Gesten zu verstehen, dass er um eine klare Antwort verlegen war, und lächelte unwillkürlich.

»Sie können mich aber nicht einfach abweisen. Ich bin eine Kundin.«

»Wollen Sie denn etwas kaufen?«

»Ja! Empfehlen Sie mir ein Gestell! ... Falls Sie dafür nicht zu krank sind.«

Er unterdrückte ein Lachen und sah sich im Laden um. Ordinäres Gold war zu grell für sie. Auch Schildpatt, selbst die bräunliche Sorte, passte nicht. Eine Sammlerin von Blautönen. Warum sollte das jemand hier tun, wo blau doch so weit verbreitet und kaum besser war als nichts? Und er dachte über seine eigene Farbe nach. Wie es früher geheißen hatte, dass sie der Ursprung aller Blautöne war – bis das kräftige Indigo daherkam.

Er nahm ein grünes Gestell, grün wie vom Morgentau verwischte Commelinenblätter, mit blätterartigen Mustern über den Schläfen. Wie er gehofft hatte, schien das Gestell mit ihrer Haut zu harmonieren, ohne den Farbton abzudunkeln.

»Die Brillengläser ...«

»Einfach plano, danke. Es ist nur ein Outfit!«

Ihre Augen hätten besser ausgesehen ohne die Gläser, die sie verhüllten. Er justierte das Gestell, um es ihrem kleinen Gesicht anzupassen, und sagte: »Wollen Sie das wirklich kaufen?«

»Ja. Jetzt kann ich zurückkommen, ja?«

Er gab einen leisen Laut von sich, halb ein Lachen, halb ein Seufzen.

»Ja?«

»Na gut.«

»Sagen Sie ja!«

»Ja.«

Wieder ihr eierschalenblaues Grinsen. Sie bezahlte gerade, als Tsuyu auf der anderen Straßenseite seine Vorgesetzte zurückkommen sah. Die Sonne schien draußen so hell, dass sie wahrscheinlich nicht in den Laden hineinsehen konnte. Im nächsten Moment fragte er sich, wieso es ihn überhaupt kümmerte, ob seine Vorgesetzte diese Frau sah.

Bevor sie seiner Vorgesetzten über den Weg lief, verließ die Frau Tsuyu, und ihr Name Ai schallte ihm noch durch den Kopf.

Tsuyus Sehschärfe war nicht allzu schlecht. Als er dreizehn war, hatte einer der Priester, die das Waisenhaus verwalteten, ihm von einem Ausflug in die Stadt eine verkratzte Brille mitgebracht. »Das war eines der Ausstellungsstücke im Schaufenster«, hatte der Priester Tsuyu erklärt. »Sie wollten diese Brille gerade wegwerfen. Ich dachte, vielleicht kannst du sie gebrauchen, wenn du deine eigene Augenfarbe nicht magst.«

Seitdem hatte er immer eine Brille getragen. Im Dorf gab es nicht viele Kinder, die eine Brille trugen, und die Brille erregte mehr Aufmerksamkeit als seine verblassten Augen. Es war ein angenehmes Gefühl, so als ob er eine Mauer, die ihm Deckung bot, mit sich herumtrug.

Bis vor einigen Jahrzehnten waren Optikergeschäfte nicht besonders lukrativ gewesen, soweit es Touristen anbetraf. Brillen waren weder traditionell noch charakteristisch für dieses Land, auch wenn die Farben und Muster der Gestelle, die hier produziert wurden, bei manchen Kunden recht beliebt waren. Das alles änderte sich, als jemand Kontaktlinsen erfand, die einem ermöglichten, die Welt in Wunschfarben zu sehen. Fast jeder Tourist kaufte, trotz der unverschämten Preise, mindestens einen Satz, den er mit nach Hause nahm, um sein Heimatland oder seine Familien und Freunde in strahlenderen Farben zu sehen, so wie die Menschen und Szenerie dieser Insel. Die teuersten erzeugten sogar die Illusion von Mustern auf der Haut von Leuten. Tsuyu fragte sich, wie die Regierung darauf gekommen war, solche Dinge zu erfinden, und woher all die Farben stammten, aber die Brillenindustrie bewahrte es vor einer dauerhaften Flaute, die eingetreten wäre, wenn Einheimische die einzigen Kunden geblieben wären. Auch Tsuyu verdankte diesen Umständen seine Stelle.

Heutzutage brauchten die Einheimischen diese Kontaktlinsen aber vielleicht noch dringender. Auch wenn sie für sie unerschwinglich waren ...

»Konzentrier dich!«

Ihre Stimme holte ihn so kraftvoll ins Hier und Jetzt zurück, dass er nach Luft schnappte. Als sie sich rittlings auf ihn setzte, rieb ein Stück glänzende Haut auf der Innenseite ihres Knies an ihm entlang, und ein Schauer ging ihm durch den Körper. Etwas war ungewöhnlich an diesem Hautstück; es sah wie ein holografisches Bild aus zahllosen Blautönen aus, und ob es sich weich oder metallisch anfühlte, konnte Tsuyu nicht sagen. Ai schien es nicht zu stören, wenn er diese Stelle berührte, aber sie war auch nicht geneigt, darüber zu reden. War es eine Art Narbe?

»Halte die Augen offen, ja? Ich muss es sehen«, sagte sie, die Stimme fordernd, der Blick flehend.

Tsuyu schaffte es irgendwie, zu nicken. Welche Farbe hatte er jetzt in den Augen? Als er ihr hilflos in die Augen starrte, veränderte sich etwas in Ais Iriden. Ein Funkeln? Ein Flackern? Er versuchte, die Hände nach den Rundungen ihres Körpers auszustrecken, der sich eigenartig biegsam, geradezu flüssig anfühlte. Er hatte noch nie etwas dergleichen gefühlt ...

Und dann lachte Ai und sank auf ihm zusammen. Tsuyu hustete. »Hast du es gesehen?« Seine Stimme klang schrecklich.

»Oh ja, ich hab's bemerkt! Es war toll.«

Er kicherte, als er sie an sich drückte. »Ich wünschte, ich könnte es auch sehen. Dann wäre ... wäre mir vielleicht wohler in meiner Haut.«

Sie hob den Kopf und runzelte die Stirn. »Was meinst du damit? Dass dir in deiner Haut nicht wohl ist? Warum?«

»Meine Farben ... nun ja. Du würdest es nicht verstehen.«

Ai setze sich langsam auf. Ihre Stirn runzelte sich noch tiefer, und Tsuyu bereute auf der Stelle, was er gesagt hatte; sie sah eher bestürzt und traurig aus statt wütend.

»Tut mir leid«, sagte er, ohne recht zu wissen, was ihm leidtat.

Ai wandte ihren scharfen Blick von seinen Augen ab und richtete ihn auf eine Stelle an seiner Brust. »Sag nie wieder so etwas, okay?«

»Okay.«

Sie war schön, auch wenn sie in ihrem graublauen Zimmer lächerlich unscheinbar aussah. Sie hätte alles sein können, was sie wollte, sogar eine Pressesprecherin für die Regierung oder dergleichen, zugleich ansehnlich *und* wichtig für dieses Land. Warum arbeitete sie als Forscherin auf diesem Gebiet?

Und er wusste, dass dies ein gefährlicher Gedanke war. Gefährlich, weil er ihn immer in eine düstere Stimmung versetzte und an seine schrecklichen Monsteraugen denken ließ.

»Ai ... Ai?«

»Ja?«

»Bedeutet dein Name ›Indigo‹? Oder Liebe oder etwas ganz anderes?«

Sie lächelte und streichelte sein Haar. Sie drückte ihre glänzende Stelle fest auf ihn, sodass er seine eigene Frage völlig vergaß.

»Es tut mir so leid, dass es schon wieder passiert ist«, sagte er zur Geschäftsführerin des Ladens an der Hauptstraße, als er gerade durch die Hintertür gehen wollte, um sich zur Filiale zu begeben. Er war sich nicht sicher, ob der Regen ihn irritiert hatte oder sein Gespräch mit Ai gestern Abend. Wie Ai gesagt hatte, war Commelinenblau ziemlich löslich, und Regen machte ihm immer schwer zu schaffen. Aber als er sich dann an ihren Gesichtsausdruck erinnerte, war er immer noch ein wenig erschüttert.

Die Geschäftsführerin schüttelte den Kopf. »Keine Sorge, Tsuyu. Wir brauchen sowieso immer jemanden in dem kleinen Laden. Achten Sie erst einmal auf sich selbst.« Sie lächelte. »Und wer weiß, vielleicht werden Sie sich am Ende als eine Art urbane Legende herausstellen – wenn jemand den Jungen mit dem seltenen Ultramarinblau sieht, gehen alle seine Wünsche in Erfüllung, oder etwas in der Art.«

Tsuyu erwiderte ihr Lächeln. Ihr Gesicht war voller geometrischer Muster in allen erdenklichen Grünschattierungen. Das dünne Brillengestell war so ausgewählt, dass sich das Gesamtbild eines üppigen Baumes ergab. War sie nett, weil solch wunderschöne Muster ihr eine Menge Freiraum an Geduld verschafften oder weil er ihr einfach leidtat?

Er seufzte, als er zur Tür hinausging. *Was denke ich denn da?* Es regnete nicht mehr, aber der Boden war immer noch ziemlich nass, und er tappte vorsichtig um die Pfützen herum. *Die Chefin ist eine so nette Frau.* Und er fragte sich, wie er eine so nette Chefin und einen so netten Job verdient hatte. Wo wäre er gelandet, wenn er diese Stelle nicht gefunden hätte?

Oder bedeutete dies, dass er mit mehr Farben, oder zumindest einer kräftigen Farbe, eine bessere Arbeit verdient hätte?

»Tsuyu!«

Er zuckte zusammen und schaute sich verlegen um. Hinten entdeckte er eine Arbeitskollegin, die ihm zuwinkte und durch die Pfützen planschte. Durch eine Lücke in den Wolken schien die Sonne, und ihre Haut glänzte silbrig, ihr Haar wie dünner Honig, der über ihre Wangen floss.

Als sie ihn eingeholt hatte, war sie ziemlich außer Atem. »Hier, nimm meinen Ingwertee.«

Er nahm ihr die Packung ab. »Danke – du bist den ganzen Weg gelaufen, nur um mir das zu geben?«

»Ja. Bin ich nicht eine richtig nette Arbeitskollegin? Werde bald wieder gesund, okay?«

»Okay. Danke noch mal.«

Die Arbeitskollegin lief den Weg zurück, den sie gekommen war.

Wie hatte er all das verdient? Mit seiner dämlichen, instabilen Farbe, die er nur in den Augen hatte?

In ihrem marineblauen Kleid, unter ihrem Regenschirm, sah Ai so unscheinbar, verschmolzen mit dem Hintergrund aus wie in ihrem eigenen Zimmer, ihrem eigenen Bett. Nur ihre Brille leuchtete seltsam, als sie winkte und lächelte. Selbst ihre Zähne schienen im Schleier des Regens zu verschwimmen. Die glänzende Stelle an ihrem Knie war unter dem Kleid versteckt.

Immer noch schön. So schön. Tsuyu grinste unwillkürlich, als sie sich nah genug gekommen waren. »Hast du heute eine Menge Blautöne gesammelt?«

»Mhm.« Ai streckte einen Arm aus, sodass die Regentropfen ihre Hand benetzten. »Zurzeit wird es immer schwieriger, welche zu entdecken. Viele blaue Leute mögen den Regen nicht.«

»Ich nehme an, blau ist so häufig, dass die meisten von uns dieselbe Tönung oder Farbstärke aufweisen, oder nicht? Es sei denn, es ist jemand Besonderes, so wie du.« Dann fügte er hastig hinzu: »Oder meine Augen manchmal.«

Ai hob eine Augenbraue, sagte aber: »Weißt du das nicht? Unsere Farben und Muster werden von vielen Faktoren in unserem Leben beeinflusst, wie auch von genetischen Informationen. Natürlich sind die Grundmuster genetisch festgelegt, aber während wir aufwachsen, spielen auch andere Einflüsse hinein. Zum Beispiel was wir essen, was wir tun, was wir denken. Deshalb kann kein Blau dem anderen gleichen.«

Nein, das wusste er nicht. Wie war das möglich? Und wie konnte es sein, dass er noch nie von solchen Fakten gehört hatte? Er schüttelte den Kopf und wies damit viele Dinge zurück.

»Du hast es nicht gewusst? Also wirklich, das ist etwas, das jeder in jungen Jahren lernen sollte.« Sie faltete ihren eigenen Regenschirm zusammen und trat unter seinen.

Sie hatten vorgehabt, sich die Dekorationen für das Sternenfest im Einheimischen-Bezirk anzusehen, aber angesichts des Regens schien das keine verlockende Idee mehr. Das Fest würde erst in einigen Tagen stattfinden, aber sie hatten gehofft, sich etwas umschauen zu können, solang es noch nicht so voll war. Seine Schulter strich an ihrer entlang, als sie sich in Bewegung setzten, ohne recht zu wissen, in welche Richtung. »Wenn das stimmt«, sagte er, »könnte es da nicht sein, dass wir eins waren, dieselbe blaue Person, zu irgendeinem Zeitpunkt unserer Geschichte? Auch wenn es heute große Unterschiede zwischen uns gibt. Ich meine, mit deinem Lasurit und meinem Ultramarin sollten wir doch genetisch einige Gemeinsamkeiten haben.«

Ai verstummte, und ihre Schritte wurden noch unentschlossener. Für einen Moment fragte sich Tsuyu, ob sie ihn überhaupt gehört hatte oder ob er wieder etwas Dummes gesagt hatte. Aber dann: »Nein, das ist unmöglich.«

»Nein? Warum?«

»Warum? Weil ... wenn es so wäre, sollten wir nicht hier sein, nicht auf diese Weise.«

Tsuyu lachte. »Ich meinte, vor langer, langer Zeit.«

»Ich weiß. Aber trotzdem.« Sie blieb plötzlich für einen Moment stehen. Dann grinste sie und zog an seiner Hand. »Hier entlang!«

»Was? Wohin?«

Sie gingen weiter und wichen vom Festgelände in eine schmale Gasse aus, welche nur die Einheimischen als Abkürzung zur Hauptstraße benutzten. Mit dem Regenschirm war es schwierig, und wie Tsuyu auffiel, achtete Ai darauf, dass er nicht zu nass wurde, während sie zugleich den anderen Fußgängern aus dem Weg zu gehen versuchte. *Flüssig ...*

Als sie die Hauptstraße erreichten, tauchten sie in den Strom der Touristen ein. Es sah ganz danach aus, als ob sie in Richtung ...

»Das Festgelände für die Fremden?«, fragte Tsuyu sich laut.

Ai lächelte, ohne ihn anzusehen. »Deren Festgelände ist überdacht, weißt du.«

»Ja, aber ...« Er gab ein leises Husten von sich. »Aber da wären Fremde!«

»Natürlich. Was meinst du, wofür das Dach da ist?«

Bevor er weiter protestieren konnte, schlüpfte Ai durch die riesigen Türen auf das kuppelartig überdachte Gelände. Sie zog Tsuyu mit sich, der anders als sie zwangsläufig mit Leuten zusammenstieß und sich viele Male mit einem Nicken entschuldigen musste.

Drinnen war alles größer als die Dekorationen auf dem Gelände für die Einheimischen. Kugeln aus Papierblumen und Papierballons, mit schönen Fransen, die fast bis auf den Boden herab baumelten, hingen nah an der Decke, so groß, dass Tsuyu sich fragte, wie viele Leute es erfordert hatte, um sie herzustellen. Die Fransen bestanden aus Stoff, nicht aus Plastikbändern, wie sie für die Einheimischen verwendet wurden, und waren offensichtlich speziell für diesen Zweck gewebt worden. In Gedanken versunken und von der Fülle der Dinge ringsum überwältigt, dachte Tsuyu für einen Moment, er habe Ai im Gewimmel der Fransen aus den Augen verloren, trotz ihrer verhakten Hände. Aber natürlich war sie noch da, als sich die Fransen vor ihnen wie ein Vorhang teilten, in dem Teil der Kuppel, wo blassrosa Dekorationen vorherrschten, wovon sich ihre Farbe allzu kontrastreich abhob.

Die Touristen bemerkten es und fingen an, Fotos von dem blauen Paar zu schießen. Tsuyu war hin- und hergerissen, wollte einerseits von dem Gelände weglaufen, anderseits nie wieder den Blick von ihr abwenden.

»Schau mich an, Tsuyu«, flüsterte sie. »Du bist schön.«

In diesem Moment glaubte er, in ihren Brillengläsern, über ihren indigofarbenen Augen, einen ultramarinblauen Funken reflektiert zu sehen, und blinzelte. Es schien unmöglich, dennoch fühlte er augenblicklich eine Welle von Stolz in sich hochkommen, und alles andere rings um die beiden schien irgendwie dahinzuschmelzen.

Und der Wunsch, sie für immer anzusehen, gewann die Oberhand. Natürlich.

Ihm war leicht schwindelig, und er spürte mit jedem Atemzug ein leichtes Pochen im Kopf, aber es war nicht so schlimm, wie er befürchtet hatte, als er in der Wettervorhersage gehört hatte, dass sich ein Tiefdruckgebiet über die Insel schob. Er zwang sich, in den Spiegel zu sehen, und runzelte die Stirn. Genau in diesem Moment trat die Geschäftsführerin neben ihn und hob die Augenbrauen. »Die sind ja blau.«

Tsuyu nickte. Es war nicht direkt ultramarinblau, sondern ein etwas dunklerer Ton, der leicht unterschiedliche Schattierungen annahm, je nachdem, aus welchem Blickwinkel man ihn betrachtete und wie das Licht einfiel. Manchmal wirkte die Farbe sogar ein wenig verwirbelt – so als ob sich ein ferner Spiralnebel in seinen Augen spiegelte. Als er heute Morgen aufgewacht war und die Schwere seines Kopfes spürte, hatte er sich gar nicht die Mühe gemacht, in den Spiegel zu schauen, und angenommen, dass es so schrecklich und lächerlich wie immer aussah.

»Das ist auch schön. Siehst so aus, als sei ihrem Markenzeichen, dem Ultramarinblau, etwas Dunkleres beigemischt worden.«

Etwas Dunkleres. »Indigo?«

»Oh ja, genau das.« Sie nahm ein paar Schmerztabletten aus dem Medikamentenschrank. »Das würde hinter einem lackierten Gestell richtig gut aussehen, wenn ich mir die Bemerkung erlauben darf.«

Er sah seine Chefin an. Heute war ihre randlose Brille mit strahlend bunten Edelsteinen an den Schläfen versehen. Blumen, Früchte oder Vögel im Baum. Er fragte sich, ob Ai recht gehabt hatte – dass das Wesen einer Person ihre Farben und Muster beeinflusste. Wenn es zutraf, was hatte sie durchgemacht, um solche komplizierten und doch erlesenen Muster zu entwickeln?

»Was? Sie meinen nicht, dass Schmerztabletten helfen könnten?«

»Oh nein, tut mir leid. Es wird schon gehen. Danke.«

So zwang er sich, die Tabletten zu schlucken, und verbrachte den Tag im Laden an der Hauptstraße.

Einige Touristen, die an diesem Morgen den Laden betraten, erkannten Tsuyu von seinem Ausflug in die Festkuppel, und schon bald drängten sich in dem Geschäft an der Hauptstraße Fremde zusammen, die das Gerücht gehört hatten. Es war schon lange nicht mehr so viel an einem Tag verkauft worden, und natürlich verkaufte Tsuyu mehr als jeder andere, sowohl gewöhnliche Brillengläser wie auch die speziellen Kontaktlinsen. Der silberne Kollege stupste ihn an und tat so, als sei er eifersüchtig.

Wie hatte er das alles verdient?

Am Ende des Tages überprüfte er noch einmal seine Augen und stellte fest, dass sich ihr Farbton immer noch irgendwo zwischen Indigo und Ultramarin bewegte. Auf den Straßen für die Einheimischen herrschte immer noch emsige Geschäftigkeit, als er für heute den Laden verließ, und die Sonne war noch nicht ganz untergegangen. Der Himmel schillerte eigenartig bunt. Die Straßenlaternen sprangen eine nach der anderen an und betonten die Umrisse von allem, was er sah. Er ging weiter, nickte einigen Leuten zu, die er kannte, und dann erregte in den Augenwinkeln etwas seine Aufmerksamkeit. Er sah hin.

Es war nicht zu erkennen, ob diese Person männlich oder weiblich war oder etwas ganz anderes. Diese Person leuchtete, und weiches, silbernes Licht schien ringsum die Luft abzukühlen. Ein solches Leuchten war recht selten, aber auch nicht ganz unmöglich, und Tsuyu wusste nicht, warum er sich zu dieser Person so hingezogen fühlte.

Genau in dem Moment, als er an dieser Person vorbeiging, blies ein Wind, und das Haar der Person wiegte sich ein wenig. In ihrem Kreuz sah Tsuyu einen glänzenden, metallischen Fleck, der aus vielen Silberschattierungen bestand. So wie ...

Tsuyu blieb stehen, starrte der Person auf den Rücken und wusste irgendwo in seinem Kopf, dass er dies nicht tun sollte. Selbst unter diesen Umständen, auf dieser Insel, wo alles dazu bestimmt war, angestarrt zu werden, war es vielen Einheimischen nicht angenehm, besonders durch einen anderen Einheimischen. Aber er konnte sich nicht beherrschen.

Die Person versank schnell im Meer der Farben der Einheimischen. Irgendwo nah der Hintertür des Brillengeschäfts verlor er das Leuchten völlig aus den Augen.

Mit einer bewussten Anstrengung setzte er sich wieder in Bewegung. Erst verspätet wurde ihm klar, was ihm an dieser Person so absonderlich erschienen war: auf welch seltsame Weise ihr Leuchten in der Dämmerung mit der Umgebung verschmolzen war, ganz so wie Ais Blaugrau. Unwillkürlich warf er über die Schulter einen Blick zurück, aber natürlich war keine Spur des Leuchtens in den dämmrigen Straßen mehr zu sehen.

An diesem Abend rief er Ai an. Aber sie hob nie ab.

Am nächsten Morgen, als er zur Arbeit kam, herrschte im Laden an der Hauptstraße einige Aufregung. Alle schienen sich in der Mitte des Ladens versammelt zu haben, obwohl es fast Zeit war, das Geschäft zu öffnen, und einige der Angestellten sollten im Hof zu tun haben oder Besorgungen machen. Im Mittelpunkt des ganzen Tumults stand die silberne Mitarbeiterin.

Nur war sie nicht mehr silbern.

Zum ersten Mal sah Tsuyu jemanden, der tatsächlich völlig ergraut war. Er hatte Leute oder Dinge langsam verblassen sehen, aber noch nie etwas so Drastisches. Das silberne Mädchen hatte keine Muster gehabt, aber eine dichte Abfolge von Silbertönen über alle ihre Oberflächen, die zusammengenommen eine Art Muster ergaben. Einige der Farbtöne hatten geleuchtet, insbesondere wenn sie lächelte, und jedem hatte das gefallen. Jetzt konnte er zwar immer noch leichte Unterschiede in den Schattierungen erkennen, aber alles war stumpf grau statt silbern, und sie sah aus, als sei sie gerade aus einem Schwarz-Weiß-Foto hervorgetreten. Das Leuchten war auch verschwunden, aber er war sich nicht sicher, ob es nicht vielleicht daran lag, dass sie weinte.

Die Chefin berührte das silberne Mädchen an der Schulter, aber Tsuyu spürte, dass die anderen Angestellten davor zurückscheuten, dasselbe zu tun, weil sie fürchteten, es könne ansteckend sein. Forschungen und der gesunde Menschenverstand sagten einem, dass solche Ängste unbegründet waren – es gab keine erkennbare Regelmäßigkeit, wie und wo solche Änderungen bei Menschen und Dingen auftraten –, aber er wusste, dass sie nicht anders konnten.

Tsuyu drängelte sich in die Mitte des Ladens vor. »Shiroka«, rief er sie beim Namen, bekam aber nicht mehr heraus.

Sie blickte auf. »Oh, Tsuyu. Schau mal. Ich bin nicht mehr *shirokane.*« Sie versuchte, zu lächeln, was es nur noch schlimmer machte.

Er tätschelte ihr nun fast völlig weißes Haar. »Vielleicht kann ich sie nach Hause ...«, begann er, an die Chefin gerichtet.

»Nein.« Shiroka schüttelte den Kopf. »Ich war schon so, als ich heute Morgen aufgewacht bin, und ich bin vorbeigekommen, um zu sagen, dass ich heute in der Filiale arbeiten will. Ich weine nur, weil die Chefin so nett darauf reagiert hat.« Sie versuchte zu lächeln und schniefte stattdessen. »Aber ... wisst ihr, jetzt ist mir klar geworden, dass die Einheimischen vielleicht nichts von mir kaufen wollen ...«

Tsuyu wollte ihr sagen, dass das nicht stimmte, aber er wusste, dass es Kunden gab, die so reagieren würden. Wenn man sah, wie abfällig andere Angestellte sie bereits jetzt behandelten – über all das konnte er nur den Kopf schütteln. Und dann schaltete sich die Chefin ein. »Es gibt im Hof genug zu tun, wenn Ihnen das angenehmer ist. Ich weiß, dass Sie geschickte

Hände haben, also können Sie vielleicht bei den Reparaturen helfen und solchen Dingen.« Die Frau sah in die Runde. »Wie auch immer. An die Arbeit! Bald sind die Kunden da!«

Die Angestellten verliefen sich. Einige klopften Shiroka unbeholfen auf die Schulter. Einige andere konnten sich immer noch nicht entschließen.

Der Tag verstrich auf eine verschwommene Art. Die Gedanken aller drehten sich um das Warum. Warum passierte das? Warum hier, warum mit ihr? Shiroka blieb die meiste Zeit für sich im Hof, erledigte einige Besorgungen, wobei sie allerdings ihren Kopf mit dem glänzenden Seidenschal der Chefin bedeckte. Tsuyu bekam sie flüchtig zu sehen, als sie aus der Hintertür schlich. Der Schal reflektierte schillernd das Sonnenlicht, als sie ihm kurz zuwinkte.

Tsuyu reagierte mit einem Nicken. Und ihm wurde klar, dass er aus irgendeinem Grund nicht helfen konnte. Seine Gedanken kreisten immer noch um die glühende silberne Person, die er gestern gesehen hatte.

Und um Ai.

Er schalt sich selber dafür, dass er den ungünstigen Zeitpunkt gewählt hatte, um für heute seinen Arbeitsplatz zu verlassen, und gedankenlos in den heftigen Schauer gelaufen war, der gerade niederging. Und auf seine Liege gestolpert war, zu müde von der Arbeit, um sich gründlich abzutrocknen und warmzuhalten. All das hatte zur Folge, dass er sich jetzt, in den frühen Morgenstunden, so schwach fühlte, von Fieber geplagt, auch wenn er das Gefühl hatte, dass dies nichts mit den Farben zu tun habe – natürlich zogen sich gewöhnliche Leute eine Erkältung zu, wenn sie sich so verhielten wie er. Er mochte stärker sein als früher, aber es gab wirklich Grenzen für das, was er ändern konnte. Er wollte Ai sehen; oder zumindest ihre Stimme hören. Er hatte sie den Tag über anzurufen versucht, aber sie hatte nie abgehoben. Was ihm, auf eine zerstreute Weise, bewusst machte, dass er keine Ahnung von ihren üblichen Arbeitszeiten hatte und nicht wusste, wo man sie antreffen konnte, wenn sie nicht zu Hause war.

Aber dann ...

Unversehens bedeckte eine Hand seine Augen. *Warum*, wollte er sagen, aber es gab bereits so viele Warums, dass er sich nicht entscheiden konnte, welches er zuerst fragen wollte.

Also ließ er sie zuerst reden. »Mach nicht die Augen auf.«

Er seufzte. »Wo bist du gewesen? Ich habe versucht ...«

»Ich habe einen Fehler gemacht. Es ist alles meine Schuld.«

»Ai?«

Ihr Kopf berührte seinen leicht, als sie sich unbeholfen an seine Seite legte, immer noch eine Hand über seinen Augen. »Ich nehme. Ich gebe nicht. Ich bin fürs Nehmen geschaffen, darauf programmiert, Blautöne zu sammeln. Wenn ich gebe, bedeutet es, dass ich mich verliere. Dass mein *Ich* endet.«

Tsuyu dachte über die neue Tönung seiner Augen nach. Wie sie ihm geholfen hatte, mit vielen Dingen fertig zu werden – nicht nur Kälte und all dem, aber mit demselben instabilen Commelinenblau hätte er vielleicht nie so viel Mitgefühl für Shiroka aufgebracht. Wofür waren andererseits aber, ohne Ai, die indigogetönten Augen gut? »Ai. Bitte. Wenn das ein solches Problem ist, nimm es von mir zurück.«

»Es ist zu spät.« Ihre Hand schien zu zittern – oder eher: zu *wogen.* »Ich wusste nicht einmal, was ich tue, bis vor Kurzem. Bis eine andere AI in diese Stadt kam, bis ich sah, wie uneingeschränkt sie ihre Pflicht erfüllte. Wir nehmen nur. Die andere Silber, ich Blau. Wenn ich nicht mehr so funktioniere, wie ich konstruiert worden bin, habe ich kein Recht mehr, zu existieren – es würde von einem schwerwiegenden Bug zeugen. Es wurden bereits einige der Module heruntergefahren, und bald werde ich nichts mehr sein. Und dann wird eine neue, anständige blaue AI an meine Stelle treten.«

Nichts von dem, was Ai sagte, ergab für Tsuyu einen Sinn. Außer ... »Die Kontaktlinsen.« Er schluckte. »Woher stammen all diese Farben ...?«

Ai lachte – oder seufzte – und streichelte sein Haar mit der anderen Hand, die sich viel zu weich anfühlte. »Wenigstens hast du das Indigoblau, das ich dir gegeben habe, gut aufgenommen, und du bist sehr viel stärker geworden. Wenn es zu regnen aufhört, wird es ganz deines sein. Das zumindest bereue ich nicht ...«

»Ai, bitte.«

»Sieh mich an, Tsuyu.«

Sie hob die Hand, und er schlug die Augen auf. Er verstand bald, warum Ai nicht gewollt hatte, dass er sie sah, bevor sie ausgeredet hatte. Wenn doch, hätte er das Ding neben sich nicht als Ai erkannt. Es sah wie ein Schwall Wasser aus, in das man ein zersprungenes holografisches Bild hineinprojiziert hatte. Jede Sekunde zeigte sich Ais Gesicht – die Hälfte oder ein Viertel davon – in einem anderen Bereich des Wassers. Ihr glänzender Fleck war im Begriff, sie ganz zu überwachsen. Wenn er nicht erst ihre Stimme gehört, ihr Zeit gegeben, sich zu erklären, hätte er vielleicht geschrien.

Aber es hatte Ais Stimme, deshalb hatte Tsuyu keinen Grund, zu schreien oder Angst zu haben. »Es tut mir leid«, sagte ihre Stimme.

»Geh nicht. Bitte. Vielleicht gibt es etwas ...«

Aber dann prasselte der Regen gegen seine Fenster, und er machte den Fehler, für einen Moment von ihr wegzusehen.

Und sie war verschwunden.

Einige Tage später, als er sich von der Erkältung vollständig erholt hatte, war er überrascht, Shiroka im Laden an der Hauptstraße anzutreffen, wo sie vor dem Ergrauen gearbeitet hatte. »Kaum zu glauben«, sagte sie, sobald sie Tsuyu erblickte. »Die Fremden mögen mich sogar so! Sie lassen mich ein buntes Gestell oder farbige Kontaktlinsen tragen und fotografieren mich. Diese Leute haben wirklich einen eigenartigen Geschmack!«

Tsuyu lächelte erleichtert. »Ja, stimmt.«

Dann sah sie ihm für einen Moment in die Augen und neigte den Kopf. »Weißt du, das klingt sicher seltsam von mir, aber ...« Shiroka klappte ein verrückt gefärbtes Brillengestell auf, das einer der Handwerker speziell für sie angefertigt hatte, und setzte es sich auf. »Mir gefielen deine commelinenblauen Augen. Sogar als die Farbe verblasste. Ich wusste, dass es dir Kummer bereitete, deshalb habe ich es nie erwähnt. Jetzt bin ich aber selber ergraut, deshalb kannst du mir vielleicht nachsehen, wenn ich so etwas sage, oder?«

Tsuyu lachte. »Ja, natürlich.« Er wischte sich eine einzelne Träne aus dem Augenwinkel. »Und – danke dir. Ich glaube, ich habe jemanden gebraucht, der um diese Farbe trauert. Danke.«

Shiroka blinzelte mit ihren ganz grauen Augen hinter dem sondergefertigten Brillengestell. »Geht's dir ... geht's dir gut?«

»Ja.«

Das war alles, was er im Moment darauf antworten konnte. Er sah durchs Schaufenster auf die sonnige Hauptstraße hinaus, die wie immer von zahlreichen Touristen und Inselbewohnern frequentiert wurde. Die Regenzeit hatte geendet, während er seine Erkältung verschlief. Der Sommer war gekommen.

# Die Autoren

*Helga Anton-Beitz* lebt an der Ostsee bei Kiel und genießt beim Schreiben die Weite der Landschaft. Sie bringt ihr breites wissenschaftliches Interesse in ihr Schreiben ein und möchte ihre Geschichten so plausibel wie möglich gestalten. Seit einem längeren Aufenthalt in den USA schreibt sie auch für den englischsprachigen Raum.

*Gabriele Behrend*, Jahrgang 1974, lebt und liebt mit Gatten und Katze in Düsseldorf. Neben der Arbeit schreibt sie Kurzgeschichten und Romane, die hin und wieder mit Preisen ausgezeichnet wurden – und manchmal auch eine Weihnachtsgeschichte. Wenn etwas vom Tage übrig bleibt, liest und zeichnet sie oder lässt die Seele baumeln. Kurzum: Sie genießt ein schönes buntes Leben!

*Joachim Frank*s literarische Karriere (franxfiction.com) begann in den 1980er-Jahren, als er an den Skidmore-Sommerworkshops des New York Writers Institute bei William Kennedy, Steven Millhauser, Eugene Garber und Jayne Ann Phillips Kurse im Schreiben von Belletristik belegte. Er hat zahlreiche Kurzgeschichten, Prosagedichte und Gedichte in *Hamilton Stone Review, Offcourse, Wasafiri, Door Is A Jar, Eclectica* und anderen Literaturzeitschriften veröffentlicht. Sein erster Roman »AAN ZEE« wurde 2019 von Southern University Press veröffentlicht. Sein zweiter Roman »IERAPETERA, OR HIS SISTER'S KEEPER« erschien kürzlich im Jahr 2024. Franks frühe deutsche Gedichte und seine deutschen Übersetzungen ausgewählter Gedichte des amerikanischen Dichters Michael Heller erschienen im Signaturen Magazin, München.

*Roland Grohs*, geboren 1993 in der Obersteiermark, lebt in Graz. 2019 erschien sein Sachbuch »111 Gründe, Judo zu lieben« (Schwarzkopf & Schwarzkopf, Berlin). 2021 folgten sein Schelmenroman »Joe baut ein Meer« (Edition Meerauge, Klagenfurt) und die Dystopie »Golem« (SadWolf, Bremen). Seine Kurzgeschichten und Prosaminiaturen wurden in verschiedenen Literaturzeitschriften abgedruckt. Der mehrfache Judo-Landesmeister und Träger des dritten Dan promovierte in Philosophie über »Das Ethos des japanischen Zweikampfes«. Thematisch wie formal schätzt Grohs seine Freiheit und versucht, in seinen Werken neue Gedankenräume zu öffnen. 2022 war Roland Grohs Teilnehmer der Schreibwerkstatt des Robert-Musil-Instituts mit Stephan Roiss und erhielt ein Projektstipendium für Literatur des BMKÖS. Im Frühjahr 2023 erschien sein Roman »Luka und die Guten« (Edition Meerauge, Klagenfurt).

*J. A. Hagen*, geboren 1970, legte mit Kapitän Nemo zwanzigtausend Meilen unter den Meeren zurück, reiste an der Seite von Phileas Fogg in achtzig Tagen um die Erde, schlug sich mit Michael Strogoff als Kurier des Zaren durch und erkundete mit Jim Hawkins die Schatzinsel. Anfang der Achtzigerjahre weckten illustrierte Science-Fiction-Bücher in ihm die Sehnsucht nach den Wundern des Universums. Er las Geschichten von Isaac Asimov, Robert Heinlein, Edmond Hamilton, Philip K. Dick, Frank Herbert, Nikolai von Michalewsky sowie von vielen anderen Autoren und ließ sich von ihnen in ferne Welten entführen. Mittlerweile schreibt J. A. Hagen selber, vor allem Science-Fiction-Erzählungen.

*Michael K. Iwoleit* wurde 1962 in Düsseldorf geboren und lebt heute in Wuppertal. Er absolvierte eine Ausbildung als biologisch-technischer Assistent, studierte Philosophie, Germanistik und Sozialwissenschaften und ist seit 1989 freier Autor, Übersetzer, Kritiker und Herausgeber vor allem im Bereich Science-Fiction und fantastische Literatur. Er ist Mitbegründer und ehedem Mitherausgeber der Magazine NOVA und InterNOVA, veröffentlichte fünf Romane, einen Erzähl- und einen Essayband sowie zahlreiche Erzählungen, die in insgesamt acht Sprachen übersetzt wurden. In der SF-Szene wurde er vor allem für seine Novellen bekannt, für die er fünfmal mit dem Deutschen Science-Fiction-Preis und zweimal mit dem Kurd-Laßwitz-Preis ausgezeichnet wurde.

*Marianne Labisch* wurde 1959 in München geboren und wuchs in NRW auf. Seit 2024 übersetzt sie hin und wieder auch Geschichten aus dem Englischen. Mehr Infos finden sich unter mluniverse.wordpress.com.

*Frank Lauenroth*, Jahrgang 63, schreibt Science-Fiction und Thriller. Sein Roman »Boston Run« dominiert seit Jahren die Verkaufscharts für das zugegeben sehr schlanke Subgenre des Marathonthrillers. Für die Hörbuchfassung konnte zudem Johannes Steck, einer der anerkannt besten, deutschsprachigen Hörbuch-Interpreten gewonnen werden. 2012 erschien die Fortsetzung »New York Run«, ehe 2019 mit »Chicago Run« die erste und einzige Marathontrilogie komplettiert wurde. 2014 erfolgte sein erster Ausflug in das Gebiet der Space Opera mit »Black Ice«, fortgesetzt in 2023 mit »White Fire«. Weitere Teile sind in Planung. 2005 gewann er den Romanwettbewerb »Deutschland schreibt«. Seine Kurzgeschichten wurden viermal für den Deutschen Science-Fiction-Preis und zweimal für den Kurd-Laßwitz-Preis nominiert. Deutschsprachige Website: www.franklauenroth.de, englischsprachige Website: www.marathontrilogy.com.

*Yukimi Ogawa* lebt in einer kleinen Stadt in Tokio, wo sie zwar auf Englisch schreibt, aber nie die Sprache spricht. Sie fragt sich immer noch, warum das so ist. Ihr Debütband »Like Smoke, Like Light: Stories« ist bei Mythic Delirium Books erschienen.

*Achim Stößer* wurde 1963 geboren. Er studierte Informatik an der Universität Karlsruhe, wo er anschließend einige Jahre als wissenschaftlicher Mitarbeiter tätig war, beschäftigte sich dabei mit Computerkunst und -animation und hatte einen Lehrauftrag an der Hochschule für Gestaltung Karlsruhe. Seit 1988 veröffentlicht er Kurzgeschichten, darunter in einigen Bänden der Anthologie-Reihe »Internationale Science Fiction Stories« Wolfgang Jeschkes (1993–1999), zuletzt »Hitler erwacht« in Christoph-Maria Liegener (Hrsg.), »8. Bubenreuther Literaturwettbewerb 2022«, tredition; »Fluchten« in Mike Winter (Hrsg.), »Leise Worte des Friedens«, Edition Winterwork; »Abgang« in Karina Lotz (Hrsg.), »Schreibtisch: Literarisches Journal«, edition federleicht (2022); »Du magst sagen, ich sei ein Träumer, doch ich bin nicht der einzige« in Marianne Labisch, Gerd Scherm (Hrsg.), »Jenseits der Traumgrenze«, p.machinery; »Der fliegende Frosch« in Corinna Griesbach (Hrsg.), »Haller 19: Up, up and away: Ich will fliegen!«, p.machinery; »Die kleine Schwester des Todes« in Achim Hildebrand, Michael Schmidt (Hrsg.), »Zwielicht 18« (2023). Sein Erzählband »Virulente Wirklichkeiten« erschien 1997 im dot-Verlag. Als Angehöriger einer ethischen Minderheit gründete er 1998 die Tierrechtsinitiative Maqi. Entsprechend sind Antispeziesismus (und damit Veganismus), Antitheismus, Antisexismus, Antirassismus, Antifaschismus, Antimilitarismus usw. Hauptthemen seiner Erzählungen und auch seiner Cartoons. Internet: achim-stoesser.de

*Dieter von Reeken*, geb. 1948, wohnt seit 1978 in Lüneburg, ist verheiratet, hat zwei erwachsene Kinder und zwei Enkel. Aufgewachsen ist er in Oldenburg (Oldb.). Nach Schule, Ausbildung für die allgemeine Verwaltung des Landes Niedersachsen (Oldenburg, Bad Münder) und Studium der Rechtswissenschaften (Bremen) war er von 1978 bis Ende 2004 als Verwaltungsjurist in der niedersächsischen Landesverwaltung tätig (zuletzt als Regierungsdirektor in der Funktion des Dezernatsleiters »Soziales, Flüchtlinge, Frauenförderung« bei der Bezirksregierung Lüneburg). Während seiner Ausbildungs- und Studienzeit arbeitete er (neben seinem Interesse am »UFO-Phänomen«) in der damaligen astronautischen »Hermann-Oberth-Gesellschaft« in Bremen mit und lernte hierbei u. a. Hermann Oberth und Wernher von Braun kennen. Seit 2005 betreibt er einen Kleinverlag mit dem Schwerpunkt »ältere utopisch-fantastische Literatur und Sekundärliteratur dazu« unter seinem Namen. Verlegt hat er u. a. Romane und Erzählungen von Carl Grunert, Oskar Hoffmann, Robert Kraft, Kurd Laßwitz und Paul Alfred Müller (alias Freder van Holk) sowie Sachbücher u. a. von Rainer Eisfeld, Heinz J. Galle, Franz Rottensteiner und Jörg Weigand. Als Herzstück seines Verlages betrachtet er die »Kollektion Laßwitz«, eine Werkausgabe in 20 Bänden und 3 Bänden Sekundärliteratur.

*Jörg Weigand*, Journalist, Schriftsteller, Herausgeber, Komponist. Geboren 1940 in Kelheim/Donau. Studium der Sinologie, Japanologie und Politologie in Erlangen, Paris und Würzburg, Dr. phil. Nach Redaktionsvolontariat 1973 bis 1996 Korrespondent im Studio Bonn des ZDF. Veröffentlichte 19 Romane, teilweise unter Pseudonym (u. a. »Isabella oder Eine ganz besondere Liebe«, 1993 & 2025; »Die Schattenfrau«, 2014; »Die unheimliche Brücke«, 2017), sieben Sammlungen von Kurzprosa (u. a. »Der Traum des Astronauten«, 1983; »Schneevogel«, 1988; »Meister Li. 20 Phantasien vom T'ung-t'ing-See«, 2018). Dazu Sachbücher zur chinesischen Kultur (u. a. »Fensterblumen. Papierschnittkunst aus China«, 1977; »Staat und Militär im alten China«, 1979; »Konfuzius. Sinnsprüche und Spruchweisheiten«, 1983) und zur Unterhaltungsliteratur (u. a. »Pseudonyme. Ein Lexikon«, 3. Auflage 2000; »Träume auf dickem Papier«, 2. Auflage 2018; »Autorengruppe Phantastischer Oberrhein«, 2018). Herausgeber zahlreicher Anthologien mit den Schwerpunkten deutsche und französische Fantastik und Science-Fiction.

*Werner Weiske*s erste Veröffentlichung liegt mehr als fünfzehn Jahre zurück, in »NOVA – Magazin für spekulative Literatur«. Er wurde 1966 in Berlin geboren, lebt aber seit über zwanzig Jahren in Frankfurt am Main. Er ist als Manager im Bereich Engineering und IT bei einem Maschinenbauunternehmen tätig. Davor arbeitete er als Journalist für verschiedene Fernsehsender im Boulevard- und Wirtschaftsbereich. Seine letzten Veröffentlichungen waren in 2023 zwei Kurzgeschichten in der Zeitschrift c't (»Die Ballade von Apartment und Car« und »Die Autobahn, der Schwarm und ich«, c't 13/23).

# Die Zeichner

*Gabriele Behrend*, Jahrgang 1974, lebt und liebt mit Gatten und Katze in Düsseldorf. Neben der Arbeit schreibt sie Kurzgeschichten und Romane, die hin und wieder mit Preisen ausgezeichnet wurden – und manchmal auch eine Weihnachtsgeschichte. Wenn etwas vom Tage übrig bleibt, liest und zeichnet sie oder lässt die Seele baumeln. Kurzum: Sie genießt ein schönes buntes Leben!

*Frank G. Gerigk* (*1963 in Radolfzell am Bodensee), ist Ingenieur-Naturwissenschaftler, Journalist und Technischer Redakteur. Zur Science-Fiction kam er in den 1970ern über »Raumschiff Enterprise« und »Perry Rhodan«. Einem breiteren Publikum wurde er 2013 bekannt mit seinem Sachbuch über die Kunst von Johnny Bruck. Seinen Hang zum Zeichnen hatte er früh entdeckt, jedoch aus beruflichen Gründen – mit kleinen Unterbrechungen in Acryl – ad acta gelegt; stattdessen fotografierte er viel und entschied zwanzig Jahre lang in der Baubranche als Presseleiter über Art und Qualität von Fotografien und Abbildungen. Seit 2022 kann er seinen Drang zur Bildkunst kaum mehr zügeln; aber auch seine literarischen Fähigkeiten brachen sich mit der Sammlung »Gesetztheiten« Bahn. Gerade erschienen ist der erste Band der Anthologienreihe »Caprice«.

*Christian Günther*, Jahrgang 1974, lebt in der Märchenstadt Buxtehude und arbeitet dort als selbstständiger Grafiker und Webentwickler. In seinen beiden ersten Romanen »Under the Black Rainbow« – 2019 neu herausgegeben – und »Rost« sowie in zahlreichen Kurzgeschichten zeichnete er das Bild eines düster-futuristischen Norddeutschlands. Er entwickelte und schrieb die Cyperpunk-Reihe »Neon Samurai« über die düstere Zukunft Hamburgs und Fantasyromane um das versinkende Königreich Faar: Hier erschien 2024 der dritte Band »Am Seelenbrunnen«. Bereits 2022 erschien seine Sammlung »Geschichten vom Ende der Welt«. Seine Website: www.cyberpunk.de.

*Gaby Hylla* zeichnet schon ihr ganzes Leben, zuerst Ölbilder, später Fantasy und SF-Grafiken, die im PC entstehen. Mitarbeiterin bei der Fanserie »DORGON« aus dem Perry Rhodan Universum. Weitere Informationen: gabyhylla-3d.de.

*Detlef Klewer:* Erste Veröffentlichungen seiner Comics und Illustrationen erfolgten in Alternativzeitschriften wie »Am Erker«, »Ulcus Molle« oder »Innisfree«. Geadelt durch den Abdruck eines mehrseitigen Comics im deutschen »Heavy Metal / Metal Hurlant«-Ableger »Schwermetall« liegt der Schwerpunkt seiner Arbeit heute in der Gestaltung von Buch-, CD- und DVD-Covern, sowie der Anfertigung von Buchillustrationen und Comics. Derzeit ist er als selbstständiger Coverdesigner, Illustrator und preisgekrönter Comiczeichner für verschiedene Verlage/Selfpublisher tätig, so schuf er z. B. das Cover für »Nova 31«. Seine von ihm herausgegebenen Anthologien widmeten sich zuletzt auch wieder dem Cthulhu-Mythos: »Chrononomicon« (2024) behandelt die Frage, wie frühere Völker mit den Großen Alten umgegangen wären, und »NecroLOLmicon« (2024) bietet satirische Geschichten. Auch stattete er die letzten Augaben des von Christoph Grimm herausgegeben Magazins »Weltenportal« aus. www.kritzelkunst.de

*Jaana Redflower* kommt ursprünglich aus Mülheim an der Ruhr, hat in Essen Kommunikationsdesign an der Uni Folkwang studiert (mit künstlerischem Schwerpunkt), lebt nun in Witten. Sie ist Künstlerin, Musikerin und ist als Autorin der Dark Fantasy zugeneigt. So erschien 2020 die Sammlung »Todgelübde« und 2024 der Roman »Katharina?«. Derzeit entsteht zu ihrem neuen Cyberpunk-Musikprojekt, den Gamma Rats, ein weiterer Roman. Infos zu allen Projekten gibt es unter www.jaana-redflower.de

*Christine Schlicht* ist gelernter Landschaftsgärtner und studierter Ingenieur der Fachrichtung Landespflege mit Schwerpunkt Objektplanung. Geboren 1968 in Frankfurt am Main, allerdings DribbdeBach (für Nichthessen: über'n Main) in Sachsenhausen. Wohnhaft derzeit und schon lange im Hohen Rheingau-Taunus, also noch ein Rheingauner. Ihre Aktivitäten als Autorin und Künstlerin findet man unter www.dreamspiral.de. Zuletzt wurde ihr Steampunk-Roman »Maschinengeist« neu aufgelegt, und betätigte sie sich als Illustratorin für den fantastisch-humorvollen Detektivroman »Sterntaler für Erkül Bwaroo«.

*Rainer Schorm*, geboren 1965, verstorben 2025. Jurastudium in Freiburg, Wechsel zum Studium der Visuellen Kommunikation, Tätigkeit in einer Werbeagentur, anschließend freiberuflich als Grafiker, Referent für Öffentlichkeitsarbeit und freier Autor. Neben Gruselromanen schrieb Schorm an der SF-Serie »Perry Rhodan NEO« mit und war seit 2017 neben Rüdiger Schäfer Exposéautor der Serie. Neben zahlreichen Kurzgeschichten in Zeitschriften und Anthologien legte er auch einen Band eigener Erzählungen vor: »In Freiburgs Schatten« (2011). – Siehe hierzu auch die nachfolgenden Nachrufe.

NOVA 36 Sekundär

Team NOVA

# Interview mit Prof. Dr. Joachim Frank

Interview mit Prof. Dr. Joachim Frank, einem deutsch-amerikanischen Biophysiker, der 2017 zusammen mit Jacques Dubochet und Richard Henderson den Nobelpreis für Chemie erhalten hat. Weitere Informationen über Joachim Frank finden sich auf Wikipedia unter de.wikipedia.org/wiki/Joachim_Frank_(Biologe) und auf seiner Homepage hier: franxfiction.com sowie auf der Seite der Columbia-Universität: biology.columbia.edu/con ent/joachim-frank.

*Hallo, Professor Frank. Wir freuen uns, dass Sie einige unserer Fragen beantworten. Herzlichen Dank. Lassen Sie uns direkt beginnen: Sie sind früh mit Ihrer Forschung nach Amerika gegangen. Können Sie uns sagen, warum? Ist es einfacher, Forschungsgelder in den USA zu bekommen, oder was waren die Gründe für Ihre Entscheidung?*

Zu der Zeit (Juni 1973 bis September 1975) war ich in Cambridge, England und es gab keine Stellen, die meinem Hintergrund entsprachen. Außerdem war das alte akademische Karrieresystem noch in Kraft, das eine »Habilitation« unter der Anleitung eines etablierten Professors und die Aussicht auf scheinbar ewige Unterordnung beinhaltete. Unmittelbar nach der antiautoritären Bewegung in den späten Sechzigerjahren (»Der Muff von Tausend Jahren«) war das für mich überhaupt keine wünschenswerte Aussicht. Außerdem wäre der einzige Mentor für eine Habilitation in meinem Fachgebiet mein Doktorvater gewesen, zu dem ich damals nicht das beste Verhältnis hatte.

Es gibt noch einen weiteren Faktor, der nichts mit meiner wissenschaftlichen Karriere zu tun hat: Ich freute mich darauf, in die englische Sprache einzutauchen, als neues Ausdrucksmittel und als befreiendes Medium des belletristischen Schreibens. Die deutsche Sprache war in der Nachkriegszeit durch die Misshandlungen des Hitler-Regimes vergiftet. Wörter, die jahrhundertelang eine grundlegende Bedeutung hatten (wie Blut, Boden, Freiheit, Tapferkeit, Mut, Ehre), konnten nicht mehr verwendet werden, ohne die Schrecken des Zweiten Weltkriegs und des Holocausts heraufzubeschwören. Mich in einer anderen Sprache neu zu erfinden, war etwas, worauf ich mich freute.

*Was sind Ihrer Meinung nach die größten Unterschiede in der Forschung in Amerika und Deutschland?*

Zumindest zu der Zeit, als ich in Deutschland studierte und arbeitete, litt die wissenschaftliche Forschung unter einem erdrückenden autoritären System, in dem der Ordinarius einem Papst ähnelte und sich wie ein Papst verhielt (ich verwende bewusst die männliche Form, da es nur wenige Frauen gab, die in eine solch gehobene Position gelangten). Dieses System war hierarchisch und spiegelte sich auch im Verhalten der Akademiker mit niedrigeren Rängen wider, bis hinunter zu den Assistenten nach der Doktorarbeit. Die Studenten ganz unten wurden als intellektuelle Partner in einer Seminardiskussion nicht ernst genommen.

Im Gegensatz dazu genoss ich die Offenheit des angelsächsischen Systems (d. h. des Vereinigten Königreichs und der USA), wo selbst die Meinung von Studenten im Labor respektiert wurde. Außerdem gab es in Deutschland lange Zeit keine Graduiertenschulen, und das Schicksal eines Doktoranden hing von einer einzigen Person ab, seinem Mentor. Ich weiß, dass sich seither viel geändert hat, aber ich habe keine Erkenntnisse aus meiner eigenen Erfahrung, die ich später gemacht habe.

*Ist es in Amerika einfacher, Ergebnisse aus der Forschung in die Wirtschaft zu bringen? In Deutschland verschwinden viele nützliche Errungenschaften in Schubladen, weil der Staat aufhört, sie zu fördern und die Wirtschaft kein Risikokapital investieren mag.*

Ich kenne mich in diesem Bereich auf beiden Seiten des Atlantiks nicht besonders gut aus. Die Finanzierung durch die Regierung unterliegt starken Schwankungen, was auf die Unbeständigkeit des Kongresses zurückzuführen ist, dessen Zusammensetzung alle zwei Jahre wechselt. Ich habe den Eindruck, dass die Finanzierung durch den privaten Sektor hier stärker und über einen längeren Zeitraum hinweg beständiger ist. Stiftungen wie das Howard Hughes Medical Institute haben einen stabilisierenden Einfluss und ermöglichen risikoreiche Projekte. Im Moment haben wir es aber mit einer Regierung zu tun, die der Wissenschaftsfinanzierung gegenüber geradezu feindlich eingestellt ist.

*Hat der Nobelpreis Ihr Leben und Ihre Arbeit verändert? Und wenn, inwiefern?*

In vielerlei Hinsicht. Zum einen bin ich jetzt selbstbewusster, wenn es darum geht, meine Meinung zu äußern – ich war immer eher schüchtern. Das Wissen, dass meine Meinung für viele Zuhörer wichtig ist, war eine neue Erfahrung. Zweitens brachte mich der Preis in die Gesellschaft von (und in den Briefwechsel mit) Menschen, zu denen ich vorher keinen Zugang hatte – darunter Nobelpreisträger anderer Fachrichtungen und ganz allgemein Menschen in einer Vielzahl von Führungspositionen. Durch diese neuen persönlichen Kontakte hat sich mein Horizont erweitert. Außerdem haben sich viele Möglichkeiten für Reisen an exotische Orte ergeben. An vielen Orten werden meine Frau und ich wie Könige behandelt.

Durch mein erhöhtes Ansehen in den Augen von Schülern aller Ebenen – angefangen bei den ersten Klassen – habe ich eine Rolle in der frühen naturwissenschaftlichen Bildung erlangt und halte gerne Vorträge persönlich und per Zoom an weiterführenden Schulen und Volkshochschulen sowie in örtlichen öffentlichen Bibliotheken.

Zusammen mit anderen Preisträgern nutze ich jedes politische Druckmittel für konzertierte Aktionen, indem ich offene Briefe unterzeichne, in denen es um äußerst besorgniserregende Fragen in den Bereichen Menschenrechte, Klimawandel und Wissenschaftspolitik geht, in der Hoffnung, einige Veränderungen in der Welt zum Besseren zu bewirken.

*Sie sind nicht nur ein Forscher, Chemiker, Biophysiker, sondern auch ein Autor von Kurzgeschichten, Gedichten und Romanen. Gibt es ein Lieblingsthema, über das Sie schreiben?*

Anmerkung: Ich bin kein Chemiker; ich falle nur in diese Nobelkategorie, weil es Biophysik zu der Zeit, als der Preis verliehen wurde, noch nicht gab.

Ich habe viele Kurzgeschichten veröffentlicht, und die meisten sind skurril und basieren auf einer Begebenheit oder Anekdote. In »Metamorphosis of a High Executive« zum Beispiel wird der öffentliche Zorn auf die Exxon-Führungskräfte nach der Exxon-Valdez-Ölpest in Alaska in einer Geschichte kanalisiert, in der ein Manager in eine Robbe verwandelt wird, die in den verschmutzten Gewässern schwimmt und dem schwarzen Teer ausgesetzt ist, den er selbst verursacht hat. In »A Timely Death«, inspiriert von dokumentierten Ereignissen, verabschiedet sich Goethes Mutter, die in Frankfurt lebt, von den Manskopfs, der Familie, mit der sie befreundet ist, als sie beiläufig ihren eigenen Tod in drei Tagen voraussagt. Ihr Sohn Johann Wolfgang, der von ihrer Krankheit erfährt, lässt sich von einer Frau ablenken und fährt erst mit der Kutsche aus Weimar ab, als es schon zu spät ist.

Die wenigen Gedichte, die ich geschrieben habe, entstanden oft aus starken Gefühlszuständen heraus, oft ausgelöst durch ein Unglück: ein Todesfall in der Familie, Nachrichten von einer Katastrophe, Berichte über große Ungerechtigkeit oder Krieg. Aber als jemand mit Englisch als Zweitsprache, ist mir bewusst, dass mir die Kenntnis der großen angelsächsischen Dichtungstradition und das feine Ohr für die Nuancen der englischen Sprache fehlen.

Ich mag den Roman als Herausforderung des belletristischen Schreibens, da er mir erlaubt, an übergreifenden Themen zu arbeiten. Dabei hilft mir die wachsende Akzeptanz experimenteller Formen. Ich hatte das Glück, nach meiner Ankunft in Albany von drei Meistern des Fachs praktische Ausbildung und Ermutigung zu erhalten: William Kennedy, Steve Millhauser und Eugene Garber. Alle waren mit dem damals neu gegründeten New York Writers' Institute verbunden.

Alle meine Romane – zwei veröffentlichte und zwei noch im Entwurf befindliche – haben einen Wissenschaftler als Protagonisten, und zwar deshalb, weil ich glaube, dass ich das Innenleben einer solchen Figur am überzeugendsten darstellen kann. Mit Ausnahme des unveröffentlichten SF-ähnlichen »Narcis« sind meine Romane charakterorientiert. Die Protagonisten stolpern in gewisser Weise durch diese Welt – so wie ich oft mein eigenes Leben und meine Karriere sehe.

*Haben Sie in Deutschland oder den USA mit dem Schreiben angefangen?*

Ich habe mit dem Schreiben schon begonnen, als ich noch in Deutschland war, habe meistens auf Englisch in England weitergemacht und dann ausschließlich in den USA. Alles, was ich auf Deutsch geschrieben habe, war experimentell. Ich habe angefangen, Flash Fiction zu schreiben, bevor es diesen Begriff gab. Einige meiner frühen deutschen Texte wurden kürzlich vom Signaturen-Magazin in München online veröffentlicht. [www.signaturen-magazin.de/imsearch.php?search=joachim+Frank]

*War es einfach, veröffentlicht zu werden? Werden Sie von einer Agentur vertreten?*

Es war nie einfach. In Deutschland habe ich kurze Texte in ein paar kleinen Zeitschriften veröffentlicht, die in der Regel nach ein paar Jahren wieder eingestellt wurden. Ich sah keine Hoffnung, als Schriftsteller anerkannt zu werden. Später, in den USA, fand ich bei meinen Versuchen, einen Agenten zu finden, nur einen einzigen – über einen Freund –, der nach einem Jahr intensiver Bemühungen aufgab, meinen Romanentwurf (»The Observatory«, immer noch unveröffentlicht) zu verkaufen. Alle meine Versuche, überhaupt einen Agenten zu finden, verliefen danach im Sande. Ich fand einen Verleger für meinen ersten Roman, »Aan Zee«, als Folge eines Interviews, das ich nach der Verleihung des Nobelpreises für »El Pais« in Spanien gab. Die recht amüsanten Umstände sind auf meiner Website franxfiction.com nachzulesen. Nach den gemischten Ergebnissen beschloss ich, meinen zweiten Roman im Selbstverlag zu veröffentlichen.

*Was schätzen Sie an der deutschen Lebensart und was an der amerikanischen? Was sind die wesentlichen Unterschiede?*

Es ist schwierig für mich, diese Frage zu beantworten, da es so viele Aspekte gibt, die sich nur schwer in ein paar Worten zusammenfassen lassen.

Außerdem denke ich, dass die morgige Antwort ein wenig anders ausfallen wird als die heutige. Hier ist ein Versuch dazu. Die deutsche Art: die wohlbehütete Privatsphäre, die gründliche öffentliche Allgemeinbildung, die Brotkultur, der Weihnachtsmarkt, die Sauberkeit, Pünktlichkeit, Effizienz, die Ehrfurcht vor der jahrhundertealten Architektur.

Die amerikanische Art: die zwischenmenschliche Ungezwungenheit, die Betonung der persönlichen Freiheit, die Spontaneität beim Suchen und Finden von Lösungen für bürgerliche Probleme (siehe Tocquevilles berühmte Beobachtungen), die Offenheit, Fremde jeglicher Herkunft willkommen zu heißen (man beachte, dass die riesige sektiererische MAGA-Bewegung, die die USA derzeit plagt, in dieser Hinsicht im Wesentlichen unamerikanisch ist).

*Was glauben Sie, was wir voneinander lernen könnten?*

Auch hier reicht die Erklärung für eine Kurzgeschichte. Deutsche – insbesondere im Norden – sind oft recht steif und würden von der amerikanischen Ungezwungenheit sehr profitieren. Amerikaner sind ein bisschen zu sehr von ihrer Vorstellung persönlicher Autonomie besessen. Obwohl es in größeren Städten mittlerweile viel besser wird, ist das Brot in den meisten Einkaufszentren der USA immer noch eine Katastrophe.

*Sie arbeiten als Wissenschaftler mit einer Art mikroskopischer Fotografie, um Moleküle sichtbar zu machen. Das sind sehr abstrakte Themen, aber glauben Sie, dass solche reale Wissenschaft auch in SF-Storys auftauchen könnte?*

Ja, natürlich. Jede Technologie hat futuristische Implikationen, die in der SF zur Disposition stehen. Ich und viele andere Wissenschaftler nutzen die Elektronenmikroskopie, die Bildverarbeitung und das maschinelle Lernen, um biologische Moleküle abzubilden und ihre atomaren Strukturen zu bestimmen, um so Lebensprozesse zu verstehen und Krankheiten zu bekämpfen.

Jede Entdeckung, jede Erfindung in der Wissenschaft hat eine interessante persönliche Geschichte, und sie basiert auf dem Hier und Jetzt. Die Science-Fiction stellt sich eine zukünftige Welt mit anderen Regeln und Rahmenbedingungen vor, in der sich diese persönlichen Geschichten auf unterschiedliche Weise entfalten.

In diesem Zusammenhang: In der Nanowelt tut sich derzeit viel in der Technik. Hören Sie sich den faszinierenden Vortrag von David Baker, Chemie-Nobelpreisträger 2024, über das Design von Proteinen von Grund auf an. Was abstrakt klingt, wird greifbar. Die Zukunft ist immer schon fast da.

*Wessen Romane lesen Sie besonders gerne?*

Robert Musil, Lawrence Durell, Vladimir Nabokov, Saul Bellow, Ben Lerner.

*Sie haben uns vorhin berichtet, dass sie einen einmaligen Abstecher in die SF unternommen haben. Möchten Sie uns erzählen, worum es in dem Roman geht?*

Jan Groneberg (1943–2014), ein enger Freund von mir, der bis in seine Studienzeit in Deutschland zurückreicht, hatte eine frühe Vision, die er bereits in den 1970er-Jahren mit mir diskutierte. Jan war ein Denker, Schriftsteller, Künstler, Holzarbeiter und intellektueller Hitzkopf, der sich später entschloss, nach Monemvasia in Griechenland zu ziehen, wo er bis zu seinem Tod lebte. Er hatte die Vision eines großen, von der Regierung betriebenen digitalen Archivs auf einem Hügel in der Wüste von New Mexico. Zweck des Archivs und des riesigen Supercomputers, in dem es untergebracht ist, ist es, die Forschung an Tieren überflüssig zu machen. Stattdessen kann jede Hypothese getestet werden, indem man den Text, der sie formuliert, durch einen »Wahrheitsfilter« laufen lässt. Dieser Filter, der in einem entsprechend geschulten Programm der künstlichen Intelligenz implementiert ist, lässt nur Aussagen zu, die mit dem gesamten vorhandenen Wissen übereinstimmen, und verwirft diejenigen, die dies nicht tun. Mein Freund stellte sich vor, dass es Jahrzehnte dauern würde, bis dieser Stand der Technik erreicht wäre, und dachte an die endgültige Verwirklichung in einer postapokalyptischen Welt um das Jahr 2060 herum, mehr oder weniger. In dieser Welt leben die Wissenschaftler und Programmierer, die das Zentrum unterstützen, in Kommunen, in großen Zelten in der Ebene unterhalb des Hügels, der mit Gebäuden übersät ist, in denen das digitale Archiv untergebracht ist. In der Zwischenzeit wandern mannshohe, musikbegeisterte Kakerlaken durch die Wüste auf der Suche nach Nahrung und Live-Aufführungen klassischer Musik. Diese Vision war so faszinierend, dass ich begann, einen Roman zu schreiben, der auf dieser Prämisse basiert. Der Entwurf liegt immer noch unausgegoren in meinem Regal.

Als Alphafold (Jumper et al., Nature 2021, www.nature.com/articles/s41586-021-03819-2) mitten in der gegenwärtigen Pandemie in den Nachrichten auftauchte, wurde mir schockierenderweise klar, dass wir dem utopischen Niveau der Technologie, das Jan sich vorstellte, so viel näher gekommen sind. Das endgültige Ziel ist zwar noch weit entfernt, und Tausende von Tieren sind immer noch gefangen und werden im Dienste der Medizin geopfert (auf der Website der Stanford University steht unter der Rubrik »Ethik der Tierversuche« Folgendes: »Bislang wurde noch nichts entdeckt, was die komplexen Funktionen eines lebenden, atmenden, vollständigen Organsystems mit Lungen- und Kreislaufstrukturen wie beim Menschen ersetzen könnte. Bis zu einer solchen Entdeckung müssen Tiere weiterhin eine entscheidende Rolle dabei spielen, Forschern dabei zu helfen, potenzielle neue Medikamente und medizinische Behandlungen auf ihre Wirksamkeit und Sicherheit zu testen und unerwünschte oder gefährliche Nebenwirkungen wie Unfruchtbarkeit, Geburtsfehler, Leberschäden, Toxizität oder krebserregendes Potenzial zu erkennen«), ist die Entwicklung von Algorithmen für maschinelles Lernen, die in der Lage sind, viele Proteinstrukturen genau vorherzusagen, eine erstaunliche Leistung des menschlichen

Intellekts. In dem Maße, wie diese Algorithmen zusammen mit der Computerleistung weiter voranschreiten und das Wissen über die Vorgänge in der Zelle und in ganzen Organsystemen perfektioniert wird, wird sich der Bereich des Vorhersagbaren sicherlich noch um ein Vielfaches erweitern ...

*Welche Themen faszinieren Sie? Oder anders formuliert: Welche Themen motivieren Sie zum Schreiben?*

Ich bin fasziniert von der Art und Weise, wie eine Figur durch die Komplexität der Welt navigiert, vom Zusammenspiel zwischen ihren Veranlagungen und den realen Gegebenheiten. Aus diesem Grund kann alles, selbst die banalste Beobachtung, den Keim für eine Geschichte in sich tragen. Nehmen Sie meinen Roman »Aan Zee«: Er wurde durch meine Erfahrung als Gast in einem holländischen Hotel inspiriert, das ein verwinkeltes, labyrinthartiges Inneres hatte. Diese Erfahrung, die sich jetzt auf ein einziges Kapitel beschränkt, hat die gesamte Geschichte des Romans hervorgebracht.

*Herzlichen Dank, dass Sie unsere Fragen beantwortet haben.*

Dieter von Reeken

# Begegnungen mit Hermann Oberth

Im Sommer 2023 ist es ein Jahrhundert her, dass der bedeutende Raketen- und Raumfahrtpionier Professor Dr. h. c. mult. Hermann Oberth (1894–1989) seine bahnbrechende Schrift *Die Rakete zu den Planetenräumen* [1] veröffentlichen lassen konnte (wobei er, d. h. seine Ehefrau, die Druckkosten tragen musste). Die vor hundert Jahren vorgestellten Vorschläge für eine Weltraumfahrt mit mehrstufigen Flüssigkeitsraketen entfalteten in den 1920er- und 1930er-Jahren vor allem in Deutschland rege Aktivitäten, die auf Umwegen zu den heutigen Raumfahrtaktivitäten führten.

Vor 61 Jahren, am 21.09.1952, gründete eine Gruppe von elf an der Raketentechnik interessierten Männern unter Leitung von August-Friedrich Staats in Bremen die ›Arbeitsgemeinschaft für Raketentechnik‹, aus der die ›Deutsche Raketen-Gesellschaft‹ hervorging, die sich 1963 den Namen ›Hermann-Oberth-Gesellschaft e. V.‹ (HOG) gab und schließlich im Zuge der deutschen Wiedervereinigung zum 01.01.1993 mit anderen Gesellschaften zur ›Deutschen Gesellschaft für Luft- und Raumfahrt – Lilienthal/Oberth‹ (DGLR) zusammenschloss.

Seit Mitte der 1960er-Jahre interessierte ich mich mehr oder weniger ernsthaft für die UFO-Thematik, nicht zuletzt angeregt durch den 1955 erschienenen Science-Fiction-Roman *UFO am Nachthimmel* [2] von Clark Darlton (= Pseudonym von Walter Ernsting). Auf Umwegen kam ich im Sommer 1967 in brieflichen Kontakt zum deutschen [3] ›Vater der Raumfahrt‹ Hermann Oberth, der damals endgültig seit 1960 (dem Ende seiner letzten Tätigkeit in den USA) in seinem Eigenheim in Feucht bei Nürnberg im Ruhestand lebte, woraus sich dann auch persönliche Kontakte entwickelten (bei unserer ersten Begegnung war er dreiundsiebzig und ich auf den Tag genau neunzehn Jahre alt). Da man ihn, ohne ihn vorher gefragt zu haben, zum Vorsitzenden der für Deutschland noch zu gründenden Ufologen-Organisation ›International Sky Scouts‹ ›ernannt‹ hatte, trug Hermann Oberth mir diese Funktion an. Da ich schon damals kein Interesse daran hatte, eine UFO-Glaubensgemeinschaft zu unterstützen geschweige denn zu bilden, kamen wir schließlich überein, unter dem ›Dach‹ der von Karl Ludwig Veit geleiteten Ufologen-Organisation ›Deutsche UFO/IFO-Studiengesellschaft e. V.‹ (DUIST) eine UFO-Jugendorganisation zu bilden. Hermann Oberth vermittelte und finanzierte (ich war damals Praktikant und hatte kein wirkliches Einkommen) mir die Teilnahme am DUIST-UFO-Kongress 1967 in Mainz, wo unser gemeinsames Vorhaben dem DUIST-Vorsitzenden Veit schmackhaft gemacht werden sollte. Wegen des gedrängten Programms kam es aber zu keinem inhaltlichen Gespräch mit Karl L. Veit, der auch später kein Interesse an einer Konkurrenz zeigen sollte, denn das, so hatte er offenbar richtig erkannt, wäre angesichts unserer unterschiedlichen Standpunkte höchstwahrscheinlich aus einer derartigen ›Jugendgruppe‹ geworden.

Unter Oberths Vermittlung gelang es mir dann in den folgenden Jahren, innerhalb der nach ihm benannten HOG, einer astronautischen Gesellschaft auf europäischer Ebene, ein ›UFO-Archiv‹ einzurichten und, ausgestattet mit dem ›offiziellen‹ HOG-Briefpapier, UFO-Informationen zu sammeln und Kontakte zu knüpfen.

Während dieser Zeit nahm Hermann Oberth regen Anteil an meinen Aktivitäten und gab mir bei mehreren Begegnungen vielfache Anregungen, wie er, der eigentlich zum Einzelgängertum neigte, überhaupt keine Berührungsängste zu Nicht-Akademikern hatte: Bei Raketenmodell-Wettbewerben der HOG war er oft anwesend, um persönlich die Preisverleihungen vorzunehmen, bei den Gesellschaftsabenden im Rahmen der Raumfahrtkongresse der HOG setzte er sich gern zu den ›jungen Leuten‹ an den Tisch und unterhielt sich mit ihnen.

Kurz vor seinem 75. Geburtstag am 25.06.1969 (also auch etwa einen Monat vor der ersten Landung von Menschen auf dem Mond), der in Gegenwart des praktischen Verwirklichers vieler seiner Ideen, Wernher von Braun, feierlich in Salzburg begangen wurde, war ich für zwei Tage Gast in

seinem Hause. Hier hatte ich Gelegenheit, die Herzlichkeit seiner Ehefrau Mathilde (von ihm liebevoll »Tilly« und, anerkennend angesichts seiner zeitweisen Verschlossenheit, als seine »kaiserliche Regierung« bezeichnet) kennenzulernen und einen Einblick in seine ›Forscherklause‹ zu nehmen. Als er, um einen defekten Wasserhahn an der Außenwand seines Hauses zu reparieren, in einem blaugrauen Monteurskittel und mit einem Schraubenschlüssel in der Hand aus dem Keller kam, wurde ich unwillkürlich an Fotos aus dem Jahr 1929 erinnert, als er als technischer Berater Fritz Langs für dessen UFA-Film *Die Frau im Mond* in Berlin-Babelsberg tätig war und hier u. a. die bahnbrechende ›Kegeldüse‹ konstruierte. Ich war übrigens ganz stolz darauf, dass ich meine jugendliche Kraft dazu einsetzen konnte, den sehr festgeschraubten Wasserhahn zu lösen ...

Hier und bei späteren Begegnungen sprachen wir nicht nur über das UFO-Thema, sondern auch über politische und philosophische Themen und vor allem über seine Pionierzeit in Siebenbürgen und Berlin und seine Tätigkeiten in Peenemünde (Oberth lebte bis 1938 in Rumänien und kam nach seiner dann erfolgten Einbürgerung als ›vormaliger Ausländer‹ über Wien und Dresden erst 1941 nach Peenemünde, als die Entwicklung der Großraketen – im Wesentlichen nach seinen Plänen – dort schon nahezu abgeschlossen war) und in den USA, über sein zeitweise gespanntes Verhältnis zu Wernher von Braun, das sich erst ab 1969 wieder normalisierte, und über seinen Konflikt mit Rudolf Nebel wegen finanzieller Streitigkeiten aus dem Jahr 1930, der nie bereinigt worden ist. Einmal, im Oktober 1972, las er einem mich begleitenden Studienkollegen und mir im Haus seiner Tochter, Frau Dr. Erna Roth-Oberth, aus einer von ihm verfassten (bisher unveröffentlichten) Science-Fiction-Novelle im Stile Hans Dominiks vor: Es ging um einen finanziell unabhängigen Erfinder, der ›Schufte‹, denen durch die Justiz nicht beizukommen war, mit einem besonderen Fluggerät einfing und auf seine Weise doch noch einer von ihm als gerecht empfundenen Strafe zuführte ...

Eines erscheint mir rückblickend erwähnenswert: Das Besondere an den Beziehungen zwischen den Visionären Hans Dominik und Hermann Oberth ist, dass es sie offenbar nicht gegeben hat: Zwar haben beide in ihren Schriften aufeinander Bezug genommen, doch hat es einen brieflichen oder gar persönlichen Kontakt anscheinend nicht gegeben: Aus dem veröffentlichten Briefwechsel Oberths aus der Zeit von 1922 bis zu Dominiks Tod 1945 ist hierzu jedenfalls nichts zu entnehmen, und auch die Tochter Hermann Oberths, Frau Dr. Erna Roth-Oberth, hat mir auf Anfrage bestätigt, dass es auch nach ihrer Kenntnis keinen brieflichen oder persönlichen Kontakt zwischen den beiden Männern gegeben hat.

Oberths Haltung zur UFO-Frage war im Lauf mehrerer Jahrzehnte wechselnd und geprägt von verschiedenen Schwerpunkten und Blickwinkeln; er wurde auch nicht immer korrekt zitiert. Er akzeptierte die ›außerirdische Hypothese‹ grundsätzlich als solche (in unserem Sonnensystem hielt er allerdings außerirdisches intelligentes Leben für ausgeschlossen), betonte aber dabei, dass er Beweise hierfür bisher nicht sehe; Bemühungen, Argumente für diese Hypothese zu finden und nach möglichen Beweisen zu suchen, begrüßte er ausdrücklich: Das war für ihn UFO-Forschung, die er in seinem hohen Alter aber gern anderen überlassen wollte, um sich den seine Altersaktivitäten prägenden parapsychologischen und philosophischen Themen widmen zu können.

In diesem Zusammenhang möchte ich nicht verschweigen, dass ich seinen politischen Aktivitäten (in den 1960er-Jahren gehörte er zeitweise der NPD an, die damals allerdings noch mehr deutschnational-konservativ als extremistisch auftrat) ablehnend gegenüber stand. Er wusste das und hat es toleriert. Ich hatte schon damals (1967/68) den Eindruck, dass hier seine in politischen Dingen an Naivität grenzende Gutmütigkeit und insbesondere die Verbundenheit mit seiner damals unter kommunistischer Herrschaft stehenden siebenbürgischen Heimat ausgenutzt wurde. Später hat er dies offenbar selbst erkannt und sich u. a. darüber beklagt, dass sein Name unter Aufrufe gesetzt wurde, die er vorher nicht zu Gesicht bekommen hatte und denen er auch nicht nachträglich zustimmen konnte. (Es ist zu begrüßen, dass das ›Hermann-Oberth-Raumfahrt-Museum‹ in Oberths Wahlheimat Feucht sich seit einiger Zeit um eine Aufarbeitung dieses verstörenden Komplexes bemüht.)

Die HOG veranstaltete u. a. seit 1968 mehrere öffentliche Podiumsdiskussionen über die Möglichkeit außerirdischen Lebens unter der Bezeichnung ›Extraterrestrische Intelligenzen‹, an denen Oberth jeweils aktiv beteiligt war. Der Präsident der Gesellschaft, Dr. h. c. A.-F. Staats (1913–2002), war, ebenso wie viele der aktiven HOG-Mitglieder, denen ich begegnet bin, dem UFO-Thema gegenüber erstaunlich aufgeschlossen. Ich habe nie die Erfahrung machen müssen, abgelehnt oder belächelt zu werden, im Gegenteil: Mitglieder der HOG-Gremien unterstützten mich sogar, so z. B. der Leiter der Landesgruppe Berlin, der Leiter der niederländischen Auslandsgruppe, Professor Dr. J. M. J. Kooy, der emeritierte Universitätsprofessor Dr. Karl Schütte und der Kuratoriumsvorsitzende Dipl.-Ing. Hans-H. von Muldau. Das ist erwähnenswert, wenn man bedenkt, dass die frühere ›Schwestergesellschaft‹ der HOG, die damalige ›Gesellschaft für Weltraumforschung‹ 1950 in einer Sitzung ihres erweiterten Vorstands ausdrücklich beschlossen hatte, dass eine Stellungnahme »zu den fliegenden Untertassen« nicht erfolgen solle. [4]

Der HOG-Vorstand war sogar so aufgeschlossen, dass im Rahmen der Gesellschaft (und von dieser finanziert) 1970 die von mir verfasste und mit

einem Vorwort des Präsidenten Dr. h. c. A.-F. Staats versehene Informationsbroschüre *Überblick über die Ufologie* [5] erscheinen konnte. Die Bedeutung dieses Schrittes wird erst offenbar, wenn man sich in Erinnerung ruft, dass es in dieser Zeit so gut wie keine ›neutrale‹ deutschsprachige UFO-Literatur gab. Ohne die moralische und auch verbale Unterstützung Hermann Oberths wäre diese Veröffentlichung kaum möglich gewesen. Die Bedeutung der kleinen Broschüre liegt dabei nicht so sehr in ihrem Inhalt (sie gab auf 42 Seiten einen knappen Überblick über den damaligen Stand der ›Ufologie‹ und enthielt ein Literaturverzeichnis), sondern in ihrer Multiplikatorenwirkung: Mehrere spätere und noch heutige ›Größen‹ der deutschsprachigen UFO-Szene waren, insbesondere nach einem auszugsweisen Abdruck in der Science-Fiction-Serie ›Atlan‹ [6], Empfänger des Büchleins und begannen in der Folgezeit ihre eigenständigen Aktivitäten neben der bisher dominierenden sektiererischen DUIST.

Als weiteren Meilenstein für die deutschsprachige UFO-Forschung möchte ich die von mir zusammengestellte Bibliografie der selbstständigen deutschsprachigen Literatur über ›Außerirdisches Leben, UFOs, Prä-Astronautik‹ hervorheben, die 1977 unter dem damaligen Titel *Extraterrestrische Intelligenzen* [7] ebenfalls von der HOG herausgegeben wurde und vorerst den Zeitraum von 1954–1976 umfasste. Diese Literaturzusammenstellung war die erste ihrer Art in deutscher Sprache und erleichterte den inzwischen zahlreicher gewordenen kritischen UFO-Forschern eine systematische Erschließung des Themas.

Im Jahre 1980 habe ich mich dann der 1972 gegründeten ›Gesellschaft zur Erforschung des UFO-Phänomens e. V.‹ (GEP) angeschlossen, deren bis heute andauernde systematische und sorgfältige Arbeit (sie gibt u. a. die Fachzeitschrift *Journal für UFO-Forschung* heraus) meinen und, wie ich glaube, auch Hermann Oberths Vorstellungen von einer ernsthaften UFO-Forschung am ehesten entspricht. Insoweit erlaube ich mir, eine im Hintergrund verlaufende gerade Linie von Hermann Oberth über die HOG zur heutigen GEP zu erkennen. Hermann Oberths Lebenswerk (er war zwar nicht der zeitlich erste, aber der effektivste Raumfahrtpionier) wird übrigens in dem nach ihm benannten und in unmittelbarer Nähe seines früheren Wohnhauses gelegenen ›Hermann-Oberth-Raumfahrt-Museum‹ (HORM) [8] in Feucht bei Nürnberg gewürdigt.

Falls die Weltraumfahrt und die UFOs unserer Tage und der letzten hundert Jahre nicht ›historisch‹ genug sein sollten: Es gibt ja auch Berichte über UFO-Sichtungen im Mittelalter … Eine – allerdings kaum mit nachprüfbaren Quellenhinweisen versehene – Zusammenstellung enthält der von Desmond Leslie verfasste erste Teil des Buches *Flying Saucers Have Landed* von Desmond Leslie und George Adamski [9].

## Anmerkungen

[1] Hermann Oberth: Die Rakete zu den Planetenräumen. München u. Berlin: Oldenbourg 1923.

[2] Clark Darlton: UFO am Nachthimmel (Utopia-Großband 19). München: Pabel 1955.

[3] Die beiden anderen ‚Väter der Raumfahrt' waren der Russe Konstantin E. Ziolkowski (1857–1935) und der Amerikaner Robert H. Goddard (1882–1945). Die drei Raketenpioniere sind unabhängig voneinander zu im Wesentlichen gleichen Ergebnissen gekommen.

[4] 20 Jahre Deutsche Gesellschaft für Raketentechnik und Raumfahrt e. V. In: Mitteilungen der DGRR, München, Nr. 78/1968, S. 9.

[5] Dieter von Reeken: Überblick über die Ufologie. Hannover: Hermann-Oberth-Gesellschaft e. V. 1970.

[6] Bericht über die Ufologie. In: Atlan 78–81. München: Moewig 1973, Leserkontaktseiten.

[7] Dieter von Reeken: Extraterrestrische Intelligenzen. Außerirdisches Leben, UFOs (»Fliegende Untertassen«), Astro-Archäologie (»Ancient Astronauts«). Eine Bibliographie der im Zeitraum von 1954-1976 erschienenen selbständigen deutschsprachigen Veröffentlichungen. Bremen: Hermann-Oberth-Gesellschaft 1977.

[8] Hermann-Oberth-Raumfahrt-Museum, Pfinzingstraße 12–14, 90537 Feucht, www.oberth-museum.org.

[9] London/New York 1953; deutsch: Fliegende Untertassen landen. Stuttgart 1954.

## Bildlegende

1 Dieter von Reeken 1969 Feucht Mathilde und Hermann Oberth: Das Ehepaar Mathilde und Hermann Oberth im Juni 1969, kurz vor Oberths 75. Geburtstag, im Garten ihres Hauses in Feucht bei Nürnberg (Seite 146)

2 Dieter von Reeken 1971 Feucht: Hermann Oberth (links), ein Besucher und Dieter von Reeken 1971 in einem Ausstellungsraum des ›Hermann-Oberth-Raumfahrt-Museums‹ im Pfinzing-Schloss in Feucht bei Nürnberg. Im Vordergrund ein von Oberths Schwiegersohn Joseph Roth gebautes Modell des schon 1954 von Oberth konzipierten ›Mondautos‹ (Seite 149).

3 Dieter von Reeken 1973 Feucht: Der damals 79-jährige Hermann Oberth am Tisch jüngerer Kongressdteilnehmer; rechts im Bild: Dieter von Reeken (Seite 150).

Jörg Weigand

# Rainer Schorm (1965–2025)

## Erinnerungen an einen besonderen Freund

Die Nachricht von Rainers Tod, die mich erst am 16. März dieses Jahres erreichte – ein herber Schicksalsschlag und ein großer Verlust für uns, seine Kollegen, Freunde und Leser. Ein besonderer Mensch ist urplötzlich verschwunden. Er fehlt schon jetzt; das tut weh.

Sein beruflicher Start in die Karriere eines Autors von Science-Fiction und Fantastik hat etwas mit meinem Umzug ins Markgräfler Land zu tun:

Kurze Zeit, nachdem ich 1996 beim Zweiten Deutschen Fernsehen ausgestiegen und von Bonn nach Staufen, südlich von Freiburg im Breisgau, umgezogen war, lernte ich Rainer Schorm kennen. Er arbeitete in der Breisgaumetropole als Grafikdesigner und Referent für Arbeitsrecht bzw. Betriebsratsangelegenheiten und hatte intensiven Kontakt zur dortigen Science-Fiction-Fanszene. Ich war dabei, mir einen neuen Bekanntenkreis aufzubauen, und die Hinweise auf Rainer waren überzeugend.

Im Rahmen einer Einladung an verschiedene Autoren aus der Gegend kam auch Rainer Schorm zu uns nach Grunern. Da ich ihn näher »beschnuppern« wollte, kam es zu einem Vieraugengespräch; Anlass war meine bescheidene Sammlung an Mineralien-Eiern, die der Besucher sofort in Augenschein nahm. Ich hörte innerhalb weniger Minuten mehr darüber, als ich bis dahin erfahren hatte.

Es sollte mir in der Folge noch öfter so gehen: Dieser Mann verfügte über ein umfassendes Wissen nicht nur über Mineralien, sondern auch über Astronomie, (Atom-) Physik und Astronautik und vieles andere mehr. En detail konnte er sehr verständlich die schwierigsten Zusammenhänge dieser Fachgebiete beschreiben, so verständlich, dass sogar ein Laie wie ich – humanistisches Gymnasium unter weitgehender Aussparung der Naturwissenschaften – es kapierte.

Im ersten Gespräch mit diesem vielseitig begabten Mann, der eine besondere menschliche Wärme, eine überspringende Ruhe ausstrahlte, war mir aufgefallen, wie plastisch Rainer erzählen konnte. Daher mein Vorschlag, er solle für eine meiner nächsten Anthologien eine Erzählung zu Papier bringen. So geschah es; in *Phantastischer Oberrhein* (2008) erschienen gleich zwei seiner sorgfältig recherchierten, historisch-fantastischen Geschichten: »Hunger« und »Magnitude«, beide angesiedelt am Oberrhein. Daraus entstand (2011) der herausragende, weil hervorragend erzählte und

Foto: Norbert Fiks

mit Akribie recherchierte Erzählband »In Freiburgs Schatten« (2011). Rainer war in diesem Band auch deswegen doppelt und herausragend platziert, weil er die Idee zu dieser Geschichtensammlung hatte, aber selbst die Herausgeberschaft nicht übernehmen wollte. Diese anfängliche Unsicherheit sollte er in der Folge ziemlich rasch ablegen.

Der erste Anthologieband *Phantastischer Oberrhein* versammelte einige in dieser Region ansässige Autoren, woraus sich in kurzer Zeit die »Autorengruppe phantastischer Oberrhein« bildete. Rainer Schorm wurde zu einem der wichtigsten Mitglieder dieser lockeren Vereinigung, weil qualitativ hervorstechend und auch mit am produktivsten.

Diese erste mir vorgelegte Geschichte Schorms hatte mich so beeindruckt, dass ich ihm vorschlug, Kurzgeschichten für die Verlage Kelter und Pabel-Moewig zu schreiben, für die auch meine Frau Karla ihre ersten Geschichten verfasst hatte, als sie mit dem professionellen Schreiben begonnen hatte; Frauenmagazine wie »Romanwoche« oder »Meine Wahrheit«.

Hier hatte Rainer sofort Erfolg, sodass er ab 2008 auch mit längeren Texten, Kurzromanen für die Kelter-Reihen *Gaslicht* und *Irrlicht*, reüssierte.

Rainer Schorm war nun so erfolgreich, dass er freiberuflich als Autor leben konnte. Es entstand eine Unzahl von Kurzgeschichten, alles sorgfältig durchdacht und oft genug treffsicher pointiert. Sie erschienen in den verschiedensten Sammelbänden, aber auch z. B. im *Lahrer Hinkenden Boten*. Jede Möglichkeit zur Publikation wurde ausgenutzt. So entstanden schwerpunktmäßig nicht nur zahlreiche Science-Fiction- und fantastische Storys, sondern auch Kriminalgeschichten. Und Rainer schrieb sehr einfühlsame Erotik, die freilich meines Wissens nie veröffentlicht wurden, da die Honorarangebote dafür in Rainers Augen zu niedrig ausfielen.

In diesen Jahren trafen wir uns regelmäßig. Ich erinnere mich an eine Zusammenkunft junger Autoren und Autorinnen in Bad Krozingen, initiiert von Markus Kastenholz, der leider inzwischen die Gruppe wieder verlassen hat. Rainer brillierte durch sein überwältigendes Wissen über die großen SF -Autoren, aber auch über die »Perry Rhodan«-Serie, zu der jeder glaubte, mehr zu wissen als der andere. Rainer hörte ruhig zu und korrigierte dann. Seine Argumentation war so eindringlich, von Fakten durchsetzt und damit überzeugend, dass ich ausrief: »Du wirst eines Tages bei ›Perry Rhodan‹ mitschreiben!«

Verwundertes Schweigen allenthalben; Rainer selbst wollte mir nicht glauben. Doch eines Tages war es so weit: 2014 wurde er Mitglied der Autorengruppe, die »Perry Rhodan NEO« schrieb. Sein erster Roman für diese Neuausformung der Serie war »Revolte der Naats« und der Autor war sehr stolz darauf. Serie zu schreiben, ist nicht so einfach, das merkte Rainer sehr schnell. Wir sprachen öfter darüber. Doch er fügte sich schnell ein und sorgte bald mit eigenen Ideen und Vorschlägen dafür, dass er unersetzlich wurde.

Drei Jahre nach seinem ersten Titel für NEO trat Rainer die Nachfolge des verstorbenen Michael Buchholz an und damit war der Weg frei, sein geballtes Wissen und seine fast überschäumende Fantasie über die Exposés, die er zusammen mit Rüdiger Schäfer konzipierte, an die anderen Autoren weiterzugeben. Er selbst verfasste in der Regel zwei Romane einer jeden Staffel; und wenn ich es richtig sehe, wurde er fast von Mal zu Mal besser. Einer der Höhepunkte dürfte der Roman »Die Stille kommt« sein, in der der Autor sehr viel persönliches Empfinden einfließen ließ. Mit dieser Literatur hatte er einen Weg gefunden, seine Gefühle und Sehnsüchte, aber auch ein wenig seine Ängste und Bedenken zu kanalisieren, indem er sie niederschrieb.

Seine anfänglichen Bedenken wegen der Herausgabe von Anthologien hatte Rainer nach einigen Jahren abgelegt. Sein erster Vorschlag, an dem ich beteiligt sein durfte, war »Ihn riefen die Sterne. Zum Gedenken von Hanns Kneifel« (2017). Hintergrund war Rainers Begeisterung für die Fernsehserie »Raumschiff Orion« und die daraus hervorgegangene Romanserie sowie für den Autor Kneifel. Dem folgten Projekte wie »Weiberwelten. Die Zukunft ist weiblich« (2018) oder »Zweitausendvierundachtzig. Orwells Albtraum« (2020) und weitere.

Über Rainer Schorms literarischer Produktion darf seine Arbeit als genialer Illustrator nicht vergessen werden. Seine Schöpfungen im Science-Fiction- wie im fantastischen Bereich zieren zahlreiche Cover, vom Heftroman bis zum Hardcover. Auch im Ausland konnte der Künstler seine Bilder unterbringen. Diese Bild gewordenen Albträume und Sehnsüchte sind eine gleichwertige Ergänzung zum gedruckten Schorm. Die Phantastische Bibliothek in Wetzlar hat im Winter 2020/2021 seinen Arbeiten in einer mehrmonatigen Ausstellung gewürdigt. Einen Einblick in diese sehr farbenprächtige Fantasiewelt bietet der Band »Fantastische Wirklichkeiten. Die Bilderwelten des Rainer Schorm« (2021).

Rainer Schorm war ein Mensch, der in der Welt, wie er sie für sich selbst geschaffen hatte, mit voller Intensität lebte. Er liebte gutes Essen, war sowohl Gourmand wie auch Gourmet. Er war selbst ein sehr guter Koch und ein ausgezeichneter Bäcker. Sein Früchtebrot, das er zu Weihnachten an seine Freunde zu verschicken pflegte, war legendär. Nun werden wir es nur noch in der Erinnerung schmecken können.

Wenn er uns in Grunern besuchte, war das jedes Mal ein besonderer Tag, voller Diskussionen und so manchem weiterführenden Gedankenaustausch. Für die »Autorengruppe phantastischer Oberrhein« war er ein Quell von Informationen und Anregungen. Und er war der schlagende Beweis dafür, wie ein junger Autor sich in der professionellen Szene aufbauen kann.

Rainer war mir nah wie ein Bruder, ja, wie ein Sohn. Er war einfühlsam und versuchte zu helfen, wenn er Schwierigkeiten oder Probleme erkannte, oft nur erahnte. Nicht vergessen darf ich, zu erwähnen, dass seine große Zuneigung seinen Katzen galt, die letztendlich im Haushalt das Sagen hatten und ihn jederzeit als Kletterbaum benutzen durften, auch wenn ihre Krallen für so manchen Kratzer sorgten.

Rainer fehlt, ohne ihn ist die Welt eine andere geworden.

Er fehlt mir.

Marianne Labisch

# Nachruf auf Rainer Schorm (1965–2025)

Ich habe Rainer Schorm auf dem ersten Treffen der Autorengruppe »Phantastischer Oberrhein« kennengelernt, dem ich beiwohnen durfte. Das war 2019 in Staufen bei Jörg Weigand auf der Terrasse. Man konnte diesen Mann schlicht nicht übersehen, so groß, wie er war. Sein langes Haar, das er im Nacken zusammengebunden hatte, wies ihn direkt als Rockfan aus und dieser erste Eindruck täuschte nicht. Wir haben uns danach oft über Musik ausgetauscht und uns gegenseitig mit Links zu neuen Bands versorgt.

Er war kein Mensch, der viel Aufhebens um sich machte und das war mit einer der Gründe, warum er einem sofort sympathisch war. Er hatte eindeutig seine Erfolge mit Perry Rhodan NEO zu feiern, drückte das aber niemandem auf die Nase. Er hatte einen feinen Sinn für Humor und er lächelte eher, als das er laut gelacht hätte.

Kein Wunder also, dass ich ihn öfter einlud, Geschichten zu meinen Anthologien beizutragen. Da seine Arbeit als Exposé-Redakteur für Perry Rhodan NEO viel seiner Zeit fraß, konnte er nicht immer zusagen, war aber doch bei einigen Projekten mit an Bord. Ich mochte sowohl seine Texte als auch seine Grafiken, aber noch lieber mochte ich ihn. Er wird mir fehlen. Ich hoffe, der sitzt im Rock'n'Roll-Himmel auf einer Wolke und genießt die Konzerte. Irgendwann einmal werde ich ihm dort wohl Gesellschaft leisten.

Rüdiger Schäfer

# Ein Wort zu Rainer Schorm

Rainer Schorm war für mich nicht nur ein geschätzter Autor, sondern vor allem ein kreativer Weggefährte und enger Freund. Unsere Zusammenarbeit bei *PERRY RHODAN Neo* war geprägt von unzähligen Gesprächen, gemeinsamen Ideen und inspirierenden Konzepten. Sein völlig unerwarteter Tod hinterlässt eine Lücke, die sich nicht füllen lässt – weder als Schriftsteller noch als Mensch. Ich werde unseren Austausch und Rainers einzigartige Art zu denken vermissen, auch wenn seine Geschichten bleiben und damit auch ein Teil von ihm für immer bei mir sein wird.

FSC
www.fsc.org
MIX
Papier | Fördert gute Waldnutzung
FSC® C083411

Zeitfracht Medien GmbH
Ferdinand-Jühlke-Straße 7
99095 Erfurt, Deutschland
produktsicherheit@kolibri360.de